HEYNE <

Das Buch

Olivia Dare, ihres Zeichens Executive Director von Miami Thunder, schwärmt schon seit Längerem für ihren Kollegen Dylan Rhodes. Die beiden haben weit mehr gemeinsam als nur die Liebe zum American Football. Doch die misstrauische Olivia will keinen Mann allzu nahe an sich heranlassen, aus Angst verletzt zu werden. Kein Wunder – ihr Ex hat sie betrogen, und ihr Vater hat lange Zeit ein Doppelleben mit mehreren Frauen geführt. Doch Dylan Rhodes macht keine halben Sachen, wenn es darum geht, Olivia zu umwerben. Als es die beiden beruflich in ein Luxushotel in Arizona verschlägt, sorgt er dafür, dass sie sich näherkommen. Was in diesen paar Tagen geschieht, verändert das Verhältnis der beiden zueinander nachhaltig. Kann Dylan Olivia davon überzeugen, dass er sie nicht verlassen wird, nachdem sie ihm ihre größten Ängste offenbart hat? Oder wird auch er sie enttäuschen?

Die Autorin

Carly Phillips hat sich mit ihren romantischen und leidenschaftlichen Geschichten in die Herzen ihrer Leserinnen geschrieben. Sie veröffentlichte bereits über zwanzig Romane und ist inzwischen eine der bekanntesten amerikanischen Schriftstellerinnen. Mit zahlreichen Preisnominierungen ist sie nicht mehr wegzudenken aus den Bestsellerlisten. Ihre Karriere als Anwältin gab sie auf, um sich ganz dem Schreiben zu widmen. Sie lebt mit ihrem Mann und den zwei Töchtern im Staat New York.

CARLY PHILLIPS

Lieben und lieben lassen

Roman

Aus dem Amerikanischen
von Ursula C. Sturm

WILHELM HEYNE VERLAG
MÜNCHEN

Die Originalausgabe erschien 2015 unter dem Titel
Dare To Touch bei CP Publishing.

FSC
www.fsc.org
MIX
Papier aus verantwortungsvollen Quellen
FSC® C014496

Verlagsgruppe Random House FSC® N001967

Taschenbucherstausgabe 10/2016

Printed in Germany
Redaktion: Birgit Groll
Umschlaggestaltung: ZERO Werbeagentur GmbH, München
unter Verwendung von FinePic®, München
Satz: Greiner & Reichel, Köln
Druck und Bindung: GGP Media GmbH, Pößneck

ISBN 978-3-453-41977-3

www.heyne.de

1

Die Geburtstagsparty ging allmählich zu Ende, und nur ein paar Familienmitglieder und enge Freunde befanden sich noch in der Lounge, die sie für die Feier gemietet hatten. Olivia fühlte sich nicht älter, nur abgeklärter und etwas ermattet. Kein Wunder, schließlich war sie jetzt siebenundzwanzig. All ihre Freunde und Verwandten waren gekommen, mal abgesehen von ihrem unberechenbaren Vater. Natürlich hatte er es nicht geschafft, zu ihrer Party zu kommen. Wann hatte er auch je an einem der wichtigen Ereignisse in ihrem Leben teilgenommen?

Sie lehnte sich an die Bar, beide Ellbogen aufgestützt, und schloss ein paar Sekunden die Augen, um etwas zur Ruhe zu kommen, ehe sie ihre Geschenke zusammenpackte und nach Hause fuhr.

»Hallo, Geburtstagskind.«

Olivia durchströmte ein wohliger Schauer, als Dylan Rhodes' vertraute Männerstimme an ihr Ohr drang und sein warmer Atem ihre Haut kitzelte.

Sie öffnete die Augen und stellte fest, dass er direkt

neben ihr stand, nur Zentimeter von ihr entfernt. Unter dem Blick seiner schokoladenbraunen Augen beschleunigte sich sogleich ihr Herzschlag, und all ihre Sinne waren plötzlich geschärft, nun, da sein Mund, umrahmt von seinem sexy Ziegenbärtchen, ihr so verführerisch nah war. Wie oft hatte sie schon davon geträumt, das Kitzeln dieses Bärtchens an diversen Körperstellen zu verspüren …

Meine Güte, Olivia, reiß dich zusammen!

»Danke, dass du gekommen bist.« Ihre Stimme klang eine Spur zu heiser, sehr zu ihrem Missfallen. Tja, Dylan hatte eben diese Wirkung auf sie. Er leitete bei Miami Thunder die Abteilung für Reiseplanung, sprich, er war ein Arbeitskollege – und sie war auf ihn scharf, seit sie ihn kannte.

»Ich fand es nett, dass Avery mich eingeladen hat.«

Olivia war nicht sonderlich angetan gewesen, als ihre Schwester verkündet hatte, sie werde eine Party für sie organisieren. Doch jetzt, im Nachhinein, musste Olivia zugeben, dass es ein sehr schöner Abend gewesen war. Sie hatte sich sehr darüber gefreut, dass sich neben ihrer Mutter und sämtlichen Geschwistern und Halbgeschwistern auch viele Freunde und Arbeitskollegen die Zeit genommen hatten, mit ihr zu feiern.

Und Dylans Anwesenheit war sozusagen das Sahnehäubchen – das Tüpfelchen auf dem i.

Er betrachtete sie mit halb geschlossenen Augen. »So was lasse ich mir doch nicht entgehen.« Damit schob er ihr eine lose Haarsträhne hinters Ohr, wobei er mit den Fingern wie zufällig über ihre Wange strich.

Die sanfte Berührung ließ sie erneut schaudern und sorgte überdies dafür, dass ihre verräterischen Brustwarzen hart wurden. Das ging deutlich über das für ihn übliche Maß an Süßholzgeraspel hinaus. Der Blick seiner kaffeebraunen Augen wirkte entschlossen, was sie nicht weiter überraschte.

Bis vor Kurzem war ihr Verhältnis aufgrund der Tatsache, dass sie Kollegen waren, rein geschäftlicher Natur gewesen, mal abgesehen von einem heimlichen Techtelmechtel vor einer ganzen Weile. Doch dann hatte sich Olivias Bruder Ian, der Präsident von Miami Thunder, Hals über Kopf in Riley verliebt, ihr einen Job bei Thunder verschafft und sie binnen kürzester Zeit geheiratet. Und damit nicht genug: Auch Olivias Halbbruder Alex, der kürzlich seinen Job als Quarterback der Tampa Breakers an den Nagel gehängt hatte und nun für Thunder tätig war, hatte kürzlich den Bund fürs Leben geschlossen, und seine Angetraute Madison arbeitete ebenfalls für das hiesige Football-Team. Seither flirtete Dylan heftig und ohne eine Gelegenheit auszulassen mit Olivia, gerade so, als hätte ihn die Bereitschaft ihrer Familie, Berufliches und Privates zu vermischen, dazu animiert, seine Bemühungen um sie zu verstärken. Bis jetzt hatte sie seine Avancen abgewehrt, aber sie wusste, es war nur eine Frage der Zeit, bis sie ihren Widerstand aufgab.

Was spricht eigentlich dagegen, dass du dich mit ihm einlässt, Liv?, fragte sie sich. Vieles. Zu vieles. Doch das Kribbeln in ihrem Innern, das Verlangen, das in ihren Adern pulsierte, verrieten ihr, dass sie den Sprung ins kalte Wasser wagen würde, und zwar schon bald. Mit den Folgen konnte sie sich auch später noch auseinandersetzen.

»Und, bist du bereit für mein Geschenk?«, fragte Dylan und riss sie damit aus ihren Gedanken.

Sie nickte, versuchte jedoch, ihre Erregung zu kaschieren. »Ja! Ich liebe Geschenke.«

Seine Mundwinkel wanderten nach oben, und wie immer, wenn er lächelte, zierten zwei Grübchen seine Wangen. Er war ein Raubein, hart und beherrscht, und hatte sich stets unter Kontrolle. Niemals ließ er sich gehen oder verlor die Fassung.

Olivia konnte ihm seine emotionale Zurückhaltung gut nachempfinden. Sie hatte zwar keine so schwere Kindheit wie er gehabt, aber auch sie hatte ihr Päckchen zu tragen: Ihr Vater hatte seine gesamte Familie hintergangen, auf eine Art und Weise, wie man es sonst nur aus Seifenopern kennt, und auch Jeff, ihre erste große Liebe, hatte ihr just zu dem Zeitpunkt den Rücken gekehrt, als sie ihn am dringendsten gebraucht hätte. Ja, das Leben hatte ihr schon so einige schmerzhafte Lektionen erteilt. Und wie es aussah, war der Lernprozess noch nicht zu Ende – sie hatte gehofft, ihr Vater würde unter den Gästen sein, aber er hatte ihr über ihren Halbbruder Alex ausrichten lassen, dass er verhindert war. Wenn er sie wenigstens angerufen hätte, um es ihr persönlich zu sagen! Sie schluckte. Es bestand ein himmelweiter Unterschied zwischen dem sensiblen, zutiefst verletzten kleinen Mädchen in ihrem Inneren und der selbstbewussten jungen Frau, als die sie sich nach außen hin präsentierte.

Und genau diese junge Frau kehrte sie jetzt wieder hervor.

»Dann lass mal sehen. Ich bin gespannt.«

Ehe sie wusste, wie ihr geschah, hatte er sie auch schon an der Hand gepackt und zog sie hinter sich her aus der Lounge in den Korridor – vor den Augen ihrer gesamten Familie. Und Olivia hatte keine andere Wahl, als auf ihren Stöckelschuhen hinter ihm herzustolpern.

Sie lief feuerrot an, als sie ihre Schwester Avery passierten, die die Szene mit offenem Mund verfolgte.

Draußen im schummrig beleuchteten Korridor hielt er abrupt an, drehte sich zu ihr um und legte ihr, weil sie schwankte, die Hände um die Taille. »Dylan, was soll d…«

Er unterbrach sie mit einem leidenschaftlichen, fordernden Kuss, bei dem sie gleich auf Wolke sieben schwebte, und just als eine Stimme in ihrem Kopf zu protestieren begann, arbeiteten sich seine Lippen zu ihrem Kinn hinunter, und das sanfte Kitzeln seines Bartes ließ sie alles um sich herum vergessen.

Als Nächstes knabberte er an ihrem Ohrläppchen und entlockte ihr damit ein leises Stöhnen. »Dylan …«

Er schob ihr eine Hand in den Nacken, vergrub die Finger in ihrem Haar und bog ihren Kopf ein klein wenig nach hinten, dann küsste er sie erneut auf den Mund. Das leichte Ziepen an ihrer Kopfhaut hatte eine seltsam erregende Wirkung auf sie, sodass sich im Nu Feuchtigkeit zwischen ihren Oberschenkeln sammelte. Olivia konnte nicht leugnen, dass sie von seinem Geburtstagsgeschenk begeistert war und mehr wollte. Ihre

Zungen umspielten einander, und es störte sie wider Erwarten kein bisschen, dass er leicht nach dem Bier schmeckte, das er getrunken hatte. Ein ungeschliffener Diamant wie Dylan Rhodes war nun einmal kein Fan von teurem Scotch, aber genau deshalb fand Olivia ihn auch so attraktiv. Sie kannte niemanden, der so war wie er.

Da sie seinen Kuss erwiderte, hingebungsvoll und fordernd zugleich, drehte er sich mit ihr um, schob sie nach hinten an die Wand und presste seinen muskulösen Körper an den ihren, sodass seine pralle Erektion an ihren Bauch gedrückt wurde. Und Olivia bekam schon bei dem Gedanken an das, was sich daraus ergeben könnte, weiche Knie.

Er schmiegte die Hand an ihre Wange und strich mit dem Finger über ihre geschlossenen Lider. »Mach die Augen auf und sieh mich an.«

Sie riss die Augen auf. Aus der Nähe wirkte er nur noch umwerfender, denn jetzt war ihm die Begierde deutlich anzusehen. Das Verlangen nach ihr.

Dylan ließ die Hand in ihren Nacken wandern und sah ihr in die Augen. »Alles Gute zum Geburtstag, Sonnenschein.« Er beugte den Kopf, um ihr einen letzten stürmischen Kuss auf die Lippen zu pressen, dann drückte er ihr einen länglichen Gegenstand in die Hand, bog ihre Finger darum und trat einen Schritt zurück.

Mit heftig pochendem Herzen betrachtete sie das Geschenk und registrierte benommen das Kribbeln an sämtlichen strategisch wichtigen Punkten ihres Körpers. Würde sie nicht an der Wand lehnen, dann wäre sie wohl zu Boden gesunken. Er zwinkerte ihr zu, dann drehte er sich um und ging.

***

Dylan schwirrte der Kopf nach diesem Kuss. Er wollte Olivia für sich gewinnen, und zwar diesmal nicht nur für ein kurzes Techtelmechtel, sondern für immer. Ihre Geburtstagsparty sah er als eine ideale Gelegenheit, um ihr zu signalisieren, dass sich zwischen ihnen einiges ändern würde. Von nun an würde er ihre roten, von Lipgloss glänzenden Lippen nicht mehr nur aus der Ferne betrachten.

Er fuhr sich mit den Fingern über den Mund, der sich ganz klebrig anfühlte, und grinste. Sie war ausnahmsweise einmal sprachlos gewesen, und das wollte etwas heißen. Tja, jetzt wusste diese sexy Sirene, was ihr blühte.

Das Argument, dass sie Arbeitskollegen waren, würde er von nun an nicht mehr gelten lassen. Sie hatte immer wieder betont, für eine Frau sei es schwierig, sich in einem Bereich, in dem sonst nur Männer arbeiten, zu beweisen. »Wenn ich mich mit dir einlasse, wird das so aussehen, als könnte ich es allein nicht schaffen«, hatte sie behauptet. Was natürlich blanker Unsinn war. Olivia war früher zwar seine Sekretärin gewesen, inzwischen war sie jedoch wie ihr Bruder Ian in die Führungsebene aufgestiegen. Sie steckte viel Herzblut in ihre Arbeit, und natürlich hatte sie sich weit mehr als ihr Vorgänger ins Zeug legen müssen, um in einer Männerdomäne wie dieser ernst genommen zu werden. Nicht, dass sie sich je darüber beklagt hätte. Sie war gewitzt und intelligent und hatte sich bereits hinreichend bewiesen, und jeder in der Branche, der sie kannte, fand sie sympathisch und respektierte sie.

Eine Frau in ihrer Position konnte es sich durchaus leisten, auf eine strikte Trennung von Job und Privatleben zu verzichten, zumal sich schon mehrere Mitglieder ihrer Familie ungeniert über diese selbst auferlegte Regel hinweggesetzt hatten. Das waren doch alles nur Ausflüchte ihrerseits gewesen, damit sie nicht zugeben musste, dass sie vor irgendetwas Angst hatte. Doch damit konnte er leben. Er war ja selbst kein großer Held in Sachen Beziehung. Aber mit ihr wollte er es wenigstens versuchen. Und er war überzeugt, dass sie ein gutes Gespann abgeben würden. Schon, weil sie wie er eine große Leidenschaft für American Football hegte, was bei Frauen eher selten vorkam, wie Dylan sehr wohl wusste. Schließlich hatte er es oft genug erlebt, dass ihm seine Freundinnen seine Liebe zu diesem Sport krummnahmen.

Aber Olivia war nicht nur klug und gewitzt, sie hatte auch eine Hammerfigur. Sie war schlank und hatte kleine, aber feine Kurven an genau den richtigen Stellen. Ihre Brüste waren wie dafür gemacht, sich in seine Handflächen zu schmiegen. Er wäre eben im Korridor schrecklich gern noch ein Stück weiter gegangen und hatte sich nur mit knapper Not zurückhalten können. Ihre Taille schrie förmlich danach, von seinen Händen umklammert zu werden, und ihre langen Beine spielten stets eine Hauptrolle in seinen heißesten Fantasien. Er war ein Beinfetischist, und die Vorstellung, in sie einzudringen, während ihre Schenkel um seine Hüften geschlungen waren, ließ ihn nicht mehr los. Er hatte noch ihren weiblichen Duft in der Nase und ihren Geschmack im Mund, und er wollte mehr. Viel mehr. Und er würde es sich holen.

Er war schon fast an der Tür, als Olivias Bruder sich ihm in den Weg stellte.

»Ich muss mit dir reden«, schnarrte Ian.

Dylan hatte keine Lust, sein Privatleben mit seinem Boss zu diskutieren, aber der Respekt gebot ihm stehen zu bleiben. »Was liegt an?«

Ian warf einen Blick über die Schulter, um sicherzugehen, dass niemand mithörte. »Mir ist klar, dass es mir nicht zusteht, dir Vorträge über die strikte Trennung von Privatem und Beruflichem zu halten …«

Dylan legte den Kopf schief. »Aber?«

»Aber ich habe zufällig gesehen, was sich vor wenigen Minuten zwischen Olivia und dir im Korridor abgespielt hat.« Ian trat sichtlich verlegen von einem Fuß auf den anderen.

Dylan wusste, dass Ian über einen stark ausgeprägten Beschützerinstinkt verfügte, wenn es um seine Schwestern ging, und er konnte es ihm nachfühlen, schließlich hatte er selbst eine Schwester. Deshalb nahm er es ihm auch nicht übel, zumal er wusste, dass er für Aufsehen gesorgt hatte, als er Olivia eben vor aller Augen hinaus in den Korridor gezerrt hatte.

Trotzdem hatte er nicht vor, Ian in seine Pläne einzuweihen. »Ich bin dir keine Erklärung schuldig.«

»Und ob du das bist. Jeder Mann, der mit einer meiner Schwestern spielt, ist mir eine Erklärung schuldig.«

»Von spielen kann keine Rede sein.«

»Okay.« Ian nickte bedächtig, dann räusperte er sich. »Olivia mag nach außen hin recht tough wirken, aber das ist sie nicht. Im Gegenteil.« Es klang, als hätte er seine Worte sehr bewusst gewählt.

»Worauf willst du hinaus?«, fragte Dylan. Er zog es vor, derartige Informationen aus erster Hand zu erhalten, von Olivia selbst.

»Ich will nicht, dass du ihr den Kopf verdrehst und ihr das Herz brichst.«

»Das habe ich nicht vor.«

Ian musterte ihn mit jenem misstrauischen, abschätzenden Blick, für den er weithin bekannt war. Dylan straffte die Schultern und sah ihm direkt in die Augen.

»Nichts für ungut«, sagte Ian schließlich.

»Kein Problem«, erwiderte Dylan.

Sie kannten sich schon ewig, weil sie beide an der University of Florida studiert hatten, und Ian hatte ihm eine Anstellung verschafft, als sich ihre Wege ein paar Jahre nach dem Abschluss wieder gekreuzt hatten. Aber nur weil er in Ians Schuld stand, musste er deshalb noch lange nicht bei der Verfolgung seiner Ziele zurückstecken. Dylan hatte beschlossen, nicht eher zu ruhen, bis Olivia die Seine war. Er würde sich nicht davon abbringen lassen – und Ian würde sich wohl oder übel damit abfinden müssen.

***

Am Montagmorgen holte sich Olivia einen Kaffee aus der Kaffeeküche, ehe sie sich an ihren Arbeitsplatz begab.

Sie liebte ihren Job bei Miami Thunder. Schon als kleines Mädchen hatte sie wie eine Klette an ihren großen Brüdern Ian und Scott gehangen, die beide große Footballfans waren. Scott war inzwischen Polizist, aber er ließ sich kein einziges Thunder-Spiel entgehen. Und da das Team ihrem Onkel Paul, dem Bruder ihres Vaters gehörte, war auch Olivia quasi von Kindesbeinen an stets mit Football konfrontiert gewesen.

Onkel Paul hatte vor einiger Zeit beschlossen, mit seinem Lebensgefährten eine Weltreise zu machen, weshalb er Ian zum Präsidenten des Teams ernannt hatte, nachdem er ihn lange auf die Position vorbereitet hatte. Olivia hatte schon zum Zeitpunkt ihres Studienabschlusses gewusst, dass sie ebenfalls für Thunder arbeiten wollte. Sie hatte in der PR-Abteilung angefangen, war bald ins Reiseressort gewechselt und, nachdem sie sich das nötige Wissen angeeignet hatte, im Vorjahr zum Executive Director befördert worden. Ihre Tätigkeit und die Zusammenarbeit mit ihren diversen Familienmitgliedern bereitete ihr großen Spaß, und sie hatte einen Heidenrespekt vor den Spielern, die unglaublich hart trainierten und mit großem Engagement bei der Sache waren. Sie wusste, dass sie sich glücklich schätzen konnte und freute sich auf jeden neuen Arbeitstag.

Ihre Geburtstagsparty am Samstag hatte wieder einmal bewiesen, dass sie hier von Menschen umgeben war, die sie liebte. Den ganzen Sonntag hatte sie damit zugebracht, Geschenke zu sortieren und sich bei jedem Gast schriftlich zu bedanken. Ihre Schwester und Mitbewohnerin Avery hatte sie deswegen aufgezogen, aber nun konnte sie zumindest diesen Punkt von ihrer To-do-Liste streichen.

Sie ließ sich an ihrem Schreibtisch nieder und kramte in ihrer Handtasche nach ihrer Lesebrille. Normalerweise trug sie Kontaktlinsen, aber heute hatte sie Kopfschmerzen. Statt des Brillenetuis stieß sie allerdings auf die schmale, längliche Schachtel, die ihr Dylan am Samstag überreicht hatte.

Versonnen strich sie mit den Fingern über die samtige Oberfläche, und bei dem Gedanken an den Inhalt wurde ihr flau im Magen. Es handelte sich um ein Halskettchen mit einem zierlichen goldenen Anhänger – eine Sonne mit einem funkelnden Diamanten in der Mitte, denn Dylan nannte sie gerne »Sonnenschein«. Kein lieblos ausgesuchter Tand also, sondern ein sehr persönliches Geschenk, bei dessen Auswahl sich Dylan ganz offensichtlich Gedanken gemacht hatte. Sie wagte es nicht, die Kette zu tragen, hatte es aber auch nicht übers Herz gebracht, sie zu Hause zu lassen.

Olivia ließ den Deckel aufschnappen und betrachtete das Schmuckstück. Bislang hatte sie dem Umstand, dass er sie als seinen Sonnenschein bezeichnete, keine allzu große Bedeutung beigemessen, wenngleich ihr Herz dabei jedes Mal schneller schlug. Sie fühlte sich zu Dylan hingezogen und hatte kein Problem damit, das zuzugeben. Allerdings nahm sie sich vor glattzüngigen Männern generell in Acht. Okay, ehrlich gesagt nahm sie sich vor allen Männern in Acht, und das mit gutem Grund. *Vielen Dank, Daddy*, dachte sie frustriert. Ihr Frust richtete sich aber nicht nur gegen ihn, sondern auch gegen sich selbst, weil sie die Umstände einfach so hinnahm, wie sie waren. Ja, sie hatte maßgeblich dazu beigetragen, dass ihre Geschwister gewillt gewesen waren, ihrem betrügerischen Vater zumindest nach außen hin zu verzeihen. Trotzdem hatte das Verhalten ihres Vaters tiefe seelische Narben bei ihr hinterlassen.

Und was Dylan anging, musste gesagt werden, dass er ebenfalls einige Widersprüche in sich vereinte. Er stammte aus einem der ärmeren Viertel von Miami, hatte es dank eines Stipendiums aber trotzdem geschafft, an der University of Florida zu studieren. Sonst wusste sie kaum etwas über seine Vergangenheit, denn er sprach nicht darüber. Olivia respektierte das, schließlich waren sie bloß Arbeitskollegen, keine Freunde, selbst wenn er mehr von ihr wollte.

Seine harte Schale legte er niemals ab, selbst dann nicht, wenn er, in einen schicken Anzug gekleidet, gekonnt mit den Terminplänen der Spieler und des Managements jonglierte. Er war es gewohnt, die Kontrolle zu übernehmen, und genau das fand Olivia an ihm so ungemein attraktiv. Sie hatte es genossen, als er sie neulich quer durch den Raum geschoben hatte, um sie draußen im Korridor zu küssen, dass ihr Hören und Sehen verging. Aber er hatte auch einen weichen Kern, der sich in seinem Spitznamen für sie und in seinem Geburtstagsgeschenk offenbarte – und genau diese Seite an ihm war es, die ihr Angst einjagte. Sie war gefährlich, denn in einen solchen Mann hätte sie sich ohne Weiteres verlieben können. Unsterblich verlieben. Und sich zu verlieben bedeutete, sich jemandem zu öffnen. Verletzlich zu sein. Da sie jedoch aus Erfahrung wusste, dass so etwas sehr schmerzhaft enden konnte, zog sie es vor, mit Männern auszugehen, die ihr nichts bedeuteten.

Sie strich vorsichtig über die zarte Halskette, dann klappte sie den Deckel zu und legte die Schachtel vor sich auf dem Schreibtisch ab, um weiter nach ihrem Brillenetui zu kramen.

Kaum hatte sie die Brille aufgesetzt, klopfte es an der Tür.

»Herein.«

Die Tür schwang auf, und Dylan kam herein.

Wie heißt es so schön? Wenn man von der Sonne spricht, dann geht sie auf, dachte Olivia.

Da heute keine Meetings auf dem Programm standen, trug er statt des Anzugs eine schwarze Hose und ein Hemd mit weißem Kragen. Die obersten Knöpfe standen offen, sodass ein paar Brusthaare zu sehen waren, und die Ärmel hatte er hochgekrempelt, was Olivia eine Gelegenheit bot, seine muskulösen Unterarme zu bewundern, die sie äußerst sexy fand.

»Guten Morgen, Sonnenschein.« Er schenkte ihr ein Lächeln, bei dem ihr schier das Herz stehen blieb.

Sie schluckte. »Morgen.«

»Hast du einen Augenblick Zeit?«, fragte er.

Sie nickte.

Dylan schloss die Tür hinter sich. »Du siehst echt heiß aus mit Brille.«

Olivia errötete und nahm mit zitternden Händen die Brille ab.

»Ohne siehst du genauso heiß aus.« Er trat zu ihrem Schreibtisch, auf dem – nicht zu übersehen – die Schatulle mit der Halskette lag.

Es war völlig sinnlos zu hoffen, dass er sie nicht bemerken würde.

Wie erwartet huschte ein breites Grinsen über sein Gesicht. Er ließ sich auf der Ecke ihres Schreibtisches nieder. »Na?«, fragte er mit einem demonstrativen Blick auf die Schmuckschatulle und verschränkte die Arme vor der Brust.

Okay, bringen wir's hinter uns, dachte sie. »Danke Dylan, sie ist wunderschön.«

»Aber du trägst sie nicht.« Seine Mundwinkel wanderten nach unten, und plötzlich fühlte sie sich schuldig. Sie hatte ihn nicht enttäuschen oder seine Gefühle verletzen wollen.

»Ich wollte sie gerade anlegen.«

Er sah ihr ein, zwei Sekunden lang prüfend in die Augen, dann griff er nach der Samtschatulle und entnahm ihr die Halskette. »Umdrehen«, befahl er mit rauer Stimme.

Olivia erhob sich und vollführte eine Hundertachtziggraddrehung. Die Wärme, die von ihm ausging, stellte ihren Entschluss, sich nicht mit ihm einzulassen, bereits auf die Probe.

»Haare hoch.«

Sie beugte den Kopf nach vorn und hob ihre lange Mähne an, damit er ihr die Halskette umlegen konnte. Nachdem er den Verschluss hatte zuschnappen lassen, trat er jedoch nicht zurück, sondern kam im Gegenteil noch etwas näher.

Sein Atem strich über ihr Genick, und die warme Luft ließ eine Welle der Erregung durch ihren Körper gehen, bei der sie weiche Knie bekam.

»Was soll das wer…« Sie brach jäh ab und stöhnte auf, als er plötzlich ihren Nacken küsste. Er inhalierte ihren Duft und ließ dann die warmen Lippen über ihre Haut wandern, während sie stocksteif dastand. Halt suchend tastete sie nach der Schreibtischkante und spürte, wie sich ihre Brustwarzen aufstellten, was unter dem Seidentop, das sie trug, leider deutlich zu sehen war.

»Willst du wissen, warum ich dir diese Halskette geschenkt habe? Und warum ich dich immer meinen Sonnenschein nenne?«, hauchte er, wobei seine Worte wie eine Berührung über ihre Haut strichen. Statt ihre Antwort abzuwarten, fuhr er fort: »Weil für mich jeden Morgen die Sonne aufgeht, sobald ich dieses Gebäude betrete und dich sehe.«

Oh Gott. »Das ist …«

»Kitschig, aber wahr, ich weiß.« Er legte die Hände auf ihre Schultern und hielt sie fest, während er die Zungenspitze über ihre Ohrmuschel gleiten ließ.

Olivia war, als hätte man ihr einen Stromschlag verpasst, den sie bis in ihr tiefstes Inneres spüren konnte. Plötzlich nahm sie nur noch das Pulsieren ihres Geschlechts wahr, ihr feuchtes Höschen und ihre schweren Brüste. Sie verzehrte sich förmlich danach, von ihm berührt zu werden. Eigentlich wollte sie nur noch eines: sich zu ihm umdrehen, sich ihm in die Arme werfen und ihn küssen, bis ihm Hören und Sehen verging. Die Beine um seine Hüften schlingen und …

Da klopfte es, und ihre Schwägerin Riley riss die Tür auf und trat ein. »Hey, Olivia, kann ich kurz mit dir reden? Es geht um … Oh!« Sie blieb abrupt stehen, und beim Anblick der beiden Turteltäubchen hinter dem Schreibtisch huschte ein breites Grinsen über ihr Gesicht. »Ich störe wohl gerade«, stellte sie fest, machte aber keine Anstalten, sich wieder zu verziehen. Olivia versuchte, sich aus Dylans Griff zu lösen, doch er hielt sie erbarmungslos fest.

»Dylan und ich … ähm … Wir wollten gerade über das Pro Bowl und die Reise nach Arizona sprechen, stimmt's, Dylan?«, stieß sie hervor, obwohl offensichtlich war, dass das gelogen war. Kein noch so hastig vorgebrachter Grund rechtfertigte, dass Dylan direkt hinter ihr stand und ihren Nacken küsste.

Dementsprechend grinste er lediglich amüsiert. »Äh, jaja, genau deswegen bin ich hier.« Dann trat er einen Schritt beiseite und ließ die Hand sinken, wobei er Olivia wie zufällig über den Rücken strich. »Wir können unser Gespräch gern beim Mittagessen fortsetzen«, sagte er.

»Beim Mittagessen?«, echote Olivia, die noch nicht wieder geradeaus denken konnte – jedenfalls nicht, solange ihr ganzer Körper kribbelte. Sie konnte sich nicht erklären, was da gerade zwischen ihnen geschehen war. Und wie weit wären sie wohl gegangen, wenn Riley nicht hereingekommen wäre?

Weit. Sehr weit … Mist.

»Jawohl, beim Mittagessen«, bekräftigte Dylan. »Ich hole dich gegen zwölf ab.« Er sah ihr ins Gesicht und zwinkerte ihr zu.

Sie tat, als hätte sie es nicht bemerkt. Wie kam er dazu, über ihren Kopf hinweg Entscheidungen zu fällen, die ihren Tagesablauf betrafen? »Habe ich da nicht auch noch ein Wörtchen mitzureden?«, fragte sie. »Was ist, wenn ich bereits verplant bin?«

Dylan ignorierte Riley, die den Schlagabtausch mit belustigter Miene verfolgte, und sah stattdessen zu Olivia. »Ich habe dir in den vergangenen paar Monaten oft genug Entscheidungen überlassen. Jetzt bin zur Abwechslung mal ich an der Reihe. Bis später.« Er ließ die Fingerspitzen über ihre Hand gleiten, als er sie passierte. »Schön dich zu sehen, Riley«, sagte er und verschwand.

»Was war das denn? Und wenn wir schon dabei sind, was war das am Samstagabend bei deiner Party für eine schräge Aktion? Er hat dich quer durch den Raum hinaus in den Korridor gezerrt wie ein Neandertaler seine Beute!« Riley nahm auf dem bequemsten Besucherstuhl in Olivias Büro Platz, schnippte sich ein paar braune Locken über die Schulter und musterte sie amüsiert. Sie war mit Olivias Bruder Ian verheiratet und arbeitete im Bereich Reiseplanung als Sekretärin – und sie war eine gute Freundin von Olivia.

Olivia ließ sich auf ihren Schreibtischstuhl plumpsen. »Keine Ahnung. Wir flirten ja schon seit Langem miteinander, aber ich dachte, ich hätte ihm klar und deutlich zu verstehen gegeben, dass ich nicht bereit bin ... Geschäftliches und Privates zu vermischen«, sagte sie, um eine möglichst neutrale Ausdrucksweise bemüht, denn ihre Hormone spielten total verrückt. Sie zitterte, und ihr war, als würde sie ihre Umgebung geradezu überdeutlich wahrnehmen.

»Hm, mir scheint, er hat dir nicht zugehört.«

»Wohl wahr.« Olivia berührte den Anhänger der Halskette. »Das hier war sein Geburtstagsgeschenk für mich.«

Riley erhob sich und beugte sich über den Schreibtisch, um das gute Stück aus der Nähe zu betrachten. »Wow. Sehr hübsch. Er lässt sich wohl nicht so leicht abwimmeln. Und, wirst du weiter Widerstand leisten? Und falls ja, warum, wenn ich fragen darf? Er ist ein toller Bursche und sieht auch noch gut aus. Aber erzähl deinem Bruder nicht, dass ich das gesagt habe.« Sie grinste, denn sie wussten beide nur zu gut, wie besitzergreifend Ian sein konnte.

»Ich kann ihm nicht widerstehen«, stöhnte Olivia. »Und ich will es auch gar nicht. Aber er geht mit so viel Ernst an die Sache heran. Ganz nach der Devise ›Alles oder nichts‹. Und ich weiß einfach nicht, ob ich dafür bereit bin.«

»Hm. Also, wenn du mich fragst, kannst du deine Abende weiterhin zu Hause vor dem Fernseher verbringen oder mit einem Mann ausgehen, der dich ganz offensichtlich anbetet. Eine *echt* schwierige Entscheidung …«, feixte Riley.

»Das sagst gerade du, die du dich so gesträubt hast, als Ian dir den Hof gemacht hat.«

Riley zuckte die Achseln. »Ians dominante Persönlichkeit hat mir Angst eingejagt. Du weißt ja, was für ein Tyrann mein Vater ist.«

Rileys Vater war ein kontrollsüchtiges, gewalttätiges Schwein, sprich, sie hatte jeden Grund gehabt, Ian mit einer gesunden Portion Skepsis zu begegnen. Nicht, dass ihr Ian je auch nur ein Haar krümmen würde. Er liebte sie abgöttisch, und davon hatte er sie irgendwann auch überzeugen können, allerdings erst, nachdem sie ihn schon fast verloren hatte.

»Ich weiß, aber …«

»Warte, lass mich ausreden«, bat Riley.

Olivia nickte – sie wusste ja, dass Riley nur ihr Bestes wollte.

»Ich habe fälschlicherweise die Befürchtung gehegt, dass ich, wenn ich Ian vertraue, mein Selbstwertgefühl und meine Selbstständigkeit einbüße. Aber diesbezüglich hast du ja gar keine Probleme.«

»Das nicht, aber auch mir fällt es schwer, Männern zu vertrauen – du weißt warum.«

»Ja. Wegen deines Vaters und seiner Zweitfamilie. Wie du weißt, bin ich über beide Seiten dieser Angelegenheit informiert.« Olivias Halbbruder Alex war Rileys bester Freund.

»Ich kann dein Misstrauen also nur zu gut nachvollziehen. Aber du solltest Dylan die Gelegenheit geben, dir zu beweisen, dass er zu den Guten gehört.«

Olivia zwang sich zu einem Lächeln. Ihr Vater war nicht der alleinige Grund für ihren Argwohn gegenüber Männern. Zugegeben, er war der erste Mann gewesen, der dafür gesorgt hatte, dass sie ihren Glauben an das starke Geschlecht verloren hatte, und er enttäuschte sie immer wieder. Für sie war Robert Dare der Größte gewesen, und wenn er, wie so oft früher, behauptet hatte, sie sei seine Prinzessin, dann hatte sie ihm das kritiklos geglaubt. Leider hatte er das meist gesagt, wenn er – mit Geschenken schwer beladen – von einer seiner zahlreichen langen Geschäftsreisen nach Hause gekommen war. Und Olivia war zu jung und zu naiv gewesen, um zu verstehen, dass er mit diesen Geschenken nur versucht hatte, sein schlechtes Gewissen zu beruhigen, weil er sich eine Geliebte hielt, mit der er ebenfalls mehrere Kinder gezeugt hatte. Kinder, mit denen er weit mehr Zeit verbrachte als mit Olivia und ihren Geschwistern.

Der andere Grund war der große Fehler, den Olivia gemacht hatte, als sie auf dem College gewesen war. Seither fand sie es doppelt schwierig, Männern zu vertrauen.

»Hör zu, ich bin sicher, dass Dylan zu den Guten gehört.« Und außerdem sah er verboten gut aus mit seinen schwarzen Haaren, durch die Olivia nur zu gern die Finger gleiten lassen würde, und mit diesen Lippen, die sie unbedingt noch einmal küssen wollte …

Riley zuckte die Achseln. »Was spricht dann dagegen, wenn du mit ihm anbandelst? Heißer Sex kann sehr erfüllend sein, wenn man sich keine falschen Hoffnungen macht. Solange du nicht dein Herz riskierst, musst du dir keine Gedanken zum Thema Beziehung machen und nicht fürchten, verletzt zu werden.« Sie sah ihr in die Augen. »Hab ich nicht recht?«

Ein Lächeln umspielte Olivias Lippen. Sie sollte wohl wirklich nicht so viel nachdenken. Dylan wollte sie schließlich nicht heiraten. Gott bewahre. In diesem Fall müsste sie sich ihren größten Ängsten und ihren allerschlimmsten Seelenqualen stellen. Er wollte lediglich mit ihr essen gehen, und eventuell noch etwas mehr. Und damit konnte sie durchaus umgehen.

Sie nickte. Es war an der Zeit, ein neues Kapitel aufzuschlagen, was Dylan Rhodes anging.

2

Olivia arbeitete den ganzen Vormittag durch, doch gegen Mittag ertappte sie sich mehrfach dabei, dass sie auf die Uhr sah. Sosehr sie sich anfänglich dagegen gesträubt hatte, jetzt freute sie sich auf das Essen mit Dylan. Darauf, auszutesten, wohin die Sache mit ihm führen würde. Sie frischte ihr Make-up auf und kämmte sich die Haare, aber obwohl sie ihn erwartete, fuhr sie heftig zusammen, als es schließlich an der Tür klopfte.

Mit oder ohne Brille?, fragte sie sich, dann nahm sie das Gestell hastig ab. »Herein!«

Die Tür schwang auf, doch statt Dylan betrat Ian das Büro.

»Oh, ich hatte eigentlich Dylan erwartet«, stellte sie mit kaum verhohlener Ernüchterung fest.

Ihr Bruder, den so schnell nichts aus der Ruhe brachte, schnaubte belustigt. »Tut mir leid, dass ich dich enttäuschen muss.«

Sie beschloss, nicht darauf einzugehen. »Was führt dich zu mir?« Und wie konnte sie ihn möglichst rasch wieder loswerden, ehe der Mann, mit dem sie zum Lunch verabredet war, hier aufkreuzte?

»Ein Notfall. Es geht um Big.« Ian sprach von Marcus Bigsby, dem Tight-End-Spieler von Miami Thunder, der von seinen Fans und den Medien wegen seiner massigen Gestalt »Big« genannt wurde. Marcus maß knapp zwei Meter, bewegte sich aber trotz seiner 113 Kilo solider Muskelmasse erstaunlich leichtfüßig.

Außerdem war er charmant und gut aussehend und hatte sich in den zwei Jahren, die er nun schon für Thunder spielte, zu einem absoluten Toptalent entwickelt. Wobei er auch davor schon ein phänomenaler Spieler gewesen war. Die Medien und die Fans liebten ihn, weil er so bodenständig und bescheiden war, und die Mädels strömten in Massen in die Stadien, um den blonden Hünen in Aktion zu bewundern. Und seit er seinen Vertrag bei Miami Thunder verlängert hatte, verdiente er sich damit eine goldene Nase.

»Oh-oh. Was ist jetzt wieder los?«

Ian rückte seine Krawatte zurecht. »Er hat gestern eine Party bei sich zu Hause veranstaltet. Irgendwann haben sich seine Nachbarn telefonisch bei der Polizei beschwert, und als die Bullen angerückt sind, haben sie die Freunde von Bigs Cousin doch glatt dabei erwischt, wie sie gerade in den Springbrunnen der besagten Nachbarn gepinkelt haben.«

»Igitt.« Olivia zog angewidert die Nase kraus.

»Typisch Wendell«, knurrte Ian. »Der Kerl macht in einer Tour Ärger.«

Und genau das war das Problem, das sie mit Big hatten. Sie hatten ihn ins Team geholt, weil er sich am College bei den Oklahoma Sooners einen Namen gemacht hatte. Er war der Jüngste von sieben Geschwistern und hatte als echtes Landei keine Ahnung vom Stadtleben. Außerdem wusste er nicht, wohin mit dem vielen Geld, das er neuerdings verdiente, und so ließ er sich ausnehmen wie eine Weihnachtsgans. Schon einige Male hatte er unkluge Entscheidungen getroffen und damit für negative Publicity gesorgt. Meist steckte sein Cousin Wendell dahinter, der in der *großen Stadt*, wie Bigs Familie Miami nannte, auf ihn aufpassen sollte.

Wendell war ein paar Jahre älter als Big, dafür aber weit weniger charmant und sympathisch. Eigentlich war er der große Football-Star der Familie Bigsby gewesen, doch dann hatte eine Verletzung seiner Karriere an der Highschool ein jähes Ende bereitet. Deshalb schien Wendell nun der Ansicht zu sein, dass ihm Marcus etwas schuldig war. Er sah nur, dass dieser haufenweise Geld scheffelte und nutzte ihn finanziell gewissenlos aus. Gerüchten zufolge hatte er sogar mit der Drogenszene von Miami zu tun, aber für Big zählte nur eines: Wendell gehörte zur Familie, und deshalb vertraute er ihm blind. Mit anderen Worten: Wendell stellte ein massives Problem dar.

Sie hatten das Problem bereits mehrfach mit Big diskutiert, hatten ihm auch schon Strafen aufgebrummt und versucht, ihm gute Ratschläge zu erteilen. Außerdem hatten sie ihm den Besuch eines Lehrgangs verordnet, in dem den Spielern ein solides Finanzmanagement und allerlei andere Fähigkeiten beigebracht wurden, die sie für das Leben nach ihrer Karriere als Profispieler benötigten. Ihr Stiefbruder Alex hatte sich besonders um Big gekümmert und nichts unversucht gelassen, um ihn zur Vernunft zu bringen und ihm zu helfen.

Olivia trommelte nachdenklich mit den Fingern auf den Schreibtisch. »Hm. Solange Wendell hier ist, wird sich nichts ändern.«

»Genau darum geht es. Coach Carter wird Big vor die Wahl stellen: Entweder schickt er Wendell auf der Stelle nach Hause – noch vor dem Pro Bowl –, oder Big sitzt in der kommenden Saison auf der Ersatzbank.«

Olivia riss die Augen auf. »Das wird ihm das Herz brechen«, murmelte sie.

»Ich hoffe, es wird ihm den nötigen Antrieb liefern.« Ian sah auf die Uhr. »Carter bricht in fünf Minuten auf. Also dann los, mach dich auf den Weg zum Parkplatz!«

»Moment mal. Was hat das alles mit mir zu tun?«

»Big respektiert Coach Carter zwar, aber dich mag er, und er vertraut dir. Als er kürzlich von Wendell mit dieser Tussi verkuppelt wurde, wollte er Alex doch partout nicht glauben, das sie eine Prostituierte ist. Erst dir ist es dann gelungen, ihm die Augen zu öffnen.«

Olivia seufzte. »Er ist viel zu gutgläubig. Er konnte sich echt nicht vorstellen, dass diese Frau nicht um seinetwillen an ihm interessiert sein könnte. Ich musste ihm erklären, dass sie bestellt war und bezahlt wurde. Und Wendell war natürlich unauffindbar – wie immer, wenn Big ihn mal braucht.«

Olivia hatte ihn schließlich in einem Restaurant in der Nähe des Stadions aufgestöbert, wo er auf eine Frau gewartet hatte, die nicht die Absicht gehabt hatte zu erscheinen, weil man sie dafür nicht bezahlt hatte. Es hatte eine Weile gedauert, bis sie zwei und zwei zusammengezählt hatte, aber nachdem sie mit einigen von Bigs Teamkollegen gesprochen hatte, war ihr ein Licht aufgegangen. Es war ein unangenehmes Gespräch gewesen, aber irgendjemand hatte dem armen Jungen reinen Wein einschenken müssen, und die anderen Spieler hätten ihn wegen dieser Angelegenheit nur gnadenlos aufgezogen.

»Okay, okay, ich geh ja schon, aber warum gerade jetzt?«

»Weil Coach Carter es so will. Tut mir leid, Liv, aber wir brauchen dich.«

Sie nickte. »Ich sage nur eben Dylan Bescheid«, brummte sie sichtlich wenig erfreut.

Und sobald er sich umgedreht und ihr Büro verlassen hatte, streckte sie ihm die Zunge heraus. Die kindische Geste konnte sie zwar nicht trösten, aber alte Gewohnheiten legte man eben nicht so schnell ab.

War ja klar. Kaum hatte sie sich dazu durchgerungen, Rileys Rat zu beherzigen und Dylan zu erhören, da kam ihr die Arbeit in die Quere.

***

Dylan war zwar enttäuscht, weil Olivia das Mittagessen mit ihm hatte absagen müssen, aber er hatte vollstes Verständnis. Ihm war sonnenklar, dass er im Rahmen der Reise zum Pro Bowl in Arizona mit Marcus Bigsby alle Hände voll zu tun haben würde und ihm sehr geholfen war, wenn sie den Jungen dazu bringen konnte, seinen Cousin Wendell nach Hause zu schicken. Big war einfach noch ein Kind. Dylan war zwar selbst erst dreißig, aber er hatte schon als Teenager weit mehr Lebenserfahrung gesammelt als Marcus in seinem gesamten bisherigen Leben.

Dylan schüttelte den Kopf. Da er auf ein Essen in der Cafeteria wenig Lust hatte, beschloss er, stattdessen seiner Ex einen Besuch abzustatten. Meg hatte ihm auf den AB gesprochen und kundgetan, dass sie mit ihm reden wollte, und die Gelegenheit war günstig. Natürlich hätte er sie auch einfach zurückrufen können, aber ihm war nicht entgangen, wie angespannt sie geklungen hatte. Leider zog Meg Probleme geradezu magisch an. Besser gesagt, sie zog Männer, die Probleme machten, geradezu magisch an. Und wenn ihr wieder einmal einer ihrer Bad Boys, wie sie sie nannte, Kummer bereitet hatte, weinte sie sich gern an Dylans Schulter aus. Wann immer es Schwierigkeiten gab, war Dylan bereitwillig zur Stelle. Er hatte stets ein offenes Ohr für Frauen in Not – insbesondere für seine Schwester und seine Ex.

Meg war Lehrerin und hatte mittags eine Stunde frei, wie er wusste. Für gewöhnlich erledigte sie in dieser Zeit die Vorbereitung für den nächsten Tag. Also fuhr er rasch zu ihrer Schule und begab sich schnurstracks in das Klassenzimmer, in dem sie unterrichtete. Als er eintrat, verstaute Meg gerade ein paar Dosen mit Fingerfarben in einem Schrank an der Stirnseite des Raumes und machte sich dann daran, mit einem Lappen die kleinen Tische zu säubern. Sie summte vor sich hin, und ihr hellbraunes, zu einem Pferdeschwanz zusammengebundenes Haar wippte.

Dylan räusperte sich. »Hi, Meg.«

Sie fuhr herum. »Hi!«, rief sie lächelnd und trat zu ihm, um ihn mit einem Kuss auf die Wange zu begrüßen, wobei sie die mit Farbe beschmierten Hände seitlich von sich streckte, um keine Spuren auf seiner Kleidung zu hinterlassen. »Warte, ich wasche mir schnell die Hände. Was treibst du denn hier?«

»Na ja, du hattest mich doch angerufen und um ein Gespräch gebeten.«

Sie musterte ihn ungläubig. »Aber deswegen hättest du doch nicht gleich persönlich vorbeikommen müssen.«

»Ich weiß, aber ich hatte gerade Zeit.«

Sie säuberte ihre Hände in einem kleinen Waschbecken und gesellte sich wieder zu ihm. »Willst du die Hälfte von meinem Thunfischsandwich?«, fragte sie und kramte eine Plastiktüte aus ihrer Handtasche.

Er nickte. »Warum nicht? So hatte ich mir mein Mittagessen zwar eigentlich nicht vorgestellt, aber okay …«

Sie nahmen an ihrem Schreibtisch Platz und verdrückten schweigend das Sandwich, das sie von zu Hause mitgebracht hatte.

Meg und Dylan waren auf der Highschool ein Paar gewesen, nach dem Abschluss jedoch getrennte Wege gegangen. Jahre später, nach dem College, hatte das Schicksal sie wieder zusammengeführt, und sie hatten versucht, dort anzuknüpfen, wo sie aufgehört hatten, aber es hatte nicht funktioniert. Sie hatten sich nicht mehr zueinander hingezogen gefühlt. Seither waren sie eng befreundet, und das war Dylan ganz recht so. »Ich brauche dringend Abwechslung. Die Thunfischsandwiches hängen mir echt zum Hals raus.« Meg steckte sich den letzten Bissen in den Mund, knüllte die Frischhaltefolie zusammen und pfefferte das Knäuel in den Mülleimer.

»Okay, dann erzähl mal, was los ist.«

Sie erhob sich, trat zu einem Tisch, auf dem ein Wust von bemaltem Millimeterpapier lag, und begann, Kinderzeichnungen zu sortieren und aufzuhängen, ehe sie antwortete. Schon das war recht aufschlussreich.

»Geht es um Mike?«, fragte Dylan. Mike war Megs derzeitiger Freund und Mitbewohner. »Was hat dieser Idiot jetzt wieder angestellt?«

»Er ist ganz überraschend mit ein paar Kumpels nach Las Vegas geflogen«, sagte sie, ohne sich zu ihm umzudrehen. »Dafür hatte er Geld, obwohl er sonst ständig pleite ist.« Es klang resigniert.

Nicht zum ersten Mal regte sich Dylan darüber auf, dass dieser faule Mistkerl Meg auf der Tasche lag. »Ich dachte, er arbeitet an den Wochenenden? Wie ist es möglich, dass er sich als Vorarbeiter auf einer Baustelle spontan freinehmen kann, noch dazu für ein Partywochenende?«

Sie ließ den Kopf hängen. »Tja, was den Job angeht ... Er hat gesagt, eine Stelle mit weniger Verantwortung ist ihm lieber, deshalb hat er gewechselt.«

Dylan grunzte verächtlich. »Mit anderen Worten, er wurde degradiert oder gefeuert.«

»Keine Ahnung.«

»Hast du ihm gesagt, dass er nicht nach Vegas fahren soll?« Sie nickte. »Er ist explodiert und hat gesagt, er braucht Erholung, und ich soll mich gefälligst um meinen eigenen Kram kümmern. Dann hat er sich entschuldigt und mir versprochen, es wiedergutzumachen, wenn er zurück ist.« Dylan stand auf und ging zu ihr. »Warum musst du dich immer wieder mit solchen Typen einlassen? Weißt du nicht, dass du etwas Besseres verdient hast?«, fragte er. Seine Worte erinnerten ihn an das, was er zu seiner Mutter gesagt hatte, kurz bevor sie ihre Sachen gepackt und ihn und seine Schwester verlassen hatte. Als sich Meg zu ihm umdrehte und ihn mit Tränen in den Augen ansah, verdrängte er die Erinnerung an seine Mutter. »Du warst der letzte anständige Mann, mit dem ich zusammen war. Manchmal kommt es mir so vor, als wäre ich auf der Suche nach einem zweiten Dylan.« Sie lachte, schnappte sich ein Taschentuch von ihrem Schreibtisch und tupfte sich damit die Augen. »Zu schade, dass es zwischen uns nicht mehr geklappt hat. Ich frage mich bloß, warum.«

Er dachte an eine gewisse Brünette mit klugen Augen und einem breiten Lächeln und wusste, er wollte mit keiner anderen zusammen sein. »Weil wir erwachsen geworden sind, Meggie.« Das war ihr alter Spitzname – einer, den außer ihm niemand mehr verwendete.

Sie nickte. »Ich weiß. Wenn wir uns jetzt küssen würden, wäre das, als würde ich meinen Bruder küssen – wenn ich einen hätte«, sagte sie und zog die Nase kraus.

Dylan empfand genau dasselbe. »Hör zu, Mike nutzt

deine Gutmütigkeit aus, ganz zu schweigen von deiner Großzügigkeit.« Dieser Kerl steuerte keinen Pfennig zur Miete bei – und auch kaum je etwas zu den Ausgaben für Lebensmittel und dergleichen mehr. Und dann besaß er auch noch die Dreistigkeit, zum Feiern nach Las Vegas zu fliegen, obwohl er offenbar gerade seinen Job verloren hatte, was ja wohl bedeutete, dass in finanzieller Hinsicht auch weiterhin nicht viel von ihm zu erwarten war. »Schmeiß diesen Scheißkerl raus, sobald er aus Vegas zurück ist. Und denk daran: nächstes Mal Augen auf bei der Partnerwahl, ja?«, ermahnte er Meg eindringlich, während er zugleich um eine nicht allzu strenge Miene bemüht war.

Sie nickte, aber Dylan wusste, so einfach war das alles nicht. Bei Meg war das nächste Drama nie weit.

»Danke fürs Vorbeikommen. Du schaffst es einfach immer wieder, mir den nötigen Tritt in den Hintern zu verpassen.« Sie umarmte ihn und drückte ihn kräftig an sich. So standen sie einen Augenblick da, Wange an Wange.

Dass sie ihn am liebsten gar nicht mehr losgelassen hätte, war ein weiterer Indikator dafür, dass sie total down war.

»Halt die Ohren steif, Meg.«

»Mach ich. Bis bald, und danke nochmals.«

»Ich bin es ja schon gewohnt, dass du regelmäßig jemanden brauchst, der sich deine Sorgen anhört.«

»Du bist eben mein Retter in der Not. Aber ich habe fest vor, mir eines Tages einen anständigen Kerl zu angeln. Versprochen.«

Dylan schüttelte lachend den Kopf und machte sich auf den Weg zum Stadion.

Obwohl er viel zu tun hatte, legte er bei seiner Rückkehr einen kurzen Zwischenstopp bei Olivia ein. Ihr gemeinsames Mittagessen mochte zwar ins Wasser gefallen sein, aber so schnell ließ er sich nicht entmutigen. Er hatte schließlich noch so einiges vor mit ihr.

Er klopfte an, öffnete dann jedoch rasch die Tür, damit sie sich nicht gleich wieder hinter ihrer Fassade verstecken konnte. Sie saß mit der Brille auf der Nase an ihrem Schreibtisch und hatte den Blick auf den Computerbildschirm gerichtet.

Als sie den Kopf hob, erhielt er genau das, was er sich erhofft hatte – einen unverfälschten Eindruck von ihrer ersten Reaktion: Ein erfreutes Lächeln huschte über ihr Gesicht. Dann hatte sie sich wieder im Griff und setzte eine neutrale Miene auf. »Hi, Dylan. Was gibt's?«

Er beschloss, nicht gleich mit der Tür ins Haus zu fallen. »Ach, ich wollte mal hören, wie es mit Big gelaufen ist.«

Sie rieb sich seufzend den Nasenrücken und machte keinen Hehl aus ihrer Sorge um Marcus Bigsby. »Er hat noch immer nicht kapiert, dass Wendell einen schlechten Einfluss auf ihn ausübt. Es ist echt traurig. Tja, Marcus gehört eben leider zu den Spielern, die den Collegeabschluss nur geschafft haben, weil die Zuständigen sämtliche Augen und Hühneraugen zugedrückt haben.« Sie schüttelte den Kopf. »Seine Bildung ist mehr als lückenhaft, und auch sonst hat er im Grunde keine Ahnung, wie der Hase läuft. Dazu kommt, dass Gerissenheit für ihn quasi ein Fremdwort ist.«

»Dafür ist Wendell ein Meister dieses Fachs«, brummte Dylan.

Olivia nickte mit bekümmerter Miene. »Du sagst es. Wie auch immer, ich habe mit Coach Carter die bewährte Good-Cop-Bad-Cop–Taktik angewendet, und auf diese Weise konnten wir Big gemeinsam vor Augen führen, dass er unabhängiger werden und seinen Cousin nach Hause schicken muss.«

»Ist ihm klar, was für ihn auf dem Spiel steht?«

Olivia zuckte die Achseln. »Das hoffe ich. Wir haben es ihm jedenfalls klar und deutlich gesagt.«

»Also keine Prostituierten mehr, die er für echte Verehrerinnen hält und die seine Rolex mitgehen lassen, weil er so dumm war, sie nicht vorher wegzusperren.«

Olivia schüttelte mit einem gequälten Grinsen den Kopf.

»Und keine Verhaftungen mehr, wenn Wendell und seine Kumpels mal wieder eine Schlägerei in einem Klub anzetteln«, fuhr er fort. Es war bereits mehrfach vorgekommen, dass sich Big aus falscher Loyalität Ärger eingehandelt hatte, wenn sein Cousin Dummheiten gemacht hatte.

»Ich bin überzeugt, dass er sich viel besser auf sein Training und seine Spiele konzentrieren kann, wenn Wendell endlich weg ist«, sagte Olivia. »Und auf das Schulungsprogramm, das Alex und Madison ausgearbeitet haben, um die Spieler auf ihr Leben nach dem Ende der Karriere vorzubereiten. Und dann lernt er hoffentlich auch, dass er an die Zukunft denken und sein Geld für später anlegen muss.«

In ihren dunklen Augen spiegelte sich Zuversicht, und ihre Wangen waren gerötet nach diesem leidenschaftlichen Plädoyer.

Dylan musste unwillkürlich lächeln, als sie sich über die verführerischen roten Lippen leckte.

»Was gibt's denn da zu grinsen?«, wollte sie wissen.

»Ich finde es süß, dass dir Bigs Wohl so am Herzen liegt.«

Sein Kompliment ließ sie noch heftiger erröten. »Ich will nur, dass er auch abseits des Spielfelds erfolgreich ist.«

Dylan lehnte sich mit der Hüfte an die Schreibtischkante. »Das hier ist wirklich viel mehr als bloß ein Job für dich, stimmt's?«

Sie zuckte die Achseln. »Ian war mein großes Vorbild, als ich klein war, und nachdem ich Alex kennengelernt hatte, auch er. Nicht, dass ich selbst Football spielen wollte. Vielmehr wollte ich ein Teil dieses Universums sein. Ehrlich gesagt habe ich den Eindruck, dass ich mich nur deshalb so für diesen Sport interessiert habe und Ian auf Schritt und Tritt gefolgt bin, weil mich das von der Tatsache abgelenkt hat, dass unser Vater nie da war.«

Dylan nickte und wartete gespannt ab, ob sie ihm weitere Einblicke gewähren würde.

»Und als ich dann von Dads Zweitfamilie erfuhr ... Na ja, Football war ein Bereich, der mit Dad überhaupt nichts zu tun hatte.« Sie wandte sich verlegen ab, doch

Dylan war froh über jedes kleinste bisschen Information. Er wollte wissen, wie sie tickte.

»Was ist mit dir? Warum bist du ein Teil dieser Welt geworden?«, erkundigte sie sich, ehe er auf ihre Aussage reagieren konnte. Er unterdrückte ein Stöhnen. Er hätte wissen müssen, dass auf seine Frage eine Gegenfrage folgen würde.

Er räusperte sich. »Man könnte wohl sagen, dass Football auch für mich in erster Linie die ideale Ablenkung war. Ein Hobby, das dafür gesorgt hat, dass ich kaum je zu Hause war und ein Ziel und eine potenziell sichere Zukunft hatte.« Mehr wollte er vorerst nicht dazu sagen. »So, nun zurück zu dir. Du hast vorhin unser Date platzen lassen. Wie gedenkst du das wiedergutzumachen?«

Sie zog die Nase kraus, was sie so süß aussehen ließ, dass er sie am liebsten auf der Stelle geküsst hätte. »Ähm, was schwebt dir denn so vor?«

Tja, was sein Schwanz wollte, war klar: sich zwischen ihre seidigen Schenkel schieben und sie vögeln, bis sie vor Ekstase schielte. Aber seine kleinen grauen Zellen wussten, dass es klüger war, wenn er sich in Geduld übte.

»Geh heute Abend mit mir essen.«

Sie stützte das Kinn in die Hand und sah ihm in die Augen. »Du kommandierst mich echt ganz schön rum.«

Er grinste. »Und, macht es dich heiß?«

Sie schnappte nach Luft. Eine weitere Aufforderung benötigte er nicht. In zwei Schritten war er hinter ihrem

Schreibtisch, hatte ihren Drehstuhl herumgewirbelt und sich über sie gebeugt, die Hände auf die Armlehnen gestützt. Olivia starrte ihn mit ihren wunderschönen dunkelblauen Augen an.

»Was willst du von mir?«, fragte sie ihn.

Alles, dachte er. Stattdessen sagte er: »Eine Chance.«

Sie öffnete den Mund, und er ergriff die Gelegenheit beim Schopf und presste die Lippen auf die ihren. Sie spannte überrascht sämtliche Muskeln an, doch als er sanft an ihrer Unterlippe zu knabbern begann, öffnete sie sogleich den Mund und stieß ein leises Seufzen hervor – ein Laut, bei dem sein pralles bestes Stück vor Erregung zuckte.

Er ließ die Zungenspitze über die Unterlippe gleiten, dort, wo er sie die Zähne hatte spüren lassen, dann tauchte er sie tief in ihre Mundhöhle, um sie zu kosten und zu erkunden. Sie ließ es geschehen, mehr noch, sie erwiderte den Kuss mit derselben Leidenschaft. Ihre weiche Zunge umspielte die seine, was Dylan mit einem wohlwollenden Stöhnen goutierte. Und obwohl er nichts lieber getan hätte, als das hier zu seinem logischen Ende zu bringen, wusste er, sie verdiente es, langsam verführt zu werden. Aber lieber Himmel, es war unglaublich, was diese Frau mit ihm anstellte, und zwar ohne darüber nachzudenken. Ohne die geringste Anstrengung.

Er atmete den blumigen Duft ein, der sie umgab, und küsste sie noch ein paarmal innig, dann hob er den Kopf. »Na, wie sieht es aus? Dinner?«

Olivia sah ihn blinzelnd an, und plötzlich wich ihre weiche Miene einem alarmierten Gesichtsausdruck. Sie schüttelte den Kopf und rümpfte angewidert die Nase. »Du riechst anders als sonst.«

»Was?«, fragte er, verwirrt und pikiert zugleich.

Olivia schob ihn an den Schultern von sich. »Was zum Teufel soll das?«

***

Sie atmete ein paarmal tief durch und musterte ihn mit schmalen Augen, verärgert über sich selbst, weil sie sich davon hatte ablenken lassen, dass er einmal kurz an ihrer Unterlippe geknabbert hatte. Dabei hatte sie vorhin, als er sich über sie gebeugt hatte, gleich gemerkt, dass etwas anders war.

»Du riechst nach dem Parfüm einer anderen Frau. Es ist mir gleich aufgefallen, als du dich vorhin über mich gebeugt hast, aber dann habe ich mich von deinem Kuss einlullen lassen ... Was zum Geier hat das zu bedeuten, Dylan?«

Dylan fluchte verhalten. »Es ist nicht so, wie es aussieht«, sagte er nachdrücklich und sah ihr in die Augen. »Ich war vorhin bei meiner Ex, mit der ich immer noch befreundet bin. Alles ganz harmlos.«

Soso, dachte Olivia. Das hatte sie alles schon mal gehört. Von ihrem Collegefreund Jeff, der immer sehr viel Zeit mit einer Tutorin verbracht hatte. *Wir sind nur befreundet*, hatte er behauptet. Als sie eines Tages gesehen hatte, wie sich die beiden umarmten, hatte auch er den Spruch »Es ist nicht so, wie es aussieht« gebracht. Alles ganz harmlos, jaja. Wenig später hatte sie die beiden erneut in einer eindeutigen Situation erwischt – diesmal nackt. Und das ausgerechnet an dem Tag, als sie ihm hatte sagen wollen, dass sie schwanger war. Das hatte sie gelehrt, schon viel früher Fragen zu stellen und nicht nur das zu sehen, was sie sehen wollte, sondern mehr.

Olivia atmete hörbar aus. *Hör ihm zu und zieh keine voreiligen Schlüsse*, ermahnte sie sich, doch obwohl das mit Jeff schon Jahre her war, fiel es ihr schwer.

»Hör zu, Olivia, Meg war meine Highschoolfreundin. Es ist also schon ewig her. Sie wollte mit mir reden, weil sie gerade Probleme mit ihrem Freund hat, und da du unser gemeinsames Mittagessen abgesagt hattest, bin ich kurz zu ihr gefahren. Sie arbeitet in einer Schule hier in der Nähe. Sie unterrichtet die Vorschulkinder«, fügte er hinzu, unnötigerweise, wie Olivia fand.

»Verstehe.« Sie nagte an ihrer Unterlippe.

»Du verstehst mitnichten, das sehe ich dir deutlich an.«

Sie verschränkte die Arme vor der Brust. Ihr war jedes Mittel recht, um eine Barriere zwischen ihm und sich selbst zu schaffen. Weil er sie mit diesem Kuss quasi ausgetrickst hatte. Kaum hatte sie seine Zunge im Mund gespürt, da war das schwere, blumige Parfüm, nach dem er duftete, auf einen Schlag vergessen gewesen. Sie war vollkommen überwältigt gewesen.

»Dann erzähl doch mal von dieser Ex, mit der du dich triffst, während du mir schöne Augen machst und versuchst, mich dazu zu bringen, dass ich dir eine Chance gebe. Wie gut bist du mit dieser Frau befreundet?«

Er sah ihr geradewegs in die Augen. Entweder war er

ein hervorragender Lügner, oder er hatte wirklich nichts zu verbergen.

Er strich sich über sein Ziegenbärtchen. »Wie gesagt, wir waren auf der Highschool ein Paar. Sobald wir angefangen haben zu studieren, ging es auseinander. Da wir nach dem Abschluss beide wieder hierhergezogen waren, wollten wir es noch einmal miteinander versuchen, aber es war vergebliche Liebesmüh. Es hat überhaupt nicht mehr gefunkt zwischen uns. Und seither sind wir Freunde, mehr nicht.«

Wieder atmete sie laut aus. »Soso.«

»Was willst du damit andeuten?«

»Dass ich das schon öfter gehört habe.«

»Ach, Scheiße, Olivia, glaubst du wirklich, ich würde dich so leidenschaftlich küssen, wenn ich eigentlich auf eine andere scharf bin?«

Olivia ließ sich seine Worte durch den Kopf gehen. Dann blinzelte sie und schüttelte den Kopf. *Bleib in der Gegenwart. Vergiss die Vergangenheit.*

»Okay«, seufzte sie schließlich. »Ich will nicht zu den Frauen gehören, die voreilige Schlüsse ziehen.« Obwohl ihr das Leben bereits mehrere Gründe geliefert hatte, genau das zu tun.

»Dann tu es auch nicht.« Er näherte sich ihr wieder, allerdings bedeutend zögerlicher als zuvor.

Sie nickte. Er hatte recht. Aber deswegen musste sie diesen Vorfall und die Gefühle, die er bei ihr hervorrief, noch lange nicht gutheißen. Sie hatte kein Recht, eifersüchtig zu sein, was Dylan und die Menschen in seinem Leben anging. Trotzdem war sie es gewesen. Und das bedeutete, dass er ihr nicht egal war. Sie empfand etwas für ihn, und es war nicht ausgeschlossen, dass sie irgendwann noch viel mehr für ihn empfinden würde. Genau deshalb hatte sie bisher nicht reagiert, wenn er angedeutet hatte, dass sich zwischen ihnen mehr entwickeln konnte. Denn er hatte Potenzial. Mit ihm hätte sie sich durchaus eine ernste Beziehung vorstellen können – und das erhöhte die Gefahr, verletzt zu werden.

»Also, was ist jetzt mit dem Abendessen?«, hakte er nach.

Sie schüttelte bedächtig den Kopf. »Ich hab zu tun.« Die Lüge war ihr nicht leicht über die Lippen gekommen, zumal sie ihn mit genau diesen Lippen nur zu gern noch einmal geküsst hätte.

Er musterte sie mit einem prüfenden Blick. »Erzähl mir doch keine Märchen. Ich komme gegen sieben zu dir und bringe uns etwas zu essen mit. Bis nachher.« Damit drehte er sich um und ging zur Tür.

»Dylan!«

»Ja?« Er drehte sich um und lehnte sich an den Türrahmen. Er sah einfach verboten sexy aus und machte es ihr verdammt schwer, ihm zu widerstehen.

Olivia ertappte sich dabei, wie sie die Hand hob, um ihre Lippen zu berühren, und ließ sie prompt wieder sinken. Die empfindliche Haut rund um ihren Mund kribbelte noch immer leicht von seinen Barthaaren. »Du kannst mich nicht so rumkommandieren und ernsthaft erwarten, dass ich tue, was du von mir verlangst.«

Er legte den Kopf schief. »Nein, unter normalen Umständen nicht. Aber du stehst auf mich, sonst würdest du nicht derart heftig auf mich reagieren, oder?«

Sie öffnete den Mund, klappte ihn aber gleich wieder zu.

Er nickte, als wäre er erfreut über das Ausbleiben ihrer Antwort. »Siehst du? Einer von uns muss in dieser Situation über seinen Schatten springen, und das bist ganz augenscheinlich nicht du. Jemand muss dafür sorgen, dass sich etwas tut. Und dieser Jemand bin ich. Bis nachher.«

Und damit machte er sich vom Acker.

3

Nach Dienstschluss hetzte Olivia nach Hause, duschte hastig und flocht sich die Haare zu einem losen Zopf, der ihr locker über die Schulter fiel. Rasch noch ein bisschen Make-up, und dann ab ins Schlafzimmer, wo sie mehrere Outfits anprobieren musste, ehe sie das Richtige gefunden hatte.

Eigentlich hatte sie nicht vorgehabt, sich wegen Dylan in Schale zu werfen, aber sie konnte sich einfach nicht entscheiden, was in dieser Situation am ehesten passte. Jeans oder ihre liebste Jogginghose hätten Dylan die Botschaft vermittelt, dass er ihr egal war, und das entsprach nun einmal nicht den Tatsachen. Ein Rock? Nein, zu businessmäßig – Röcke trug sie ständig im Büro, und sie fühlte sich darin nicht sexy und kokett. Am Ende fiel ihre Wahl auf ein Spaghettiträgerkleid aus einem fließenden Stoff, das ihr bis zur Mitte der Unterschenkel reichte und hübsch und verspielt zugleich wirkte. Sie gefiel sich.

Inzwischen war es kurz vor sieben; Dylan würde also gleich kommen. Olivia ging in die Küche, wo Avery mit einem Glas in der Hand an der Spüle stand.

Sie drehte sich um und musterte Olivia grinsend. »Du siehst heiß aus.«

»Danke. Und du siehst aus, als wärst du auf dem Weg ins Fitnessstudio«, stellte Olivia fest.

Ihre Schwester trug eine schlabberige graue Jogginghose und ein hellblaues T-Shirt und hatte sich die dunklen Haare zu einem lockeren Pferdeschwanz zusammengebunden.

»Gute Wahl«, sagte Avery anerkennend und deutete auf das Kleid. Sie war eine selbst ernannte Expertin in Sachen Styling und Make-up, und das zu Recht.

»Ich hab einfach das erstbeste Sommerkleid angezogen, das mir in die Finger kam.«

»Von wegen! Ich wette, in deinem Zimmer liegen überall Klamotten rum!«, krähte Avery naseweis.

Olivia tat, als hätte sie es nicht gehört, und öffnete den Kühlschrank, um nachzusehen, was für einen Weißwein sie vorrätig hatten. Sie griff nach einer Flasche Chardonnay und drehte sich um.

Ihre Schwester hatte sich nicht wie erwartet verzogen, sondern stand mit einem albernen Grinsen im Gesicht vor ihr.

»Okay, raus mit der Sprache. Warum grinst du so dämlich?«

Avery lachte. »Ach, ich finde es cool, dass sich Dylan quasi selbst zum Abendessen eingeladen hat, obwohl du behauptet hast, du hättest keine Zeit. Eigentlich müsste man ihm applaudieren, weil er sich nicht hat ins Bockshorn jagen lassen.«

»Wie, ins Bockshorn jagen lassen?«, wiederholte Olivia aufgebracht. »Mal ganz im Ernst: Welche Frau mit gesundem Menschenverstand wird nicht misstrauisch, wenn ihr Typ nach dem Parfüm einer anderen Frau riecht?«

»Aha! Du hast Dylan eben als deinen Typ bezeichnet.«

Olivia verdrehte die Augen. »Das war doch nur so dahingesagt. Und du hast meine Frage nicht beantwortet.«

Averys Miene wurde ernst. »Du hast ja recht. Da würde jede Frau misstrauisch reagieren.«

Sie wussten beide, dass das, was ihre Mutter erlebt hatte, ihr Urteil in derartigen Dingen entscheidend mitbestimmte.

»Allerdings nur, wenn besagte Frau eine Bedrohung darstellt. Und er hat dir versichert, dass die Angelegenheit harmlos ist.«

»Als würde das irgendetwas beweisen«, brummte Olivia.

»Wer weiß. Was gibt's denn jetzt heute Abend zu essen?«, fragte Avery.

»Kann dir doch egal sein. Du hast versprochen, dich dünnzumachen, weißt du noch?«

Als sie vorhin nach Hause gekommen war, hatte Olivia ihrer Schwester gleich erzählt, was geschehen war, und sie gebeten, für ein paar Stunden zu verschwinden.

Und weil sie eine so rücksichtsvolle Schwester war, hatte Avery eingewilligt.

»Ja, ja. Ich will nur hier sein, wenn er kommt. Du weißt schon, ihm die Hand schütteln und ein paar drohende Blicke zuwerfen, um sicherzustellen, dass er dich nicht zu spät nach Hause bringt. Oder in diesem Fall – dass er nicht zu spät nach Hause fährt.« Sie wackelte mit den Augenbrauen, amüsiert über ihren ach-so-lustigen Einfall.

»Jetzt bist du wohl total übergeschnappt, wie?«

Avery war seit jeher die Fröhlichere, Unbeschwertere von ihnen gewesen. Olivia bewunderte sie dafür, dass sie nie ihren Sinn für Humor verlor – nicht einmal, nachdem sie erfahren hatten, dass ihr Vater eine Zweitfamilie gegründet hatte und Avery für ihre Halbschwester als Knochenmarkspenderin fungieren sollte. Sie ließ die düsteren Seiten des Lebens nicht so nah an sich heran wie Olivia. Nein, das stimmte nicht – sie ließ es sich bloß nicht so deutlich anmerken. Sie hatten beide einen Schutzwall um ihr Herz errichtet, aus gutem Grund, aber bei Avery war er nicht ganz so hoch.

»Hey, ich will nur dein Bestes, und zufällig mag ich Dylan.«

Avery betrachtete Olivia nachdenklich. »Darf ich dir einen schwesterlichen Rat geben?«

»Einen Rat zum Thema Männer? Du bist jünger als ich!«

Avery verdrehte die Augen. »Jünger, aber welterfahrener. Und deshalb rate ich dir: Stürz dich ins Leben, und versuch zur Abwechslung mal, ein bisschen Spaß zu haben!«

Hm, das klang ja fast, als hätte sie sich mit Riley abgesprochen. Zumindest vertraten sie beide dieselben Ansichten in dieser Angelegenheit. Tja, leider hatte Olivia eine Bruchlandung erlitten, als sie sich das letzte Mal, ohne viel nachzudenken, ins Leben gestürzt und versucht hatte, ein bisschen Spaß zu haben.

Avery schien genau zu wissen, was sie dachte, denn sie berührte ihre Hand und sagte: »Hey, denk nicht daran. Lass die Vergangenheit ruhen und genieß den heutigen Abend mit Dylan. Ich werde bei Ian und Riley übernachten und auf meine Nichte aufpassen, damit die völlig übermüdeten Eltern mal ein bisschen Zeit für sich haben. Mit anderen Worten, du musst weder auf mich warten noch Angst haben, dass ich zur Unzeit nach Hause komme. Wir sehen uns dann morgen früh.«

Wie auf ein Stichwort klingelte es. »Perfektes Timing!« Avery schnappte sich ihren Rucksack und marschierte zur Tür. »Hast du einen großen Auftritt geplant?«

Olivia verdrehte die Augen. »Verzieh dich, Schwesterherz.«

Avery riss grinsend die Tür auf. »Dylan! Was für eine schöne Überraschung. Soll ich dir etwas abnehmen?«

»Lass, ich mach das schon.« Olivia schob sie beiseite und nahm einige der Tüten an sich, die Dylan in den Händen hielt, während ihre Schwester einen Abgang machte.

Und dann war sie mit Dylan allein. Er hatte seine Bürokluft – Hemd und Hose mit Bügelfalte – gegen abgewetzte Jeans und ein marineblaues Poloshirt getauscht, und sie bewunderte seinen knackigen Hintern, während er vor ihr her in die Küche ging.

Sie stellten die Tüten auf der Anrichte ab, und er drehte sich zu ihr um. »Na, wie geht's, Sonnenschein?«, fragte er und lächelte, als sie unwillkürlich nach dem Anhänger an ihrer Halskette tastete.

»Gut, danke.«

»Du siehst umwerfend aus.«

Sie spürte, wie sie rot anlief. »Danke. Du siehst aber auch nicht übel aus.« Seine Arme waren muskulös, weil er regelmäßig im Fitnessstudio trainierte, seine Haut war gebräunt, und aus dem Ausschnitt seines Poloshirts lugten ein paar Brusthaare hervor. Bei dem appetitlichen Anblick lief ihr sogleich das Wasser im Mund zusammen. Sie fragte sich, wie er wohl schmecken würde, und verspürte prompt den Impuls, sich von besagtem Ausschnitt über den muskulösen Hals nach oben zu lecken bis zum Kinn. Die Vorstellung ließ sie schaudern.

»Alles okay?«, erkundigte er sich mit einem vielsagenden Grinsen. Kein Wunder, wenn sie ihn nur wortlos anstarrte.

Oh, Gott. Sie nickte. »Was hast du denn mitgebracht?«

»Ein paar Leckereien von Arturo, dem besten Italiener weit und breit.« Er holte mehrere Aluschalen aus den Tüten und kippte den Inhalt auf die Teller, die sie bereitgestellt hatte. Es gab Hühnchen *alla parmigiana* sowie diverse Nudelgerichte, darunter einige Klassiker und die eine oder andere Spezialität des Hauses, und alles duftete ganz köstlich.

Sie waren ein gutes Team – es bedurfte nicht vieler Worte, bis sie alles vorbereitet hatten und sich zum Essen am Tisch niederlassen konnten. Binnen kürzester Zeit hatten sie sich die Bäuche vollgeschlagen und einen Gutteil der Flasche Chardonnay getrunken, die sie geöffnet hatte. Zunächst sprachen sie eine Weile über die Arbeit. Für Dylan hatten sich einige Veränderungen ergeben, weil seine Sekretärin Riley nach der Geburt ihrer Tochter Stunden reduziert hatte. Dann kamen sie darauf zu sprechen, wie frustrierend es für das gesamte Team, aber auch für das Management war, dass sie beim letzten entscheidenden Spiel ganz knapp verloren hatten und es deshalb nicht ins Superbowl geschafft hatten.

»Puh, bin ich satt«, stöhnte Olivia schließlich. Sie brachte keinen Bissen mehr hinunter, dabei war noch reichlich Essen da. Dylan hatte so viele verschiedene Gerichte mitgebracht, dass sie von allem nur ein paar Gabeln voll hatte kosten können. »Es war unheimlich lecker, Dylan. Vielen Dank.«

»Gern geschehen«, erwiderte er, und bei seinem Lächeln wurde ihr warm ums Herz.

Sie hatte Schmetterlinge im Bauch, wie ein Teenager, der zum ersten Mal verliebt ist. Und ihr pulsierendes Geschlecht erinnerte sie daran, dass sie einem äußerst attraktiven Mann gegenübersaß, der sie begehrte und keine Kosten und Mühen scheute, um ihr das auch zu zeigen. Sie fühlte sich unheimlich zu ihm hingezogen.

Er war intelligent und beruflich erfolgreich, er liebte Football, und er hatte sich vorgenommen, sie zu erobern. Und er verstand sich ganz hervorragend darauf. Mit diesem extravaganten Essen hatte er ihr wieder einmal demonstriert, dass er sich von seinem Ziel nicht so leicht abbringen ließ. Und zu ihrer Überraschung genoss sie es, dass er ihr so viel Aufmerksamkeit schenkte. Trotzdem wurde ihr bei der Vorstellung, eine Beziehung mit ihm einzugehen, flau. Oder vielmehr bei der Vorstellung, dass diese Beziehung früher oder später unweigerlich enden würde.

Sie griff nach einem der immer noch recht vollen Teller. »Ich packe dir die Reste zum Mitnehmen ein, dann kannst du sie zu Hause einfrieren«, sagte sie und erhob sich. Vor ihrem Verlangen nach Dylan konnte sie nicht davonlaufen, aber solange sie beschäftigt war, konnte sie zumindest ihre düsteren Gedanken verdrängen.

»Nein, ich lasse alles hier, dann kannst du dir nach einem anstrengenden Arbeitstag was davon auftauen.« Er zwinkerte ihr zu und stand ebenfalls auf, um ihr beim Aufräumen zur Hand zu gehen. Er war wirklich unheimlich aufmerksam.

»Danke fürs Helfen, auch wenn es nicht nötig gewesen wäre«, sagte sie, nachdem sie gemeinsam klar Schiff gemacht hatten.

Dylan lehnte sich an den geschlossenen Geschirrspüler und zuckte die Achseln. »Mach ich doch gern.«

»Deine Mutter hat dich offenbar gut erzogen.«

»Mit meiner Mutter hat das nichts zu tun. Ich musste mir alles selbst beibringen«, erwiderte er barsch. Sein Tonfall überraschte sie, nachdem er den ganzen Abend so entspannt und fröhlich gewesen war.

Olivia schluckte schwer. »Entschuldige. Da habe ich wohl das Falsche gesagt.«

Er schüttelte den Kopf und fluchte verhalten. »Das konntest du ja nicht wissen. Sie hat meine Schwester und mich verlassen, sobald Callie den Highschoolabschluss in der Tasche hatte. Ich hatte damals noch zwei Schuljahre vor mir. Aber sie war auch vorher schon kaum für uns da gewesen. Callie und ich mussten bereits früh auf eigenen Beinen stehen.«

Wow. Das war ja reichlich unerwartet aus ihm herausgebrochen. Und was für ein Gegensatz zu der Kindheit, die Olivia gehabt hatte! Dank ihres Vaters, der ein Hotelimperium leitete, war sie in einem großen Haus aufgewachsen, und es hatte ihr an nichts gefehlt, zumindest in materieller Hinsicht. Ihr Vater war zwar ständig unterwegs gewesen – auf Geschäftsreise, wie sie angenommen hatte –, aber dafür war sie in einem äußerst liebevollen Umfeld aufgewachsen. Olivia und ihre Mutter standen sich sehr nah, und sie konnte sich gar nicht vorstellen, wie sie die schmerzhaftesten Erfahrungen ihres bisherigen Lebens ohne den weisen Rat und Beistand ihrer Mutter bewältigt hätte.

Sie spähte durch die Wimpern zu ihm hoch. Seine Miene war verschlossen, seine Gesichtszüge wirkten angespannt. Bei der Vorstellung, dass er als Kind gezwungen gewesen war, auf den Rückhalt seiner Mutter zu verzichten, zog sich ihr Herz schmerzhaft zusammen.

»Und … was ist mit deinem Vater?«, fragte sie zögernd.

»Den habe ich nie kennengelernt. Meine Mutter hat immer behauptet, Callie und ich hätten nicht denselben Vater gehabt, und das stimmt wohl auch – wir sehen uns kein bisschen ähnlich.«

»Wie, sie wusste es gar nicht genau?«, hakte Olivia schockiert nach.

Dylan zuckte die Achseln. »Die Männer kamen und gingen«, entgegnete er sichtlich angewidert.

»Wie kommt es dann, dass ... na ja, dass trotzdem so ein anständiger Bursche aus dir geworden ist? Wie bist du an dein Stipendium gekommen und an deinen coolen Job?« Wer hatte ihm die nötige Zuneigung geschenkt, ihm in entscheidenden Momenten die richtige Richtung gewiesen?

Wieder zuckte er die Achseln, aber sein Unbehagen war ihm deutlich anzusehen. »Callie hat sich um die Wohnung gekümmert, und ich habe angefangen zu arbeiten, sobald ich alt genug war. Schwarz natürlich – ich habe Lebensmittel ausgeliefert –, aber es hat gereicht. Callie hat dafür gesorgt, dass ich meine Hausaufgaben erledige, und ich habe schon früh den Ehrgeiz entwickelt, etwas aus mir zu machen und ordentlich Geld zu verdienen, damit ich mich später dafür erkenntlich zeigen kann.«

»Was für ein Glück, dass ihr wenigstens euch beide hattet, Dylan.«

»Da hast du recht.« Er schüttelte den Kopf, wie um die Erinnerungen an diese Zeit loszuwerden. »So, wie wär's jetzt mit einem Dessert?«

Und schon wirkte er wieder bedeutend weniger angespannt.

Olivia hatte nichts gegen den Themenwechsel einzuwenden. »Was hast du denn anzubieten?«

»Cannoli.« Er ging zum Kühlschrank und entnahm ihm eine Schachtel, die er vorhin dort deponiert hatte.

»Oh, wow, mein Lieblingsnachtisch! Also, dafür findet sich in meinem Magen ganz sicher noch ein bisschen Platz. Und morgen ist dann definitiv Sport angesagt.«

Er schnaubte belustigt. »So ein Zufall, Cannoli sind auch mein Lieblingsnachtisch.«

»Kaffee?«, fragte sie und deutete auf ihre kleine Kaffeemaschine.

Er schüttelte den Kopf. »Nein, danke.«

Sie öffnete eine Schranktür, doch ehe sie zwei Teller herausholen konnte, sagte Dylan: »Die brauchen wir nicht. Cannoli schmecken am besten frisch aus der Verpackung.«

»Na gut, wie du meinst.«

Gleich darauf saßen sie sich wieder am Tisch gegenüber, zwischen ihnen die geöffnete Schachtel mit den mit süßer Creme gefüllten Teigröllchen. Olivia führte es auf das Gespräch über seine Kindheit zurück, dass Dylan jetzt so schweigsam war und beschloss, ein neues Thema anzuschneiden.

»Du fliegst am Mittwoch nach Arizona?«, fragte sie. Am Sonntag in einer Woche fand das Pro Bowl statt, bei dem die besten Spieler der Liga gegeneinander antraten.

»Jep.« Seine Augen glänzten schon bei dem Gedanken daran.

Dieses Jahr waren vier Spieler von Miami Thunder in das All-Star-Team gewählt worden, darunter auch Marcus Bigsby. Die derart geehrten Spieler reisten meist schon etwa eine Woche vorher an und durften sich ein paar schöne Tage in einem Luxushotel gönnen. Für die Spieler, die Frau und Kinder hatten, war das eine willkommene Gelegenheit, um ein bisschen Zeit mit ihrer Familie zu verbringen. Dylan hatte seine Ankunft bewusst auf Mittwoch gelegt, damit er ein paar Tage Zeit hatte, um den Jetlag zu überwinden, ehe am Freitagabend die geplanten Aktivitäten begannen. Außerdem musste er tagsüber die Interviews der Spieler koordinieren.

Er nickte. »Auf diese Weise kann ich noch ein bisschen ausspannen und mich erholen, bevor der ganze Trubel losgeht.«

»Wird bestimmt anstrengend, angefangen bei dem fünfstündigen Flug. Aber dafür bist du dann im sonnigen Arizona, du Glückspilz.«

»Warst du schon mal dort?«, fragte er.

Sie schüttelte den Kopf. »Vielleicht klappt es ja irgendwann. Was man so hört, sind die Thermenlandschaften in Phoenix und Scottsdale sagenhaft.«

»Ich weiß nur eines: dass ich dich zu gern in einem Bikini sehen würde«, gab er offen zu und erinnerte sie damit an das Verlangen, das stets in ihr loderte, sobald er in ihrer Nähe war.

Über dem ernsten Gesprächsthema vorhin hatte sie kurzzeitig vergessen, dass er wild entschlossen war, sie um den Finger zu wickeln und zu verführen. Doch angesichts des glühend heißen Blicks, mit dem er sie nun musterte, meldete sich ihre Lust unvermittelt zurück. Es war ein berauschendes Gefühl zu spüren, wie sehr er sie begehrte.

»Dylan …«

Er krümmte den Zeigefinger. »Komm her.«

Zögernd stand sie auf und ging zu ihm. Er hatte seinen Stuhl zur Seite gedreht und sah ihr entgegen, und sobald sie in Reichweite war, packte er sie an den Armen und zog sie auf seinen Schoß.

Sie wand sich ein wenig, erstarrte jedoch, als sie unter sich sein erigiertes bestes Stück spürte.

»Gute Idee«, murmelte er mit rauer Stimme. Er hob die Hand, um ihr eine Haarsträhne aus dem Gesicht zu streichen. Seine Finger verharrten einen Augenblick an ihrer Wange, dann wanderten sie an ihrem Hals entlang nach unten und wieder zurück.

»Und jetzt hör auf dich zu zieren und lass uns reden«, sagte er entschlossen.

Er erwartete doch nicht ernsthaft, dass sie sich auf ein Gespräch konzentrieren konnte, wenn sie auf seiner prallen Erektion saß? Wenn ihr Geschlecht anschwoll und pulsierte?

Olivia schluckte. Sie hatte zwei Möglichkeiten – sie konnte ihm sagen, dass er gehen sollte, oder sie konnte sich auf sein Vorhaben einlassen.

Hm. Die Wahl fiel ihr nicht allzu schwer.

»Okay. Worüber willst du reden?«

Er streichelte weiter ihren Hals und ihre Wange. »Ich bin sicher, du hattest schon den einen oder anderen Freund.«

»Natürlich. Was denkst du denn?« Sie lief rot an, als er über ihren indignierten Tonfall lachte. »Worauf willst du hinaus?«, fragte sie mit glühenden Wangen.

»Machst du es jedem Mann, der dich umwirbt, so schwer wie mir?«

Ach daher wehte der Wind. Sie atmete aus. »Nein.«

* * *

»Und warum sträubst du dich dann ausgerechnet bei mir?«, fragte Dylan, dabei ahnte er bereits, wie die Antwort lauten würde. Aber er wollte es hören. Olivia sollte laut aussprechen, was in ihr vorging, damit sie darüber reden und das Problem ein für alle Mal aus der Welt schaffen konnten. Sie könnten es so schön miteinander haben, wenn sie endlich ihren inneren Widerstand aufgab.

Unzählige Male hatte er vor seinem geistigen Auge ihren Körper bis ins kleinste Detail gesehen, hatte davon geträumt, sich an ihrem Liebessaft zu laben und dann seinen Schwanz in ihrer heißen, feuchten Spalte zu versenken … Wie oft hatte er sich bei derartigen Gedanken schon einen von der Palme gewedelt! Aber damit war jetzt Schluss. In Zukunft würde er seine Träume in die Realität umsetzen. Doch dafür musste es ihm gelingen, ihre Bedenken zu zerstreuen. Das war für ihn der Zweck dieses abendlichen Besuches bei ihr. Es war nicht geplant gewesen, dass er ihr auch seinerseits einen Einblick in seine Vergangenheit gewährte, aber wenn ihr das, was sie dabei über ihn erfahren hatte, half, ihre Ängste zu überwinden, dann war es das wert, so schmerzhaft es für ihn auch gewesen sein mochte.

Blieb nur zu hoffen, dass sie nun ihrerseits bereit sein würde, sich ihm zu öffnen.

»Also?«, hakte er nach und liebkoste erneut ihre Wange. Wie wunderbar weich sich ihre Haut anfühlte!

»Du machst mir Angst«, hauchte sie schließlich, dann schmiegte sie das Gesicht in seine Hand, als würde sie sich danach sehnen, von ihm berührt zu werden. Eine simple und vermutlich völlig unbewusste Geste, die seine Erregung nur noch steigerte, weil sie von dem Vertrauen zeugte, das ihm Olivia entgegenbrachte.

»Warum mache ich dir Angst?«, fragte er, denn das war nun wirklich das Letzte, was er wollte. Er griff nach ihrem dicken Zopf und kitzelte sie damit an der Schulter.

»Es ist kompliziert. Wir kennen uns bereits seit einer Weile, und wir fühlen uns ganz offensichtlich heftig zueinander hingezogen …«

Er grinste. »Allerdings.«

»Und … na ja, einer von uns könnte verletzt werden«, sagte sie und sah ihn mit großen Augen an.

Wie es schien, hegte sie die Befürchtung, dass dieser Jemand sie sein würde. Interessant.

»Man muss im Leben eben immer wieder Risiken eingehen«, murmelte er.

»In letzter Zeit habe ich das zu vermeiden versucht.«

Er betrachtete sie nachdenklich.

»Verlass dich einfach darauf, dass ich dich auffange, falls du auf die Nase fällst.«

Sie schluckte schwer. »Aber wir sind Arbeitskollegen. Wenn das zwischen uns schiefgeht, könnte es ziemlich unangenehm werden.«

Zweifellos, doch davon ließ er sich nicht abhalten. »Du musst dir um deinen Job ganz sicher keine Sorgen machen, Sonnenschein. Falls es tatsächlich nicht klappen sollte, muss ich wohl damit rechnen, dass dein Bruder mich rauswirft, aber ich bin bereit, das zu riskieren.«

»Du kennst mich doch noch gar nicht richtig.«

»Aber ich werde dich kennenlernen.« Allmählich hatte er die Nase voll von ihren widersprüchlichen Ausflüchten. »Du hast zugegeben, dass wir uns zueinander hingezogen fühlen, und du bist eine starke Frau, die sich in einer von Männern dominierten Arbeitswelt behaupten kann, und trotzdem willst du dir die Chance entgehen lassen auszuloten, wie gut wir zusammenpassen würden? Das ist nicht die Olivia, die ich bisher erlebt habe. Die würde nämlich nicht beim ersten Anzeichen von Schwierigkeiten das Handtuch werfen.«

Sie musterte ihn mit schmalen Augen. »Stimmt«, gab sie zu, obwohl es ihr alles andere als leichtfiel, das war deutlich zu erkennen.

»Dann sind wir uns also einig, dass das alles Bockmist war, als du vor einer Weile behauptet hast, du wolltest dich nicht mit mir einlassen, weil das als Zeichen der Schwäche interpretiert werden könnte?«

Olivia schnaubte entnervt. »Ja.«

Er lachte in Anbetracht ihrer mürrischen Miene. Sie mochte es nicht, wenn man sie in die Ecke drängte, und dafür hatte er vollstes Verständnis. »Gut. Willst du mir vielleicht noch irgendetwas sagen, nachdem wir das geklärt haben?

Gibt es noch irgendetwas, das ich wissen sollte?«

Sie blinzelte und schickte sich an aufzustehen, doch er packte sie an den Armen und hielt sie fest. Sie sollte nicht glauben, dass sie einfach so vor ihm und seinen Fragen davonlaufen konnte. »Das bedeutet dann wohl, dass es da tatsächlich noch einiges zu besprechen gäbe.«

»Schon möglich, aber …«

Er legte ihr den Zeigefinger auf die Lippen. »Aber ich werde jetzt nicht weiter nachhaken. Dieses Recht muss ich mir erst verdienen, stimmt's?«

Olivia nickte bedächtig. Sie hatte sich wieder etwas beruhigt, die Anspannung wich merklich aus ihrem Körper.

»Und was jetzt?«, fragte sie.

Dylan griff grinsend nach einem gefüllten Teigröllchen und hielt es ihr hin.

* * *

Der Mann ist gefährlich, dachte Olivia. Sie fuhr einfach voll auf ihn ab, angefangen von den muskulösen Oberschenkeln, auf denen sie saß, bis hin zu den leckeren Köstlichkeiten, mit denen er sie verwöhnte. Aber die größte Versuchung stellte ohnehin er selbst dar. Und sie hatte es satt, etwas, das sich so gut anfühlte, ständig zu hinterfragen. Er machte sich keine Sorgen, warum also sollte sie es tun?

Sie öffnete lächelnd die Lippen, damit er ihr das Teigröllchen in den Mund schieben konnte, und biss genüsslich zu.

»Mmm«, stöhnte sie laut, und ihre Geschmacksnerven jubilierten. Leider hatte sie den Mund im wahrsten Sinne des Wortes zu voll genommen, und nun quoll ihr die köstliche Ricottacreme aus den Mundwinkeln. »Herrje«, murmelte sie sogleich und sah sich verlegen um – vergeblich, sie hatten vorhin alles weggeräumt, unter anderem auch die Servietten.

»Warte«, sagte Dylan mit heiserer Stimme, und ehe sie es sich versah, hatte er auch schon die Zunge rausgestreckt und tat sich an der Creme gütlich, wobei er es sich nicht nehmen ließ, gründlich an ihren Lippen zu lecken, zu knabbern und zu saugen.

Eine heftige Erregung hatte bereits von Olivia Besitz ergriffen, als er ihr schließlich einen leidenschaftlichen Zungenkuss gab.

Dylan schob eine Hand in ihren Nacken und hielt ihren Kopf fest, während sein Mund allerlei herrlich verführerische Dinge mit ihr anstellte. Erst beschrieb seine Zunge große, bedächtige Kreise tief in ihrer Mundhöhle, dann saugte er an ihrer Lippe, bis sich Olivia vor Lust auf seinem Schoß wand und das feuchte, pulsierende Geschlecht an seinem prallen Schaft rieb. Sie wollte dieses Prachtexemplar an ihrer empfindlichsten Stelle spüren, was leider ausgeschlossen war, da sie quasi im Damensitz auf ihm thronte. Und so konnte sie nur stöhnen und sich nach Erfüllung sehnen.

Er zog vorsichtig an ihren Haaren, um ihren Kopf nach hinten zu biegen, und dann wanderte sein talentierter Mund an ihrer Kehle entlang nach unten bis zu ihrem Schlüsselbein. Dort verharrte er eine Weile, kostete sie und neckte sie mit Zunge und Zähnen. Sie war überzeugt, dass sein Tun Spuren hinterlassen würde, vor allem, als er kurz zubiss, so fest, dass es richtig wehtat, doch der schmerzhafte Impuls schickte zugleich eine Welle der Erregung durch ihren Körper, sodass ihr Slip noch feuchter wurde.

»Oh Gott.« Rasch stand sie auf, legte ihm die Hände auf die Schultern und setzte sich rittlings auf ihn, dann schlang sie ihm die Hände um den Nacken und sah ihm in die Augen. Die Lust spiegelte sich deutlich in seinem Blick. Sie rutschte ein wenig auf ihm hin und her, bis sich ihre Pussy genau über seinem harten besten Stück befand.

»Nimm dir, was du brauchst, Sonnenschein.« Er hob das Becken an, und eine Welle der Lust schlug über ihr zusammen und raubte ihr schier den Atem.

Olivia fuhr ihm mit den Fingern durch die Haare, die im Nacken eine Spur länger waren als bei den meisten Männern, und küsste ihn wild und leidenschaftlich. Sie liebte es, wie er schmeckte, und fand es toll, dass er es offenbar so richtig genoss, mit ihr zu knutschen, und kein bisschen darauf drängte, mit ihr zu schlafen. Er war so angenehm selbstlos, und je heftiger sie sich an ihm rieb, desto erregter wurde sie.

»Steh mal kurz auf.«

Sie tat wie geheißen, und er schob eine Hand unter den Saum ihres Kleides und umfing mit seinen großen, warmen Händen ihre Brüste. Olivia streckte ihm den Busen entgegen, um die Nippel in seine Handflächen zu schmiegen. Der leichte Druck, den er auf sie ausübte, fühlte sich so gut an! Sie schaukelte ein wenig nach vorn und zurück und rieb sich noch fester an der Beule in seiner Hose.

»Du hast viel zu viel an«, stellte er fest und schob ihr störendes Kleid weiter nach oben. Sie streckte die Arme in die Luft, damit er es ihr über den Kopf ziehen konnte. Sekunden später lag es auch schon auf dem Boden.

Dylan legte die Hände um ihre Taille, die Finger gespreizt, und schob sie ein klein wenig von sich, um sie zu betrachten. Olivia errötete unter seinem Blick. Sie trug nur noch einen winzigen Stringtanga und wie üblich einen Push-up-BH, denn ihre Mädels waren nicht allzu üppig ausgefallen. Sie hatte ihren mageren Körper noch nie sonderlich schön gefunden, doch seinem anerkennenden Blick nach zu urteilen sah Dylan sie mit anderen Augen.

»Wow, Baby, du hast einen verdammt beeindruckenden Busen.«

Sie blinzelte überrascht. »Das liegt am BH«, winkte sie ab, damit er nachher nicht enttäuscht war.

Er hob eine Augenbraue. »Ach, echt? Ich muss sagen, der BH ist mir egal. Mir kommt es nur auf den Inhalt an.« Damit beugte er den Kopf, um erst auf die eine, dann auf die andere Brust einen leichten Kuss zu hauchen.

Seine Bewunderung und sein warmer Atem, der über ihre Haut strich, ließen sie wohlig schaudern.

Er tastete nach dem Verschluss und ließ ihn mit einer geübten Bewegung aufschnappen. Hm. So was machte er wohl öfter. Aber darüber wollte sie sich jetzt nicht den Kopf zerbrechen.

Der BH landete, genau wie ihr Kleid, auf dem Boden neben dem Stuhl. Jetzt war sie praktisch nackt. Es war ein ungewöhnliches Gefühl – verrucht und beschämend zugleich.

»Hör auf zu denken und konzentrier dich auf das, was du fühlst«, befahl er ihr und kniff sie in eine Brustwarze. Sie stöhnte auf, und kaum hatte er ihr seine großen Hände auf die Hüften gelegt und ihr bedeutet, die schaukelnden Bewegungen wieder aufzunehmen, war jegliche Verlegenheit verflogen, und die Lust kehrte zurück. Sobald sie ihren Rhythmus wiedergefunden hatte, widmete er sich erneut ihren Brüsten. Er massierte sie synchron, spielte mit ihren Brustwarzen, mal sanft, mal fester, und die Kombination von Liebkosung und sanftem Schmerz machte Olivia rasend.

Sie schlang ihm die Arme um den Nacken und presste sich an ihn, erstaunt nicht nur über die unglaubliche Intensität dessen, was sie empfand, sondern auch über die Tatsache, dass sie in der Lage war, sich derart gehen zu lassen. Tief drin war ihr klar, dass es an Dylan lag, an seinen Berührungen, seinem Interesse, an der Bewunderung, die er ihrem Körper entgegenbrachte. Aber sie verdrängte diese Gedanken, die zweifellos erneut ihre Angst geschürt hätten, wenn sie vor Erregung nicht schon jenseits von Gut und Böse gewesen wäre.

An Aufhören war jetzt, da sie auf dem besten Weg war zu explodieren, ohnehin nicht mehr zu denken. Der Höhepunkt nahte, sie konnte ihn bereits erahnen. Aus ihrer Kehle drangen Laute, die sie noch nie gehört hatte, während sie sich mit aller Kraft an seinen Schwanz presste. Plötzlich schob er eine Hand zwischen ihre Schenkel, und seine warmen Finger glitten in ihren Stringtanga und über ihre Klitoris.

Sie zuckte zusammen und stöhnte laut auf.

»Dylan, bitte!«

»Was immer du willst, Sonnenschein.« Er strich mit dem Finger über ihre Pussy, ließ sich von ihrem entrückten Seufzen und Stöhnen leiten, bis er dort angelangt war, wo sie ihn am dringendsten brauchte.

»Wie fühlt sich das an?«, fragte er und begann die empfindliche Knospe zu reiben, immer schneller und schneller, und binnen kürzester Zeit sah sie die Sterne.

»Oh Gott, Dylan, ich komme«, keuchte sie und presste die Oberschenkel zusammen, während sich alles in ihr zusammenkrampfte und sich im heftigsten Orgasmus entlud, den sie je erlebt hatte. Sie rieb sich an ihm, bis das Pulsieren in ihr nach einer Weile abklang und sie kraftlos in sich zusammensank, den Kopf an seine Schulter gelehnt, während er die starken Arme um sie legte.

Kaum hatte sich ihr Atem wieder etwas beruhigt, da spürte sie, wie er sich unter ihr regte.

»Dann mal los.« Er stand auf – mit ihr in den Armen – und knurrte: »Wo geht's zum Schlafzimmer?«

Sie hob den Kopf und deutete nach rechts, zum Korridor. »Die erste Tür da drüben.«

Noch ehe sie wusste, wie ihr geschah, hatte er sie auch schon auf ihrem Bett abgelegt und sich aus seinen Kleidern geschält. Inzwischen konnte sie wieder einigermaßen klar denken. Ja, sie war gekommen, aber sie fühlte sich immer noch leer. Sie wollte, nein, sie musste ihn in sich spüren. Und sie konnte sich lebhaft vorstellen, was

Dylan empfand, wenn dieser Wunsch bei ihr schon so stark war, obwohl ihr Orgasmus noch keine fünf Minuten her war.

Bewundernd ließ sie den Blick über seinen nackten Körper gleiten. Er sah zum Anbeißen aus – muskulös und knackig braun. Dann war er auch schon über ihr, die Ellbogen rechts und links von ihrem Kopf aufgestützt. »Dir dabei zuzusehen, wie du kommst, war das Erotischste, was ich je erlebt habe.«

Sie grinste. »Ach ja?«

»Ja.« Er bog den Rücken durch und ließ sein pralles Gemächt bedächtig über ihr empfindliches Fleisch streichen.

Olivia bezweifelte zwar, dass sie gleich noch einen Orgasmus haben würde, aber sie wollte trotzdem spüren, wie er sie ausfüllte, und zusehen, wie er kam.

Dann biss er sich plötzlich auf die Unterlippe und stöhnte: »Ach, Mist.«

»Was ist los?«

»Ich hab keine Kondome dabei. Ich wollte nicht allzu siegessicher wirken, weil ich Angst hatte, dass du mich dann gleich wieder vor die Tür setzt.«

Er ließ frustriert den Kopf hängen, was Olivia unheimlich süß fand.

»Ich hab noch ein paar da. Nicht, dass ich ständig welche brauchen würde oder so, aber … Na ja, ich dachte eben, es ist besser, für alle Fälle vorzusorgen, und … Ach, egal. Ich rede zu viel.«

***

Dylan hatte das Gefühl, sich kaum noch beherrschen zu können, aber er musste trotzdem lachen. »Ich werde mich nicht darüber beschweren, dass du dieses Problem lösen kannst.«

Trotzdem war er verdammt froh, dass Olivia offenbar nicht allzu oft Verwendung für Pariser hatte. Typisch männliche Doppelmoral, das war ihm klar, aber es entsprach nun einmal den Tatsachen. Nicht, dass er selbst sexuell übermäßig aktiv gewesen wäre, aber er war definitiv schon mit so einigen Frauen im Bett gewesen. Seit er sich vorgenommen hatte, Olivia zu erobern, hatte er allerdings zölibatär gelebt, wenngleich ihm bewusst gewesen war, dass es eine Weile dauern konnte, bis sie ihn erhören würde. War er ein Macho, weil er gar nicht darüber nachdenken wollte, warum genau sie überhaupt Kondome dahatte? Schon möglich. Aber egal.

»Wo sind sie?«, fragte er.

»In der Schublade.« Sie deutete auf ihren Nachttisch. »Warte, ich hole sie.« Sie versuchte, unter ihm hervorzukriechen, doch er machte keine Anstalten, von ihr runterzugehen. Es fühlte sich einfach zu gut an, ihren zierlichen Körper unter sich zu spüren. »Lass, ich mach das schon.« Er streckte sich, öffnete die Schublade, tappte ein wenig darin herum und brachte prompt einen knallrosa Vibrator zum Vorschein.

»Genau deshalb wollte *ich* das übernehmen«, brummte sie. »Sie sind weiter hinten.«

Ihre Wangen waren feuerrot, was er allerliebst fand. Allerdings lag das teils wohl auch an seinen Bartstoppeln. Der Gedanke, dass er Spuren auf ihrem Körper hinterlassen hatte, machte ihn heiß. Und es würden garantiert nicht die letzten sein.

»Der kann später zum Einsatz kommen«, sagte er grinsend und legte den Vibrator beiseite. Er tappte nach der Schachtel Kondome und rollte eines davon auf seinem schmerzenden Penis ab.

»Na, bereit für mich?«, fragte er dann und ließ den Zeigefinger über die glitschigen Falten ihres Geschlechts wandern, ehe er ihn vorsichtig in sie schob. Als er spürte, wie sie die inneren Muskeln anspannte, als wollte sie seinen Finger noch tiefer in sich hineinsaugen, wäre er beinahe explodiert. »Mmm. Sieht ganz danach aus.« Er spähte zu ihrem Gesicht hoch. In ihrem Blick spiegelte sich das pure Verlangen. Sie hob die Hüften an, und er lachte über ihre Ungeduld. »Vergiss es, Sonnenschein. Wenn du das nächste Mal kommst, dann mit meinem Schwanz in dir, und nicht mit dem Finger.«

Sie verfolgte mit glühenden Wangen, wie er über ihr in Stellung ging.

Obwohl er den Drang verspürte, sein bestes Stück gleich tief in sie zu rammen, übte er sich in Zurückhaltung. »Ich nehme an, das letzte Mal ist bei dir schon eine Weile her?«, fragte er. Sowohl die Bemerkung mit den Kondomen als auch die Tatsache, dass sie so eng war, ließen darauf schließen.

Sie biss sich auf die Unterlippe und nickte. »Ja.«

Ihre Antwort freute ihn tierisch. »Wir lassen es langsam angehen«, versprach er und schob die Eichel ein paar Zentimeter in sie. Heiliger Strohsack, sie fühlte sich so gut an, und seine Eier waren so schwer, dass es schmerzte und der Wunsch, heftig in sie zu stoßen, ihn zu überwältigen drohte.

Sie stöhnte leise auf. Dylan hielt still und zählte stumm bis fünf, dann zog er sich aus ihr zurück und glitt ein Stück weiter in sie hinein. »Alles klar?«

»Oh ja.« Sie bog den Rücken durch und nahm ihn noch etwas tiefer in sich auf. »Ich bin nicht aus Glas, Dylan. Ich werde schon nicht zerbrechen.«

Trotzdem wollte er ihr nicht wehtun. Sie sollte es hinterher nicht bereuen. Er glitt erneut aus ihr heraus, und als sie die Beine anzog, drang er ganz in sie ein.

Sie hob die Beine an und schlang sie ihm um die Hüften, und da war es mit seiner Selbstkontrolle vorbei. Er begann, sich langsam und gleichmäßig in ihr zu bewegen, und sie parierte seine Stöße mit genüsslichen Stöhnlauten, die ihm verrieten, dass er alles richtig machte. Ihm ging es genau gleich.

»Gott, Sonnenschein, du fühlst dich so herrlich feucht und warm an.« Er unterstrich seine Aussage mit einem besonders kräftigen Stoß.

»Fester«, keuchte sie und umklammerte seine Schultern. »Du tust mir nicht weh, ich schwör's.«

Ihre Fingernägel bohrten sich in sein Fleisch, und der Schmerz und ihre Aufforderung taten ihre Wirkung. Er stieß schneller und fester zu, und schon bald verlor er jedes Gefühl für Raum und Zeit. Wie in Trance registrierte er, dass das Bett krachte und quietschte und bei jeder seiner Bewegungen mit der Wand kollidierte. All diese Geräusche vermischten sich mit ihren Lustschreien und den Kehllauten, die er selbst hervorstieß.

Er küsste sie, nur ganz kurz, nach Atem ringend, denn sein Orgasmus nahte. »Ich will nicht ohne dich kommen«, sagte er und richtete den Oberkörper auf, sodass er in einem steileren Winkel in sie eindringen konnte. Mit Erfolg, wie es schien, denn sie schrie laut auf. »Oh Gott, ja, Dylan. Mach weiter so. Ich bin gleich so weit.«

Er ächzte und stieß erneut zu, in demselben Winkel wie gerade eben, wobei er das Schambein an ihr Geschlecht presste. Ihre inneren Muskeln krampften sich zusammen, und dann bohrte sie ihm erneut die Fingernägel in die Schultern und schrie seinen Namen, während sie explodierte. Im selben Augenblick zogen sich seine Hoden zusammen, und der Orgasmus ereilte ihn unvermittelt und unerwartet. Er stöhnte auf und fuhr fort, mit zuckenden Hüften in sie zu stoßen, bis es vorbei war. Dann ließ er sich entkräftet auf sie sinken und fragte sich, wie es kam, dass er überhaupt noch bei Bewusstsein war. Es hätte ihn nicht gewundert, wenn er vor Lust ohnmächtig geworden wäre.

Schwerfällig rollte er sich von ihr herunter, damit er sie nicht erdrückte, und vernahm alarmiert ein Wimmern, als er sich dabei aus ihr zurückzog.

»Ich glaube, ich war kurz weggetreten«, seufzte sie. »Das war ja unglaublich.«

Er lachte. »Ja, ich muss sagen, das war ziemlich spektakulär.« Mehr als das, dachte er, während er sich des Kondoms entledigte, es in ein Taschentuch wickelte und auf den Nachttisch legte, um es später zu entsorgen.

Dann umarmte er sie und wartete ab, bis sich seine

Atmung normalisiert hatte. »Und ich habe dir wirklich nicht wehgetan?«

»Aber nein, gar nicht.«

»Na, dann ist ja alles okay.«

»Jep.«

Sie rollte sich auf den Rücken, und er drehte sich auf die Seite, auf den Ellbogen aufgestützt, und sah ihr in die Augen. »Gehst du schon?«, fragte sie.

Er dachte gar nicht daran. »Ziehst du in Erwägung, mich rauszuwerfen?«

Sie schürzte die Lippen, als würde sie tatsächlich Überlegungen in dieser Richtung anstellen, und sein Herz setzte prompt einen Takt aus.

»Ich habe dir nicht mein Herz ausgeschüttet, damit du nach dem Abendessen und einer schnellen Nummer gleich wieder das Weite suchst.«

Ihr Blick war nun wieder so argwöhnisch wie vorhin. Hm. Fürchtete sie, dass er ging ... oder eher, dass er noch bleiben wollte? Dylan konnte es nicht recht einschätzen.

»Ich habe gar nicht vor, das Weite zu suchen.«

»Na dann.« Sie kaute ein wenig auf ihrer Unterlippe herum. »Willst du duschen?«

Er grinste. »Du meinst, ob ich mich vor der nächsten schweißtreibenden Runde ein bisschen frisch machen will? Na klar!« Er erhob sich, ehe sie es sich anders überlegen konnte und zog sie hoch. »Dir nach.«

Auf dem Weg ins Bad konnte er den Blick nicht von ihrer schlanken Figur und ihrem perfekten Hintern lösen. Und er konnte nicht fassen, dass er solche Fortschritte gemacht hatte. Er hätte schon viel früher aktiv werden sollen. Denn es war definitiv mehr als nur guter Sex, wenn er in ihren warmen, weichen Körper eindrang. Es kam ihm so vor, als wäre sie nur dafür gemacht, mit ihm zu schlafen. Es war viel besser gewesen als in seinen kühnsten Träumen, und von denen hatte es viele gegeben. Das hier war der Beweis dafür, dass sich seine Mühen gelohnt hatten.

4

Olivias Telefonwecker klingelte zur üblichen Zeit. Benommen tastete sie nach ihrem Handy, aber es dauerte einen Moment, bis es ihr schließlich gelang, das Bimmeln abzustellen. Dann ließ sie sich wieder in die Kissen sinken. Als sie sich auf die Seite wälzte und mit dem Arm dabei an einen männlichen Oberkörper stieß, kehrten die Erinnerungen an die äußerst erotischen Ereignisse der vergangenen Nacht sogleich bis ins kleinste Detail zurück.

Von einer Sekunde auf die andere war ihr heiß, und in ihrem geschundenen Körper erwachte das Begehren. Sex, Sex und noch mal Sex – im Bett und unter der Dusche, wo sie einander erst einmal gründlich eingeseift hatten, was unweigerlich dazu geführt hatte, dass sie gleich noch einmal miteinander geschlafen hatten. Nicht ohne vorher ein weiteres Kondom aus ihrem Nachttisch zu holen natürlich, aber die nassen Fußspuren, die sie dabei auf dem Schlafzimmerboden hinterlassen hatten, waren es definitiv wert gewesen.

Nach einer weiteren kurzen Dusche – zum Abkühlen –

waren sie beide ins Bett gefallen und hatten offenbar die ganze Nacht durchgeschlafen, denn inzwischen graute der Morgen.

Olivia konnte sich nicht erinnern, wann sie zuletzt beim Aufwachen einen Mann neben sich im Bett vorgefunden hatte. Und sie konnte sich auch nicht entsinnen, wann sich ein Mann zuletzt derart entschlossen um ihre Gunst bemüht hatte.

Dabei hatte sie nicht das Gefühl, dass sie nachgegeben hatte. Vielmehr kam ihr die ganze Sache wie ein vielversprechender Anfang vor – und wer weiß, vielleicht sollte sie es sich ja doch gestatten, an diese Beziehung zu glauben. Plötzlich packte sie ein starker Männerarm um die Taille, und dann lag sie auch schon unter Dylan und stellte fest, dass sein bestes Stück bereits stramm stand. *Hm. An der Sache mit der Morgenlatte ist wohl wirklich etwas dran*, dachte sie und musste kichern.

»Was gibt's denn da zu lachen?« Er stützte sich auf die Arme auf, um sie nicht zu zerquetschen.

»Nichts. Ich freue mich einfach.«

Er strich ihr mit den Fingern über die Stirn, und sie seufzte bei der sanften Berührung. Allmählich kristallisierte sich heraus, dass Dylan es liebte, sie zu berühren, und sie liebte es, von ihm berührt zu werden.

»Darf ich fragen worüber?«

Sie grinste. »Nein.« Es schadete nicht, sich gelegentlich geheimnisvoll zu geben.

So unbeschwert wie jetzt hatte sie sich schon lange nicht mehr gefühlt. Es hatte an ihrer Energie gezehrt, sich seinen Avancen zu widersetzen und die Tatsache, dass sie sich zueinander hingezogen fühlen, zu ignorieren. Die Bartstoppeln rund um sein Ziegenbärtchen verliehen ihm ein ungemein verwegenes Aussehen, und sie spürte, wie sie bei der Art und Weise, wie er sie aus halb geschlossenen Augen musterte, feucht wurde. Ohne nachzudenken, griff sie nach seiner Erektion und ließ die Hand daran auf und ab gleiten.

Er stöhnte auf und streckte den Rücken durch. »Was hast du vor?«

»Wart's ab.« Sie schlug die Bettdecke zurück und rutschte ein Stück nach unten bis zu seinem Schwanz, der längst hellwach und einsatzbereit war. »Die Arbeit ruft, also werden wir uns wohl oder übel ein bisschen sputen müssen«, sagte sie und ließ die Zunge über die Eichel gleiten.

»Oh, Mann«, ächzte er. »Du musst nicht …«

»Ich will aber«, unterbrach sie ihn und nahm ihn wie zum Beweis in den Mund. Sie wollte ihn genauso hingebungsvoll verwöhnen, wie er es gestern bei ihr getan hatte. Sein unverkennbar männlicher, leicht salziger Geschmack entlockte ihr ein genüssliches »Mmm«, worauf er ruckartig die Hüften anhob, sodass sein bestes Stück noch tiefer in ihren Mund geschoben wurde.

Ihr stiegen Tränen in die Augen, aber sie würde nicht eher ruhen, bis sie ihr Werk vollendet hatte.

»Entschuldige, Baby«, murmelte er und vergrub die Finger in ihren Haaren, um sanft daran zu ziehen, während sie begann, ihn zu lecken und zu saugen.

Sie bewegte die Lippen ein paarmal an seinem Schaft auf und ab und hielt kurz inne, um mit der Zungenspitze die empfindliche Stelle unterhalb der Eichel zu kitzeln, dann nahm sie ihn wieder tiefer in den Mund auf und umschloss ihn zusätzlich mit den Händen.

Er zog erneut an ihren Haaren und schob ihr stöhnend die Hüften entgegen, passte sich ihrem Rhythmus an, während sie seinen nassen Schwengel massierte und an seiner Eichel saugte.

Es war auch für Olivia eine äußerst erregende Angelegenheit, wie ihre feuchte Pussy hinlänglich bewies. Sie war hin- und hergerissen – einerseits wollte sie so weitermachen, bis er explodierte, andererseits hätte sie sich zu gern auf ihn gesetzt und ihn geritten, bis sie beide kamen.

Bei der Vorstellung stöhnte sie auf, und die leichten Schwingungen genügten bereits, um ihn zum Höhepunkt zu bringen. Er ergoss sich in ihren Mund, und sie schluckte alles rasch hinunter und ließ erst von ihm ab, als sie ihn bis auf den letzten Tropfen ausgesaugt hatte. Dann rutschte sie nach oben und schmiegte sich an ihn, den Kopf auf seine Brust gebettet.

»Mit dir aufzuwachen ist der Hammer.«

Ganz meine Meinung, dachte sie, sprach es aber nicht laut aus. Für derartige Gefühlsbekundungen war sie im Gegensatz zu ihm noch nicht bereit.

»Komm her, mein Sonnenschein.« Er zog sie noch etwas höher und drückte ihr einen innigen Kuss auf die Lippen, ohne sich darum zu scheren, wo diese gerade gewesen waren.

Und küssen konnte er wie ein Weltmeister, wie sie mittlerweile wusste. Sie drängte sich schnurrend an seinen Oberschenkel, worauf er den Kuss unterbrach und belustigt grinsend versprach: »Keine Sorge, du kommst auch noch auf deine Kosten.«

»Gut zu wissen.« Eigentlich hatte sie diesbezüglich keinerlei Zweifel gehegt, nachdem er sich in der vergangenen Nacht als ein derart aufmerksamer und selbstloser Liebhaber entpuppt hatte.

Dylan drehte sie mit einer raschen Bewegung auf den Rücken und rutschte nun seinerseits nach unten, wobei er sie mit seinen gierigen Blicken förmlich verschlang und sie damit jegliche Unzufriedenheit mit ihrer Figur vergessen ließ. Er legte die Hände auf ihre Oberschenkel. »Spreiz die Beine.«

Sie schnappte nach Luft, kam seinem Befehl aber artig nach, wenngleich sie sich dabei ziemlich exponiert und verwundbar fühlte.

»Wozu brauche ich ein Frühstück, wenn ich so etwas auf dem Silbertablett serviert bekomme?« Damit schob er einen Finger zwischen ihre Liebeslippen, beugte den Kopf und begann sie zu lecken.

»Mmm.«

Ihr Körper bäumte sich auf unter der intimen Liebkosung. »Oh, Gott, Dylan«, ächzte sie, bebend vor Lust.

Er ging nicht darauf ein, sondern fing an, an ihrer Klitoris zu saugen, und im Nu war Olivia auf dem besten Weg zum Gipfel der Lust. Er tat sich so gierig an ihr gütlich, als wäre er am Verhungern, und rief damit die köstlichsten Empfindungen bei ihr hervor.

Sie wand sich unter ihm, lechzte nach dem Höhepunkt, der bereits zum Greifen nah war. Doch dann ließ

Dylan plötzlich von ihr ab. »Nein!«, protestierte sie, wollte erneut dieses göttliche Gefühl verspüren.

»Doch.« Er gluckste und kitzelte ihre Klitoris mit der Zungenspitze. »Wenn ich den Orgasmus noch ein bisschen hinauszögere, wird er nämlich umso intensiver.«

Sie konnte nicht antworten, weil er sie erneut ganz sanft an ihrer empfindlichsten Stelle reizte und sie damit schier in den Wahnsinn trieb. Ihr Verlangen war grenzenlos, und selbst der geringste Druck würde sie explodieren lassen, doch wie es schien war Dylan wild entschlossen, sie auf die Folter zu spannen.

Als er einen Finger in sie schob, hob sie das Becken an und vergrub die Finger im Laken. »Dylan, bitte«, keuchte sie, nach Atem ringend.

»Was? Ich will es hören«, sagte er. Pff. Nicht genug damit, dass er ihr den Orgasmus vorenthielt, jetzt wollte er im Bett auch noch reden!?

Das Verlangen trieb ihr förmlich die Tränen in die Augen. »Bitte mach, dass ich komme. Bitte!«

Sie spürte, wie er einen zweiten Finger in sie schob, aber ihr Flehen erhörte er nicht.

»Du machst mich fertig!«, keuchte sie.

Seine Finger dehnten sie, bewegten sich gemächlich in ihr vor und zurück. »Ich werde dir den besten Orgasmus deines Lebens verschaffen«, sagte er, und das war wohl keine leere Versprechung, jedenfalls der Anspannung nach zu urteilen, die ihren Körper erfasst hatte. Olivia hatte keine Ahnung, wie lange sie das noch aushalten würde.

»Bist du bereit?«, fragte er, und sein warmer Atem strich verheißungsvoll über ihr Geschlecht.

Sie brachte nur noch ein Wimmern heraus. Sämtliche Nervenenden waren in höchste Alarmstufe versetzt und bettelten um Erlösung. Dann krümmte er plötzlich den Finger in ihr, sodass sich seine Fingerkuppe genau an der richtigen Stelle in ihr weiches Fleisch bohrte. Sie stöhnte laut auf und spürte, wie ihr gesamter Körper von einem Beben erfasst wurde. Und als er dann zusätzlich noch die Lippen auf ihre Klitoris presste und heftig zu saugen begann, schrie sie auf, und die Hitze breitete sich explosionsartig in ihr aus. Es war perfekt – ein unglaublich heftiger Orgasmus, der eine gefühlte Ewigkeit andauerte. Kaum begann ihre Lust ein klein wenig abzuebben, da hörte sie, wie Dylan eine Kondomverpackung aufriss. Sekunden später war er tief in ihr. Er nahm sie hart und schnell und stimulierte dabei erneut die empfindliche Stelle in ihr, sodass sie binnen kürzester Zeit ein weiteres Mal kam.

Danach lagen sie eine Weile schwer atmend da. Als sie wieder einigermaßen bei Sinnen war, drehte sie den Kopf zur Seite und stellte fest, dass er sie anlächelte. In seiner Miene spiegelte sich dieselbe faszinierte Ungläubigkeit, die auch sie empfand. Kein Wunder, es war wirklich unbeschreiblich gut gewesen.

»Nicht bewegen. Ich bin gleich wieder da.«

Er stand auf und ging nackt aus dem Zimmer. Sie sah ihm nach, konnte den Blick nicht von seinem muskulösen Körper losreißen, von seinem schmalen Rücken mit den beiden Grübchen über dem Hintern … Hoffentlich war Avery noch nicht wieder da. Sie musste lachen. Ihre Schwester hatte ihr geraten, sich ins Leben zu stürzen und Spaß zu haben. Tja, genau das hatte sie getan. Die vergangene Nacht hatte sie definitiv für die lange Durststrecke, die sie hinter sich hatte, entschädigt. Aber selbst sie wusste, dass es mehr gewesen war als bloß Sex. Es war geradezu beängstigend, wie gut Dylan und sie aufeinander eingespielt waren. Und wie immer, wenn sie sich gehen ließ und sich gestattete glücklich zu sein, begann sie unweigerlich zu überlegen. War es das gewesen, was ihre Mutter empfunden hatte, als sie ihren Vater kennengelernt hatte? Wie lang hatte es gedauert, bis sie erkannt hatte, dass er sie betrog? Alex war nicht viel jünger als Ian, was bedeutete, dass ihr Vater fast von Anfang an zweigleisig gefahren war. Aber vielleicht hatte ihre Mutter tatsächlich nichts gemerkt. Olivia war, was Jeffs Affäre anging, ja auch lange total arg- und ahnungslos gewesen. Sie schüttelte den Kopf. Es war schwer, diese unheilvollen Gedanken zu unterbinden, aber sie musste lernen, die Vergangenheit hinter sich zu lassen, wenn sie das Leben genießen wollte.

Und wie es aussah, konnte man an Dylans Seite das Leben in vollen Zügen genießen.

***

Dylan frühstückte dann noch mit Olivia und Avery, die ihre Anwesenheit kundtat, indem sie sich deutlich hörbar über die Tatsache echauffierte, dass sie ihre Klamotten neben dem Esstisch hatten liegen lassen. Dylan lachte nur, während Olivia vor Scham am liebsten im Boden versunken wäre. Sie brühte Kaffee auf, und dann machten sie sich rasch über die Muffins her, die Avery mitgebracht hatte. Danach verabschiedete sich Dylan und zog Olivia noch mit zur Tür, wo er ihr einen letzten, langen Kuss gab, um ihr zu signalisieren, wie sehr er die vergangene Nacht genossen hatte.

Sie fuhren getrennt zur Arbeit, weil Olivia darauf bestanden hatte. Seinetwegen konnten ruhig alle wissen, dass zwischen ihnen etwas lief. Kaum saß er an seinem Schreibtisch, wurde er von Ian zu einem Notfall-Meeting einberufen. Es ging um das Pro Bowl, das in etwas mehr als einer Woche stattfand, weshalb Ian nach Bigs Eskapaden in der Vorwoche – von denen auf der Celebrity-Webseite *TMZ* natürlich ausführlich berichtet worden war – sicherstellen wollte, dass sie auch wirklich an alles gedacht hatten. Beim Pro Bowl ging es zwar eigentlich um einzelne Spieler, aber diese repräsentierten ja doch das gesamte Team. Was bedeutete, dass eine ziemliche Verantwortung auf Dylans Schultern lastete. Ablenkung konnte er da eigentlich gar nicht brauchen.

Trotzdem dachte er, als er sich an den Konferenztisch setzte, weder an das Image seines Teams noch an die Spieler oder den Reiseplan. Er dachte nur an die Frau, die sich ihm vergangene Nacht geöffnet hatte, in mehrfacher Hinsicht. Sie war bereits im Raum und lachte lauthals über etwas, das Riley gerade zu ihr gesagt hatte. Der kehlige Laut sorgte dafür, dass Dylans bestes Stück zuckte, und er umklammerte den Stift fester.

Sekunden später ertappte er sie dabei, wie sie ihn durch die Wimpern hindurch beobachtete. Auf seinen fragenden Blick hin grinste sie und schürzte die üppigen Lippen, mit denen sie ihn vorhin noch so hingebungsvoll verwöhnt hatte, dann widmete sie sich den Unterlagen, die vor ihr lagen. Dylan legte unter dem Tisch unauffällig die Hand auf seinen praller werdenden Schwanz und verfluchte die Tatsache, dass sie eine solche Wirkung auf ihn ausübte. Er war ihr praktisch hilflos ausgeliefert.

»Okay, Leute, legen wir los«, sagte Ian, der am Kopfende des Tisches Platz genommen hatte. Er wurde flankiert von Coach Carter auf der linken und Riley auf der rechten Seite. Außer Dylan und Olivia hatten sich noch die PR-Leute zu ihnen gesellt, die in ständiger Angst vor negativer Publicity lebten und beim geringsten Schnitzer der Spieler in Panik gerieten.

»Dylan, du fängst an«, eröffnete Ian die Gesprächsrunde.

Dylan nickte. »In Sachen Unterbringung ist alles geklärt. Unsere Suiten im Montelucia Resort sind seit Langem reserviert.«

»Die Reservierungen wurden doppelt bestätigt«, meldete sich seine Assistentin Riley zu Wort.

»Heute Nachmittag findet eine Besprechung mit den teilnehmenden Spielern und den Leuten vom PR-Team statt«, fuhr Dylan mit einer Kopfbewegung in Richtung der PR-Leute fort. »Bei dieser Gelegenheit werden wir über die geplanten und die diversen ungeplanten Interviews sowie über ein paar Grundregeln sprechen. Es sollte alles glattlaufen.«

»Das will ich hoffen.« Ian nickte. »Liv, du wirst Dylan begleiten.«

Olivia starrte ihn überrascht an. »Was, ich?«

»Coach Carter hat mir berichtet, dass es ohne deine Hilfe unmöglich gewesen wäre, zu Big durchzudringen. Ich will dich in seiner Nähe wissen, für den Fall, dass es wider Erwarten doch noch Schwierigkeiten geben sollte.«

Sie öffnete den Mund, klappte ihn aber gleich wieder zu. Dylan versuchte ein Grinsen zu unterdrücken. Das Schicksal meinte es wohl gut mit ihm. Er würde mit Olivia eine Woche in einem luxuriösen Wellnesshotel in Arizona verbringen – aus beruflichen Gründen, ja, aber sie würden trotzdem jede Menge Zeit für sich haben. Ob Ian wohl ahnte, wie sehr Dylan diese Entscheidung entgegenkam?

»Ist das ein Problem für dich?«, fragte Ian seine Schwester.

Diese lächelte ihn an. »Eine Woche Scottsdale, Arizona? Nein, damit habe ich überhaupt kein Problem.«

Ian tat, als hätte er es nicht gehört. »Carter, du bist auch mit von der Partie?«

»Selbstverständlich.« Der fünfundvierzigjährige Star-Coach von Miami Thunder nickte. Er war selbst ein ehemaliger Spieler und mehrfach mit dem ehrenvollen Titel Most Valuable Player ausgezeichnet worden.

Olivia klopfte mit ihrem Stift auf den Tisch. »Dylan, wann und wo findet die Besprechung mit den Spielern heute Nachmittag statt?« Sie sah ihn an, mit diesen tiefblauen, von dichten Wimpern umrahmten Augen, die alle Dare-Geschwister hatten.

Diese Augen hatten ihn gestern Nacht voller Verwunderung angestarrt, bevor bei einem ihrer zahlreichen explosiven Orgasmen die Wellen der Lust über ihr zusammengeschlagen waren. Er unterdrückte ein Fluchen und setzte sich etwas anders hin, fand jedoch dank der Schwellung zwischen seinen Oberschenkeln keine wirklich angenehme Sitzposition. »Um drei in der Umkleide«, antwortete er.

Sie nickte. »Gut, ich bin dabei. Wir müssen Big signalisieren, dass wir es ernst meinen.«

In der nun folgenden halben Stunde legten die PR-Leute ihre Pläne für die kommende Woche dar und erklärten, wie sie die Schlagzeilen, für die Big kürzlich gesorgt hatte, zu ihren Gunsten zu nutzen gedachten, ganz nach dem Motto »Es gibt keine schlechte Publicity«.

»Gut, alles klar so weit?«, fragte Ian und sah sich unter den Anwesenden um. Diese murmelten ihre Zustimmung, und damit war die Sitzung beendet.

Sie erhoben sich, nahmen ihre Unterlagen und machten sich auf den Weg in ihre Büros. Dylan, der unweit der Tür saß, wartete ab, bis Olivia an ihm vorbeikam. Sie drückte ihre Mappe an sich, sodass ihr prächtiger Busen ein wenig nach oben geschoben wurde. Dylan dachte daran, wie toll sich ihre Nippel gestern Nacht auf seiner nackten Haut angefühlt hatten.

Er stand auf. »Liv ...«

Sie blieb stehen, und ihm stieg ein Hauch ihres Parfüms in die Nase – ein Duft, den er garantiert nie wieder vergessen würde.

»Was kann ich für dich tun, Dylan?«

»Hm, da würde mir gleich so einiges einfallen.«

Sie lief rot an, und zugleich huschte ein verstohlenes Grinsen über ihr Gesicht, weil sie ein pikantes Geheimnis teilten. Und er musste zugeben, dass der Gedanke daran sein Blut in Wallung brachte. Er musste die Hände in den vorderen Hosentaschen vergraben, weil er den akuten Drang verspürte, sie zu berühren.

»Ich schätze mal, du wirst die nächsten paar Abende mit Reisevorbereitungen und Packen beschäftigt sein?«

Sie nickte. »Ein Glück, dass wir in Florida leben, so habe ich zumindest schon die passende Garderobe im Schrank.«

Er beugte sich zu ihr und murmelte: »Ich stelle jetzt mal die gewagte Prognose auf, dass du zumindest in deiner Freizeit nicht allzu viele Klamotten benötigen wirst.«

Sie schnappte nach Luft. »Mister Rhodes! Sie sind ja ein ganz Schlimmer!«

»Ich kann es kaum erwarten, dir zu zeigen, *wie* schlimm ich sein kann.«

* * *

Am Tag ihrer Abreise trug Olivia dann einen hellblauen Hosenanzug, weil sie das Team repräsentierte, aber sobald sie im Hotel angekommen war, würde sie etwas Bequemeres anziehen. Sie fand sich wie gewöhnlich überpünktlich am Flughafen von Miami ein. Am Terminal angekommen, steuerte sie mit ihrem Rollkoffer geradewegs den Check-in-Schalter an und kaufte sich, nachdem sie die Sicherheitskontrollen passiert hatte, eine Flasche Wasser. Dann ging sie zum Gate. Dort ließ sie sich mit ihrem iPad auf einer der Bänke nieder, um auf den Rest der Truppe zu warten. Sie war wie immer die Erste.

Olivia wusste nicht, wie viel Zeit vergangen war, als ihr jemand auf die Schulter tippte. Sie hob den Kopf und sah sich Marcus Bigsby gegenüber, besser gesagt, seinen … Oberschenkeln. Er war so groß, dass sein Schatten sie garantiert komplett eingehüllt hätte, wenn sie draußen in der Sonne gesessen hätte.

»Hey, Marcus. Was für ein Zufall, dass wir uns hier treffen«, witzelte sie.

»Morgen, Miss Olivia.«

Sie lächelte über seine förmliche Anrede. Er konnte so gute Manieren an den Tag legen, wenn er wollte. Dummerweise wollte er das nicht immer. »Es ist tatsächlich noch recht früh am Morgen, nicht? Und, bereit für Phoenix?«

Er parkte seinen massigen Körper auf der Bank gegenüber. »Jep.«

Olivia runzelte die Stirn. »Du bist jetzt schon zum dritten Mal für das Pro Bowl ausgewählt worden. Freust du dich nicht darauf?«

»Doch, schon, aber meine Mom ist sauer auf mich, weil ich Wendell nach Hause geschickt habe. Sie meint, ich brauche ein Familienmitglied an meiner Seite.«

»Unsinn. Du brauchst keinen Aufpasser. Du musst dir nur selbst ein bisschen mehr vertrauen.«

Und Wendell ein bisschen weniger, dachte sie, aber das behielt sie lieber für sich.

Sie nickte.

»Meinen Sie?«

Auf dem Spielfeld legte er durchaus eine gehörige Portion Selbstvertrauen an den Tag, in anderen Bereichen leider weniger. Aber seine Teamkollegen konnten ihn gut leiden und hatten ihn zum Glück unter ihre Fittiche genommen. Im Grunde konnte es für ihn von nun an nur bergauf gehen.

»Hey, Big!« Glenn Sanders, der blonde Running Back des Teams, der mit seinen 1,78 für einen Footballspieler vergleichsweise zierlich war, gesellte sich zu ihnen und schüttelte Marcus die Hand. »Ein schöner Tag zum Fliegen«, stellte Glenn lächelnd fest, dann drehte er sich zu Olivia um. »Hallöchen, Miss Dare.«

Sie lächelte ihn an. »Da ist wohl jemand ein Morgenmensch.«

Er lachte und setzte sich neben Marcus. Nun, da dieser etwas Ablenkung von seinen Problemen mit Wendell hatte, konnte Olivia getrost zu ihrem Buch zurückkehren. Doch nur ein paar Minuten später stieg ihr der nur allzu vertraute Duft eines Männerparfüms in die Nase.

»Na, hab ich dir gefehlt?«, fragte Dylan und ließ sich auf dem leeren Platz neben ihr nieder.

Sie schüttelte den Kopf. »Ich war viel zu sehr mit der Auswahl meiner Garderobe beschäftigt«, schwindelte sie und tat dann, als würde sie weiterlesen. In Wahrheit konnte sie sich nicht mehr auf den Artikel konzentrieren, den sie sich auf ihr Tablet heruntergeladen hatte, sondern nur noch auf den Mann, der neben ihr saß und mit seinem bloßen Erscheinen dafür gesorgt hatte, dass sie plötzlich Schmetterlinge im Bauch hatte.

»Du verstehst dich wirklich hervorragend darauf, die Gefühle eines Mannes zu verletzen.« Er beugte sich zu ihr rüber, vergrub das Gesicht in ihrer Halsbeuge und atmete tief ein. »Du riechst gut.«

Du auch, dachte sie, schloss die Augen und inhalierte kurz seinen maskulinen Duft. Dann rückte sie etwas von ihm ab und sah ihn an. »Ich will nicht, dass die Spieler etwas merken.«

Er schmunzelte. »Ich glaube kaum, dass sie etwas dagegen hätten.«

Das nicht, aber es war Olivia eben wichtig, professionell aufzutreten. »Wir müssen ihnen mit gutem Beispiel vorangehen.«

Dylan musterte sie ein paar Sekunden nachdenklich, dann drehte er sich um und fragte Marcus, Glenn und Sawyer, der eben zu ihnen gestoßen war: »Will jemand Kaffee?«

Die drei schüttelten den Kopf und erwiderten im Chor: »Nein, danke.«

»Ich schon.« Dylan stand auf, griff nach Olivias Hand und zog sie hoch. »Mitkommen.«

»Nicht so schnell, du Tyrann«, brummte sie und machte sich von ihm los, um das Tablet in ihrer Handtasche zu verstauen und das Portemonnaie hervorzukramen. »Passt ihr auf meine Tasche auf, Jungs?«

Kollektives Nicken.

Dylan bedeutete ihr vorauszugehen. Sie betrachtete

ihn flüchtig. Seine elegante schwarze Hose und das elfenbeinweiße Hemd wirkten kultiviert und sexy zugleich. Er war schon wirklich ein Bild von einem Mann, ein Umstand, der es ihr nicht gerade leicht machte, ihr Verhältnis geheim zu halten.

Sie waren noch keine zehn Meter weit gekommen, da legte er ihr einen Arm um die Taille und bugsierte sie in einen leeren Ableger des breiten Korridors.

»Hey, was soll denn das?«, fragte sie atemlos, während er sie in der hintersten Ecke, wo sie vor Blicken geschützt waren, an die Wand drängte.

»Ich hole mir nur meinen Gutenmorgenkuss.« Er stützte sich mit einem Arm an der Wand hinter ihr ab und presste ihr die Lippen auf den Mund.

»Mmm …« Olivia konnte nicht leugnen, dass sie genauso heiß auf ihn war wie er auf sie.

Sobald seine Zunge in ihren Mund glitt, war ihr, als würde ihr Körper in Flammen stehen. Sein unverkennbarer Geschmack, vermischt mit einem Hauch Pfefferminze, weckten Empfindungen in ihr, die sie die vergangenen Tage mühsam unterdrückt hatte. Sie fühlte sich hellwach und lebendig. Er verschlang sie förmlich, und sie parierte die Vorstöße seiner Zunge, während er eine Hand um ihre Taille legte und mit der anderen an ihrem langen Zopf zog. Es schien eine direkte Verbindung von ihrer Kopfhaut zu ihrem Geschlecht zu geben, denn das leichte Ziepen ließ sie im Nu feucht werden.

»So, jetzt kann man mit Fug und Recht von einem guten Morgen sprechen!«, stellte er fest, als er den Kuss schließlich beendete.

»Oh ja.« Sie befeuchtete sich die Lippen mit der Zungenspitze.

Dylan verfolgte es fasziniert. »Du legst es wohl darauf an, mich heißzumachen.«

Sie grinste.

»Wie wär's jetzt mit einem Kaffee, bevor ich an Ort und Stelle über dich herfalle?«, fragte er.

Sie nickte. »Klingt gut.« Vor dem fünfstündigen Flug konnte ein ordentlicher Koffeinschub nicht schaden. Kaum waren sie losgegangen, legte er ihr eine Hand auf den unteren Rücken, eine besitzergreifende Geste, die ihr gefiel. Sehr sogar.

Bei Starbucks angekommen, stellten sie sich in die zum Glück recht kurze Schlange. Als sie an der Reihe waren, orderte Dylan einen großen schwarzen Kaffee für sich selbst, dann drehte er sich zu Olivia um und fragte: »Und für dich einen Latte macchiato mit Sojamilch?«

Sie blinzelte überrascht.

»Wir sind schon eine ganze Weile Arbeitskollegen«, erinnerte er sie. »Und wenn es um dich geht, ist meine Aufmerksamkeit geschärft.«

Es war geradezu lächerlich, wie schmeichelhaft sie diese Aussage fand. Dylan wusste wirklich, was er sagen und tun musste, um sie zu beeindrucken. Konnte es sein, dass seine Worte wirklich ehrlich gemeint waren? Konnte sie ihm vertrauen? Konnte man irgendeinem Mann vertrauen?

Mit ihren Bechern in der Hand gingen sie zurück zum Gate und setzten sich wieder auf ihre Plätze. Ihr Flieger war inzwischen eingetroffen, und eine Stewardess informierte sie per Lautsprecherdurchsage, dass das Boarding beginnen konnte, sobald die letzten Passagiere die Maschine verlassen hatten.

Olivia konnte es kaum erwarten, endlich loszustarten.

Sie zückte ihr Handy, um ihrer Schwester eine SMS zu senden, in der sie ihr versprach, sich gleich nach der Ankunft in Arizona zu melden. Dieselbe Nachricht schickte sie auch an ihre Mutter und an Ian, weil er dazu tendierte, sich viel zu viele Sorgen zu machen.

»Meldest du dich etwa bei deiner gesamten Familie ab?«, fragte Dylan. Ein amüsiertes Lächeln huschte über sein attraktives Gesicht.

»Nur bei den wichtigsten Leuten.«

Er rückte etwas näher. »Wie ist es, wenn man in einer so großen Familie aufwächst?«

Sie überlegte kurz, ehe sie antwortete. »Na ja, der Vorteil ist, dass man nie allein ist. Und der Nachteil ist, dass man nie allein ist«, erwiderte sie lachend.

»Ich stelle es mir trotzdem cool vor.«

»Ja, es hat schon etwas.«

»Und mit eurer Mom hattet ihr auch echt Glück, oder?«

Olivia nickte.

»Ja. Sie ist eine starke Frau.«

»Sei froh«, sagte er, und seine Miene verdüsterte sich. Er dachte wohl gerade an seine eigene Mutter, von der man das leider nicht behaupten konnte.

Was sagte man zu einem Mann, der praktisch ohne Eltern aufgewachsen war? Olivia und ihre Geschwister hatten sich stets auf ihre Mutter Emma verlassen können.

»Zum Glück hattest du zumindest deine Schwester«, sagte sie in dem Versuch, etwas Positives zu sagen.

Er nickte. »Ja, sie ist toll, aber an Feiertagen war die Stimmung bei uns immer gedrückt. Und ich fand es furchtbar, dass ich nicht das nötige Geld hatte, um ihr Geschenke kaufen zu können.«

Olivia seufzte. Es hatte eben jeder sein Päckchen zu tragen, das wurde ihr allmählich klar. Das vollkommene Familienglück gab es nicht.

»Tja, wir hatten alles, was man mit Geld kaufen konnte, aber genau das war das Problem. Mein Vater hat versucht, sich unsere Gunst zu erkaufen. Ich glaube, er dachte, wenn uns in materieller Hinsicht nichts fehlt, dann würde es uns weniger ausmachen, dass er nie da war.«

»Und, hat es funktioniert?«

»Nein«, flüsterte sie mit belegter Stimme. »Ich meine, kannst du dir vorstellen, wie oft wir an Weihnachten die Geschenke ohne ihn ausgepackt haben, weil es hieß, Dad sei beruflich unterwegs? Und später haben wir dann erfahren, dass er lieber bei seiner Geliebten und deren Kindern war.« Sie blinzelte, um die Tränen zurückzuhalten, wie so oft. Sie hatte sich schon vor langer Zeit mit der Situation abgefunden. »Ist dir zufällig aufgefallen, wer bei meiner Geburtstagsparty neulich gefehlt hat?«

Dylan runzelte die Stirn. »Hat er gesagt, warum er nicht da war?«

»Er hat mir über Alex ausrichten lassen, dass er verhindert ist, und mich hinterher angerufen. Es ist jedes Mal dasselbe.«

»Und trotzdem verträgst du dich gut mit Alex und deinen übrigen Halbgeschwistern?«

Sie schluckte schwer. »Ja. Es ist schwer zu erklären, warum. Ian hat unseren Vater lange aus tiefstem Herzen gehasst. Vielleicht tut er es noch immer, aber Avery und ich … Als wir von der ganzen Angelegenheit erfahren haben, war unsere Halbschwester Sienna schwer krank. Ohne eine Knochenmarkspende hätte sie nicht überlebt. Natürlich hat sie mir leidgetan. Nachdem sich herausgestellt hatte, dass Avery als Spenderin geeignet ist, war ich mit ihr im Krankenhaus und habe dort Siennas Brüder Jason und Alex kennengelernt. Dass wir uns angefreundet haben, liegt sicher zum Großteil an den Umständen. Einem schwerkranken Mädchen und seinen Geschwistern kann man kaum böse sein.« Sie zuckte die Achseln.

Zweifellos hatte ihre ungewöhnliche Familiengeschichte sie geprägt, und sie hatte kein Problem damit, darüber zu reden und sie anderen zu erläutern. Was sie jedoch lieber für sich behielt, war der Umstand, dass ihr Glauben an das starke Geschlecht nach dem Vertrauensbruch ihres Vaters nachhaltig erschüttert war. Das war ihr eigentlich auch erst bewusst geworden, als sie – zum denkbar ungünstigsten Zeitpunkt – herausgefunden hatte, dass Jeff sie betrogen hatte.

Erst jetzt merkte sie, dass Dylan mit seinen rauen Fingerspitzen ihren Handrücken liebkoste, wie um sie zu trösten.

Er räusperte sich und schüttelte den Kopf. »Tja, Eltern können ihren Kindern ganz schön übel mitspielen.« Das war offenbar nicht nur auf seine Mutter gemünzt, sondern auch auf ihren Vater. »Ich bringe mal eben meinen Becher weg. Hast du deinen Kaffee auch schon ausgetrunken?«

Olivia hielt ihm den leeren Becher hin. »Ja, danke.« Sie war froh, dass das Thema damit beendet war. Wer hätte gedacht, dass ihr Gespräch eine so unerwartete Wendung nehmen und so ernst verlaufen würde? Wieder hatte sie ihm einen Einblick in ihre Seele gewährt, die noch immer verwundet war, selbst wenn *ihm* diese Tatsache nicht bewusst sein mochte. Und irgendwie nervte es sie, dass ihre Gefühle von früher die Gegenwart beeinträchtigten, zumal ihr ein paar schöne Tage im sonnigen Arizona mit Dylan bevorstanden.

Nun, sie würde nicht zulassen, dass ihr die Vergangenheit einen Strich durch die Rechnung machte. Sie stand auf, streckte sich und beschloss, sich ganz auf die Arbeit und das mit Sicherheit darauffolgende Vergnügen zu konzentrieren. Sie war in Begleitung eines Mannes, den sie äußerst sexy fand und der wild entschlossen war, sie mit Aufmerksamkeit förmlich zu überschütten. Und das würde sie gebührend genießen, jawohl.

Dylan war gerade von seinem Gang zum Mülleimer zurück, da tönte eine blechern klingende Stimme aus den Lautsprechern. »Wir beginnen nun mit dem Boarding für die Passagiere des Fluges 882 von Miami nach Phoenix und bitten zunächst alle Erste-Klasse-Reisenden zu uns.«

»Bist du so weit?«

»Worauf du dich verlassen kannst.« Olivias Vorfreude kehrte jäh zurück.

Dylan bückte sich und griff nach dem Gurt seiner Tasche, da klingelte plötzlich sein Handy.

»Hm. Na ja, es dauert ohnehin noch ein paar Minuten, bis wir an Bord gehen können«, murmelte er und bedeutete Olivia, dass sie sich ja schon mal in die Warteschlange einreihen konnten, während er ranging.

Sie zuckte die Achseln und hatte sich gerade in Bewegung gesetzt, da hörte sie ihn sagen: »Hi, Meg. Ich steige gleich in die Maschine. Gibt's was Wichtiges?«

Oh Mann, das durfte doch nicht wahr sein. Seine Ex rief ihn an, bevor er in ein Flugzeug stieg? Olivias gute Laune löste sich schlagartig in Luft auf. Es hieß ja immer, Männer und Frauen könnten nicht »einfach nur befreundet sein«, und bislang hatte sie diese Aussage stets als Unsinn abgetan, aber was, wenn doch etwas dran war? Schließlich waren Meg und Dylan vor Jahren ein Paar gewesen. Hatte diese Frau denn keine Freundinnen, mit denen sie ihre Probleme besprechen konnte?

»Hör zu, du kannst seinen Kram jetzt gleich zusammenpacken oder damit noch warten, bis er aus Vegas zurück ist, aber jedenfalls ist es hoch an der Zeit, dass du diesen Nichtsnutz vor die Tür setzt.«

Na toll, jetzt ermutigt er sie auch noch, ihren Freund abzuservieren, dachte Olivia. Sie hasste sich dafür, aber sie konnte nicht anders.

Als sie vor der Stewardess standen, die die Boardingkarten kontrollierte, sagte er: »Ich rufe dich aus Phoenix noch mal an, okay?« Pause. »Ja. Pass auf dich auf. Bis dann.«

Olivia reichte der Stewardess mit zusammengepressten Lippen ihr Ticket, ließ es scannen und marschierte los.

»Liv, warte auf mich«, rief ihr Dylan nach.

Sie verlangsamte das Tempo, bis er sie eingeholt hatte. »Entschuldige. Meg hat Probleme mit ihrem Freund.«

Sie hob eine Augenbraue. »Und da darf sie sich an deiner Schulter ausweinen? Wie süß.« Damit betrat sie das Flugzeug. Sie wusste nicht, warum sie so verärgert und gekränkt reagierte. Eigentlich gab es dafür keinen konkreten Anlass. Und doch ...

Sie setzte sich auf ihren Fensterplatz und spürte Dylans besorgte Blicke auf sich ruhen, als er sich neben ihr niederließ. Aber sie hatte ihm nichts zu sagen. Sie würdigte ihn keines Blickes, sondern bat eine Stewardess um ein Kissen und eine Decke; und dann kuschelte sie sich in ihren Sitz und schloss die Augen.

5

Dylan war in dem Moment, als ihm Megs Name herausgerutscht war, klar, dass er Mist gebaut hatte. *Er* wusste, dass seine Gefühle für seine Ex rein platonischer Natur waren, aber allmählich fragte er sich, ob Olivia ihm glaubte, dass sie sich deswegen keine Gedanken machen musste.

Er runzelte die Stirn. Die Vorstellung, dass sie an seinen Worten zweifelte, gefiel ihm nicht. Andererseits hätte er wohl auch wenig Verständnis gehabt, wenn sie kurz vor dem Abflug mit ihrem Ex telefoniert hätte, noch dazu, wenn sie nur ein paar Tage zuvor nach seinem Eau de Toilette gerochen hätte.

»Mist.«

Sie befanden sich inzwischen auf Reiseflughöhe, und Olivia schlief seit dem Start. Er hatte das deutliche Gefühl, dass sie sich bewusst von ihm abgegrenzt hatte, um nicht mit ihm über Meg reden zu müssen.

Dylan fuhr sich mit den Fingern durch die Haare und betrachtete die schlafende Schönheit auf dem Nebensitz. Ihre Miene war jetzt weicher, und das lange, lose geflochtene Haar fiel ihr locker über die Schulter. Hin und wieder stieß sie im Schlaf einen leisen Laut hervor, der ihm ein Lächeln entlockte.

Das, was er für sie empfand, hatte er noch für keine andere Frau empfunden, da war er ganz sicher. Schon als er sie kennengelernt und ihr das allererste Mal die Hand geschüttelt hatte, war ihm gewesen, als hätte man ihm einen Schlag in die Magengrube verpasst. Und spätestens als sich herausgestellt hatte, dass sie sich mit American Football auskannte, war es um ihn geschehen gewesen. Allerdings hatte sie damals einen Verehrer gehabt, weshalb er sich von ihr ferngehalten hatte.

Aber damit war jetzt ein für alle Mal Schluss.

* * *

Olivia erwachte mit einem steifen Genick. Ihr Hals war in einem unnatürlichen Winkel abgeknickt, und das Kissen fühlte sich steinhart an. Sie schlug die Augen auf, betrachtete die Rückseiten der Sitze vor ihr und stellte fest, dass sie noch im Flugzeug saß und sich im Schlaf an Dylans Schulter gelehnt hatte.

Ihr erster Impuls war, sofort aufzufahren, doch die Schmerzen in ihrem Genick ließen keinerlei schnelle Bewegungen zu. »Aua …«, stöhnte sie und richtete sich vorsichtig auf.

»Hey«, sagte Dylan. »Alles okay?«

»Mir tut alles weh, weil ich so windschief dagesessen bin.« Sie zwang sich, ihn anzusehen. »Tut mir leid, dass ich dich im Schlaf belästigt habe.«

»Mir nicht.«

Sie atmete hörbar aus. »Dylan …«

»Livvy, ich werde dir jetzt etwas Wichtiges sagen, also hör mir bitte gut zu.«

Oh-oh. Sie zog ein Bein an und setzte sich darauf.

»Es geht um Meg.«

Plötzlich war ihr Mund ganz trocken. Sie schluckte schwer. »Du bist mir keine Erklärung schuldig.« Anfangs hatte sie nur so getan, als würde sie schlafen, und ehe sie tatsächlich eingenickt war, hatte sie sich ein paar Gedanken gemacht. Ja, sie musste zugeben, sie war auf Meg eifersüchtig, aber das mit Dylan war nichts Ernstes, und sie musste sich dementsprechend verhalten. Er war ihr keine Rechenschaft schuldig. »Es ist alles bestens. Ich habe kein Recht, deine Freundschaften zu hinterfragen. Es tut mir leid.«

»Ach ja?«

»Ja.« Sie nickte. »Ich meine, wir haben bloß eine Affäre. Ein bisschen Spaß im Bett, kombiniert mit etwas Sonnetanken in Phoenix. Alles bestens.«

Er hob eine Augenbraue. »Soso.«

»Ich sollte dringend aufhören, mich so aufzuführen, als wären wir ein Paar.«

»Was?« Er starrte sie an, als hätte sie den Verstand verloren.

Sie nickte erneut. »Na ja, wir haben ja schließlich keine Beziehung. Aber es wird nicht wieder vorkommen, versprochen.« Sie hob die Hand zum Schwur.

Dylan schüttelte den Kopf. »Hast du dir im Schlaf den Kopf angeschlagen, oder ist meine Schulter so hart?«

»Wovon redest du?«

»Mir scheint, du leidest an Gedächtnisschwund. Ich erinnere mich nämlich deutlich daran, dir gesagt zu haben, dass ich ausloten möchte, wohin das mit uns beiden führen kann. Und meiner Ansicht nach bedeutet das, dass wir weit mehr als eine Affäre haben.«

Sofort machte sich Panik in ihr breit. Sie empfand viel zu viel für diesen Mann, zumal sie sich eben erst richtig mit ihm eingelassen hatte. Sie hatte das alles bereits einmal erlebt. Damals war sie jung und sorglos gewesen – und plötzlich schwanger, während ihr Freund hinter ihrem Rücken mit einer anderen herumgemacht hatte. Und sie hatte die Anzeichen einfach ignoriert. Weil sie sich so verzweifelt danach gesehnt hatte, jemandem etwas zu bedeuten. Sie hatte sich so gewünscht, dass der Mann, mit dem sie ihr Leben teilte, sie liebte und ihr die Sicherheit bot, die ihr abhandengekommen war, als sich herausgestellt hatte, dass ihr Vater noch eine zweite Familie hatte. Von einem Tag auf den anderen waren Avery und sie nicht mehr allein Robert Dares »Prinzessinnen« gewesen, sondern hatten sich diesen Titel mit ihrer Halbschwester Sienna teilen müssen. Sie wurde von ihm nicht zur Beruhigung seines schlechten Gewissens mit Geschenken abgespeist. Nein, sie bekam ihn selbst – seine Anwesenheit an Feiertagen und bei wichtigen Ereignissen. Keine Ausreden von wegen Geschäftsreise.

Also hatte Olivia all ihre Hoffnungen in ihren ersten »richtigen« Freund gesetzt. Und der hatte sie ebenfalls betrogen. Und damit nicht genug: Als sie ihm erzählt hatte, dass sie schwanger war, hatte er getan, als hätte sie sich das alles selbst zuzuschreiben. Eine unbefleckte Empfängnis sozusagen. Er hatte nichts mit ihr oder dem Baby zu schaffen haben wollen.

»Olivia? Ist alles okay?« Dylan wedelte mit der Hand vor ihrem Gesicht herum. »Warum sagst du denn nichts? Du bist ja ganz blass!«

Blinzelnd kehrte sie in die Gegenwart zurück. »Entschuldige. Es geht mir gut. Ich habe nur …« Sie zögerte, überlegte, wie sie ihm ihren kurzen Aussetzer am plausibelsten erklären sollte, und beschloss, ihm reinen Wein einzuschenken. »Ich schleppe schon so einiges an emotionalem Gepäck mit mir herum, Dylan. Es ist nicht sonderlich offensichtlich, und es wissen auch nicht allzu viele davon, aber ich fürchte, die Vergangenheit hat mich wieder eingeholt, weil du einen so engen Kontakt zu deiner Ex hast.«

Er nickte, und in seinen großen, dunklen Augen spiegelte sich Verständnis. »Wir haben ja bereits festgestellt, dass es Dinge in deinem Leben gibt, von denen ich nichts weiß. Und ich werde nicht darauf drängen, dass du mich einweihst. Du kannst selbst entscheiden, wann du so weit bist und es mir sagen willst.«

Sie leckte sich mit der Zunge über die ausgetrockneten Lippen. »Klingt, als wärst du ein geduldiger Mensch.«

»Manchmal, ja.« Er griff nach ihrem Zopf und zog daran, sodass ihre Gesichter nur Zentimeter voneinander entfernt waren. »Manchmal aber auch nicht.«

Er leckte ihr über die Lippen, und sie schmolz dahin.

»Geht doch. Lass einfach alles auf dich zukommen, okay? Der Rest ergibt sich dann schon von allein.«

»Ich arbeite daran«, versprach sie ihm – und sich selbst ebenfalls. Er öffnete den Mund und belohnte sie mit einem sinnlichen Kuss, bei dem sie sämtliche Zweifel und Probleme vergaß, die ihr eben noch durch den Kopf gespukt waren. Bis sie von einem anerkennenden Pfeifen gestört wurden.

Sie fuhren auseinander und erblickten Marcus, der grinsend einen Daumen hochstreckte.

»Erwischt«, krähte der Tight-End-Spieler.

Olivia spürte, wie sie errötete. Tja, damit war ihr Geheimnis gelüftet. Nun, da Big Bescheid wusste, würde es sich im Nu beim Rest des Teams herumsprechen. Nicht, dass sie damit ein Problem hatte, solange es ihrem Image in beruflicher Hinsicht nicht schadete. In Zukunft würde sich Dylan vermutlich auch in der Öffentlichkeit nicht mehr mit Zärtlichkeiten zurückhalten – ein Umstand, der ihr weit weniger Kopfzerbrechen bereitete, als sie eigentlich erwartet hatte.

* * *

Im Montelucia Resort angekommen, musste Olivia zum Einchecken an der Rezeption erneut eine Weile Schlange stehen. Schon am Flughafen hatten sich massenhaft aufgekratzte Touristen getummelt, die sich auf das bevorstehende Spiel freuten, und im Hotel bot sich das gleiche Bild. Es war der reinste Albtraum.

Dylan war noch draußen beim Fahrer und kümmerte sich um das Gepäck, und sie war ganz froh darüber. Wenn er in der Nähe war, konnte sie nämlich keinen vernünftigen Gedanken fassen, und das Wüstenklima von Arizona war geradezu harmlos verglichen mit der Hitze, die Dylan vorhin auf dem Platz neben ihr verströmt hatte.

Der viereinhalbstündige Flug hatte sich ewig hingezogen, und ständig hatten sich ihre Oberschenkel berührt. Dylan spielte gern mit ihrem Haar und hatte immer wieder an ihrem langen Zopf gezogen, sie damit gekitzelt oder daran geschnuppert.

Olivia fächelte sich mit der Hand Luft zu und versuchte sich einzureden, dass ihr nur deshalb so heiß war, weil sie gleich neben dem Eingang stand und sich die Türen ständig öffneten, aber sie wusste es besser. Sie hatte an Dylan gedacht, besser gesagt, sie hatte von ihm fantasiert. Das wurde bei ihr echt allmählich zur Gewohnheit. Tja, bislang hatte sie eben kein Mann derart mit Aufmerksamkeit überschüttet. Genau danach hatte sie sich in ihrem tiefsten Innersten stets gesehnt. Aber sie war auch misstrauisch, denn sie wusste aus Erfahrung, dass sie in solchen Fällen dazu tendierte, dumme Entscheidungen zu treffen und wichtige Hinweise zu ignorieren.

»So, das mit dem Gepäck ist erledigt«, verkündete Dylan, als er sich wieder zu ihr gesellte. Sein Anblick raubte ihr wieder einmal den Atem. Der Mann wirkte einfach verboten sexy mit seinen dunklen Haaren, dem Ziegenbärtchen und dem perfekt durchtrainierten Körper.

Und dann war er auch noch intelligent und beruflich erfolgreich und verstand sich hervorragend auf den Umgang mit den Spielern und dem oberen Management. Er setzte sich durch, ohne Forderungen aufstellen oder Druck ausüben zu müssen. Olivia hatte seit jeher eine Schwäche für schlaue Köpfe mit einem attraktiven Aussehen gehabt, und Dylan vereinte all diese Eigenschaften in sich. In ihren Augen war er der perfekte Mann.

»Super. Danke fürs Kümmern.«

»Und, geht es voran?«, fragte er.

»Ja, aber nur langsam.« Es waren noch immer einige Leute vor ihr.

»Wo sind eigentlich die Spieler?«, fragte Olivia und sah sich suchend um, konnte aber keinen von ihnen entdecken.

»Die geben Autogramme. Hier haben sie nicht ganz so viel Privatsphäre wie in Hawaii, wo das Pro Bowl bislang immer ausgetragen wurde. Aber es hat den Anschein, als würden sie den Rummel genießen. Nur Maddox und seine Frau werden wohl etwas mehr Ruhe haben wollen, schon wegen dem Baby.« Nick Maddox war einer der vier Spieler, die Miami Thunder entsandt hatte.

Olivia nickte. »Maddox reist immer mit Security, wenn er mit seiner Familie unterwegs ist. Die sorgen schon dafür, dass er nicht gestört wird. Eigentlich müsste er schon eingecheckt haben.«

Dann klingelte ihr Handy. Sie kramte es aus der Tasche und ging ran. »Hallo?«

»Hi, Livvy! Wie ist es denn so in Arizona?«, wollte Avery wissen.

»Schön, aber heiß. Und es ist die Hölle los hier«,

brummelte sie. Immerhin, inzwischen standen nur noch zwei Leute vor ihnen in der Schlange. Ein Glück.

»Wie war der Flug? Hast du dich von Dylan in der Flugzeugtoilette vögeln und zu einem Mitglied des Mile High Clubs machen lassen?«

Olivia spähte peinlich berührt zu dem Mann hinüber, der neben ihr stand. Hoffentlich hatte er das nicht gehört! Dass ihre kleine Schwester aber auch immer so laut reden musste! Außerdem wurde ihr bei dem Gedanken an Sex mit Dylan auf der engen Flugzeugtoilette schon wieder heiß. Sie stellte sich etwas abseits und zischte: »Hast du nichts Besseres zu tun, als mich zu nerven?«

Avery seufzte so laut ins Telefon, dass Olivia lachen musste. »Nun sei doch nicht so verklemmt. Ist ja nicht so, als hättet ihr es noch nie miteinander getrieben. Und jetzt bist du mit ihm auch noch in einem Luxushotel abgestiegen. Whirlpools, Schwimmbecken, Saunalandschaft ... Es ist Schicksal, und obendrein ...«

»Geschäftlich«, erinnerte Olivia sie.

»Bestimmt sehr romantisch, wollte ich gerade sagen.«

Das auch, aber Olivia dachte nicht daran, das laut auszusprechen. Diese Genugtuung wollte sie ihrer Schwester nicht gönnen.

»Der Nächste bitte!«, sagte der Rezeptionist in diesem Moment und blickte Dylan und Olivia erwartungsvoll entgegen.

»Ich muss dich leider abwürgen, ich stehe an der Rezeption«, sagte Olivia erleichtert. Sie hatte keine Lust, das Thema noch weiter breitzutreten.

»Okay, aber denk daran, was deine Therapeutin gesagt hat – du darfst nicht zulassen, dass die Vergangenheit über deine Zukunft bestimmt.«

Sie hatte ein einziges Mal die Hilfe einer Therapeutin in Anspruch genommen, als Kummer und Trauer sie zu überwältigen gedroht hatten. Gebracht hatte es ihr nicht allzu viel. Es war unheimlich schmerzhaft gewesen, in einer sterilen Arztpraxis über den Verlust ihres ungeborenen Kindes zu sprechen, auf das sie sich, nachdem sie sich erst einmal an den Gedanken gewöhnt hatte, so richtig gefreut hatte. Sie war nie wieder hingegangen. Die Realität war auch so schon schmerzhaft genug gewesen, und die Erinnerungen holten sie immer wieder ein.

»Ich muss jetzt wirklich aufhören, Avery.« Olivia machte ein paar Schritte auf die Rezeption zu.

»Lass dich gehen! Amüsier dich und versuch zumindest ein bisschen mehr Sex zu haben!«, schob ihre Schwester noch hastig hinterher, ehe Olivia auflegte.

»Na, war es etwas Wichtiges?«, erkundigte sich Dylan schmunzelnd.

»Nein. Es war bloß Avery, in typischer Avery-Manier.«

Sie traten gemeinsam an den Tresen.

»Na, was darf ich für Sie tun?«, wollte der dunkelhaarige Angestellte dahinter lächelnd wissen.

Olivia erwiderte das Lächeln und lehnte sich an den Tresen.

»Ich heiße Olivia Dare.«

»Dylan Rhodes«, fügte Dylan hinzu und stellte sich neben sie, so nah, dass sie sich an den Armen berührten.

Olivia bekam sogleich eine Gänsehaut.

»Machen Sie hier Urlaub?«, fragte der Rezeptionist. »Oder sind Sie gar in den Flitterwochen?«

Dylan ergriff Olivias Hand, die auf dem Tresen lag, und drückte sie. Sie spürte, wie sich die Wärme seiner Finger schlagartig in ihrem gesamten Körper ausbreitete und versuchte vergeblich, ihm ihre Hand zu entwinden.

»Leider konnte ich sie bis jetzt noch nicht dazu bewegen, mich zu heiraten, aber ich gebe nicht auf.« Er schenkte Olivia ein Lächeln, bei dem sie prompt weiche Knie bekam und an das denken musste, was Avery vorhin gesagt hatte.

Sie holte tief Luft und bedachte ihn mit einem warnenden Blick. »Der Herr beliebt zu scherzen. Unser Aufenthalt ist rein geschäftlicher Natur.« Sie zog erneut, etwas fester diesmal, und befreite sich aus seinem Griff.

Der Angestellte sah verdattert von Olivia zu Dylan und dann wieder zurück. »Wie lauten noch gleich Ihre Nachnamen?«

»Dare und Rhodes«, erwiderte Dylan deutlich sachlicher als gerade eben noch. »Wir haben eine Sammelreservierung für Miami Thunder getätigt.«

Der junge Mann spähte auf seinen Monitor und tippte etwas in den Computer. »Ah, ja. Fünf Suiten, alle im selben Stockwerk.«

»Sechs, meinen Sie wohl«, korrigierte ihn Olivia. »Es müssen sechs Suiten sein.«

»Bigsby, Sanders, Flynn, Maddox und Rhodes«, las er vor.

»Maddox ist bereits da, richtig?«

Der junge Mann nickte. »Genau. Mister Maddox hat vorhin eingecheckt.«

»Flynn kommt später«, sagte Dylan. »Aber es fehlt die Suite für Olivia Dare. Seltsam, ich habe die Reservierung höchstpersönlich vorgenommen.«

Wieder war eifriges Tippen zu hören. »Tut mir leid, aber ich habe nur fünf Suiten für Miami Thunder im System. Und wir sind leider total ausgebucht«, stellte der Rezeptionist mit betretener Miene fest.

»Aber ... Ich muss doch in demselben Hotel untergebracht sein wie unsere Spieler.« Olivia wollte auf gar keinen Fall von der Gruppe getrennt werden.

»Du kannst mein Zimmer haben, Liv.« Dylan hatte ihr eine Hand auf die Schulter gelegt, und die Berührung versetzte all ihre Sinne in helle Aufregung. »Können Sie mir ein Zimmer in einem anderen Hotel suchen?«, fragte er.

»Es dürfte schwierig werden, etwas zu finden. Ich würde Ihnen wirklich gern helfen, gehe aber davon aus, dass die meisten Hotels wegen dem Pro Bowl ebenfalls ausgebucht sind.«

Olivia schüttelte den Kopf. »Ich weiß dein Angebot zu schätzen, aber das geht nicht.« Dylan war der Leiter der Abteilung für Reiseplanung. Er musste hier sein und sich um die Termine und andere wichtige Angelegenheiten kümmern.

»Mir ist völlig unerklärlich, wie das passieren konnte«, sagte der Hotelangestellte sichtlich zerknirscht. Er wandte sich wieder seinem Computer zu und tippte noch ein bisschen auf seiner Tastatur herum, wohl in der Hoffnung, doch noch auf ein leeres Zimmer zu stoßen. »Für Mister Rhodes ist die Full Camelback Mountain View Suite reserviert, in der sich ein großes Doppelbett befindet. Im abgetrennten Wohnbereich steht ein Sofa, aber ich könnte Ihnen auch ein Zusatzbett ins Zimmer stellen lassen«, schlug er vor und zuckte ratlos die Achseln.

Olivia fühlte sich mindestens genauso unwohl in ihrer Haut wie der arme Kerl. Sie rieb sich den Nasenrücken und spürte, wie es in ihren Schläfen zu pochen begann. Okay, sie hatte eine Affäre mit Dylan, aber vier Tage am Stück mit ihm zu verbringen? Sich mit ihm ein Zimmer zu teilen, ohne einen Rückzugsort für den Notfall? Sie würden ständig aufeinanderkleben, und sie wusste nicht, ob sie das durchstehen würde. Doch wie es aussah, blieb ihr gar nichts anderes übrig.

»Ich nehme das Zusatzbett«, murmelte sie. »Vorausgesetzt, es macht dir nichts aus, wenn ich mich bei dir einquartiere.«

Dylan warf ihr einen ungläubigen Blick zu. »Die Schlafarrangements besprechen wir später«, sagte er und reichte dem Rezeptionisten seine geschäftliche Kreditkarte.

Olivia atmete aus und nickte. Sie wusste ebenso gut wie er, dass keiner von ihnen auf dem Zusatzbett schlafen würde.

* * *

Ein Page brachte sie zu der betreffenden Suite. Von dem großzügig dimensionierten Wohnbereich gelangte man in ein schönes Schlafzimmer, und von der Terrasse aus hatte man in der Tat einen herrlichen Blick auf die majestätischen Berge, die sich ganz in der Nähe erhoben.

»Wir teilen uns die Schrankfächer und die Schubladen der Kommode auf«, schlug Dylan vor. »Pack du zuerst aus. Ich stelle inzwischen meinen Kram ins Bad.«

»Danke.« Olivia leerte rasch ihren Koffer und achtete peinlich genau darauf, dass Dylan genauso viel Platz für seine Klamotten hatte wie sie, wenngleich das bedeutete, dass sie ihre Sachen nur mit Mühe und Not unterbrachte. Dylan war deutlich schneller fertig als sie, und der Anblick seiner Hosen und Hemden, die neben ihren Sommer- und Abendkleidern im Schrank hingen, versetzte Olivia einen Stich, den sie sich nicht erklären konnte und über den sie auch gar nicht lange nachdenken wollte.

Stattdessen flüchtete sie sich ins Bad. Er hatte sich für die linke Seite des Waschbeckens entschieden und ihr die rechte überlassen, weil die Ablage daneben etwas größer war. *Er ist eben ein Gentleman – einer, dem seine Schwester beigebracht hat, was es bedeutet, mit einer Frau zusammenzuleben,* dachte sie. Und sie war ihr dankbar dafür. Es fühlte sich ziemlich … intim an, sich das Bad mit ihm zu teilen.

Und ihr wurde auch eine Tatsache bewusst, vor der sie lange die Augen verschlossen hatte: Seit sie sowohl Jeff als auch das Baby verloren hatte, redete sie sich ein, dass sie es einfacher und schöner fand, allein zu leben. Jeff und sie hatten im Studentenheim zwar in getrennten Zimmern gewohnt, aber er hatte häufig bei ihr übernachtet und deshalb diverse persönliche Gegenstände bei ihr deponiert – und umgekehrt war es genauso gewesen. Nach ihm hatte sie nie wieder einen Mann so nah an sich herangelassen. Sie hatte die eine oder andere Affäre gehabt, aber keine davon als Beziehung betrachtet. Für Dylan empfand sie mehr als für jeden anderen Mann bisher, und jetzt teilten sie sich auch noch das Zimmer ... Sie schauderte und verdrängte den Gedanken.

Als sie aus dem Bad kam, lag er auf dem Doppelbett und grinste sie an. Er war oben ohne, sodass sie seine muskulöse Brust und sein beeindruckendes Sixpack bewundern konnte.

»Das Bett ist sehr bequem.« Er klopfte neben sich auf die Matratze. »Ich hoffe sehr, dass du nicht tatsächlich nach einem Zusatzbett verlangen wirst.«

Es überraschte sie nicht, dass er das Thema anschnitt, aber in seiner Miene spiegelte sich ein Anflug von Unsicherheit, mit dem sie nicht gerechnet hatte. Zum ersten Mal wurde ihr bewusst, dass es hier nicht nur um sie ging. Er hatte auch Angst – davor, womöglich abgelehnt zu werden.

Sie ließ sich neben ihm auf dem Bett nieder und streckte sich aus. »Ich denke gar nicht daran. Ich schlafe hier.«

Binnen Sekunden war er über ihr. Er roch unheimlich appetitlich, und bei der Vorstellung, dass nur ihre Kleidung sie daran hinderte, gleich über einander herzufallen, verflüchtigten sich all ihre negativen Gedanken.

»Ich bin froh, dass du dich für mich und mein Bett entschieden hast und nicht für eine wackelige Klappliege.« Er hauchte ihr einen Kuss auf die Lippen, dann rollte er sich von ihr herunter und stand auf.

Pfff. Erst heißmachen und dann kneifen, dachte sie. »Was hast du vor?«

»Ich ziehe mich um und gehe schwimmen. Ich bin wild entschlossen, meine zwei freien Tage bestmöglich zu nutzen, bevor der Rummel richtig losgeht. Kommst du mit?«

Olivia nickte, erhob sich und warf einen Blick aus dem Fenster. Der Poolbereich mit den zahlreichen Liegestühlen sah wirklich verlockend aus.

Sie drehte sich um und erstarrte, als sie sah, wie er sich aus der Hose schälte und sie über einen Stuhl hängte. Nicht, dass sie bereits vergessen hätte, wie appetitlich sein knackiger Po aussah, aber jetzt, da sie ihn so vor Augen hatte, hätte sie Dylan am liebsten gleich wieder ins Bett gezerrt und sich seinem großen, starken Körper unterworfen.

»Ist irgendetwas?«, erkundigte er sich grinsend, als hätte er ihre Gedanken gelesen.

»Nein. Ich hole nur schnell meinen Bikini.« Olivia wusste genau, wie sie sich für seine dreiste Aktion gerade eben revanchieren konnte. Entschlossen marschierte sie zur Kommode und kramte ihren verführerischsten Bikini hervor – den ultraknappen mit dem Stringtanga, in dem ihr Hintern am besten zur Geltung kam.

Natürlich hatte sie auch ein paar züchtigere Modelle dabei, in denen sie sich getrost vor den Spielern und ihren Familien präsentieren konnte.

»Beeil dich, Liv. Die Sonne und die eisgekühlten Getränke warten.«

Sie begab sich mit ihrem sexy Bikini und einem Strandkleid aus Spitze ins Bad. Als sie Dylan passierte und ihr der appetitliche Duft seines Rasierwassers in die Nase stieg, zog sich ihr Geschlecht vor Erregung zusammen. Aber das war okay. *Rache ist süß*, dachte sie hämisch.

* * *

Tropische Gerüche lagen in der Luft, und die Sonne stand hoch am Himmel, als sie sich gleich darauf auf den Weg zum sogenannten Kasbah Pool machten. Da und dort war herrlich weicher, weißer Sand aufgeschüttet, und allenthalben wiegten sich Palmen sanft im Wind. Dylan hätte sich zu gern sofort mit Olivia ins kühle Nass gestürzt – am liebsten im Oasis Pool, der nur den Erwachsenen vorbehalten war –, aber erst wollte er sich davon überzeugen, dass Nick Maddox und seine Familie gut angekommen waren. Theoretisch hatte er die ersten zwei Tage noch frei, praktisch war er schon jetzt im Dienst – eine Tatsache, die Liv offenbar vergessen hatte, als er sich vorhin im Bett von ihr heruntergerollt hatte.

Es war ihm nicht leichtgefallen, aber wenn er seinem Verlangen nachgegeben und ihr die Kleider vom Leib gerissen hätte, dann wären sie den Rest des Tages nicht mehr aus dem Bett gekommen. Natürlich zahlte sie es ihm jetzt heim, indem sie in diesem Bikini vor ihm her stolzierte, der den Namen eigentlich nicht verdiente. Das verdammte Ding schien lediglich aus einigen Bändern zu bestehen, die ein paar winzige Stoffdreiecke zusammenhielten, sodass ihr hübscher Busen und ihr sexy Hintern nur äußerst spärlich bedeckt waren, genau wie ihre Pussy, die er unbedingt bald wieder lecken wollte.

Er legte Olivia eine Hand auf den Rücken. Zu dumm, dass er bereits wusste, was sich unter dem halbtransparenten Strandkleid befand, das sie für den Gang zum Pool gewählt hatte. Es war nicht sonderlich clever von ihm, gerade jetzt, wo sie sich am Familienpool befanden, an Olivias körperliche Vorzüge zu denken, denn sein bestes Stück war bereits halb erigiert.

»Sieh mal, da sind ein paar von unseren Jungs.« Olivia deutete auf eine Bar in der Ecke.

»Hey, Leute, kommt rüber!«, rief Big, der dort Hof hielt, und winkte ihnen mit der freien Hand. In der anderen hatte er eine Frozen Margarita. Das Glas wirkte klein in seinen starken Pranken, dabei war es riesig.

»Keine Sorge, das ist garantiert eine alkoholfreie Margarita«, beruhigte sie Dylan, als sie seinen besorgten Blick aufschnappte. »Alles nur Show. Dass er besinnungslos betrunken ist und seine Manieren vergisst, passiert ihm immer nur, wenn sein Cousin mit von der Partie ist, das hat er mir selbst erzählt.«

Dylan atmete erleichtert auf, doch dann schob Olivia ein verhaltenes »Ich hoffe nur, es stimmt auch« hinterher.

Flynn und Big hatten ein paar hübsche junge Frauen um sich geschart, weshalb Dylan den beiden nur kurz zuwinkte und weiterging. »Sollen wir uns unter einen der Sonnenschirme da drüben setzen?«, schlug er vor.

Olivia nickte. »Gern.« Sie steuerten zwei freie Sonnenliegen an. »Wunderschön ist es hier«, stellte sie fest.

»Echt eine Wucht, diese spanisch angehauchte Architektur. Und erst der Poolbereich! Angeblich sind die Becken nachts beleuchtet. Das sieht dann bestimmt auch toll aus.« Ihre Begeisterung wirkte ansteckend. Dylan ergriff ihre Hand und drückte sie.

Als sie zu ihm hochsah und ihn anlächelte, wurde ihm unvermittelt warm ums Herz. Sie war schon etwas ganz Besonderes. Kein Wunder, dass er so viel für sie empfand.

Ein Hotelangestellter eilte herbei, um ihnen Badetücher zu bringen, den Sonnenschirm für Olivia zurechtzurücken und ihre Getränkebestellungen aufzunehmen. Dylan ließ sich auf einer der Liegen nieder, während sich Olivia, die noch stand, das Strandkleid über den Kopf zog, um sich mit Sonnenmilch einzucremen.

Er riss sich zusammen, seine Hände bei sich zu halten, während er verfolgte, wie sie mit ihren zierlichen Fingern die Sonnencreme auf ihrem sexy Körper verteilte. Sie beachtete ihn nicht, tat so, als würde sie gar nicht merken, dass er sie beobachtete, dabei hätte er wetten können, dass sie genauso erregt war wie er. Sein Schwanz war inzwischen steinhart.

Er atmete hörbar aus, schob sich die Kopfhörer seines Handys in die Ohren und wählte einen Hardrock-Song aus, um sich etwas abzulenken.

Es dauerte nicht lange, bis sich weitere Leute zu ihnen an den Pool gesellten, darunter auch Nick Maddox mit seiner Familie. Sie blieben kurz bei ihnen stehen.

Dylan zog sich die Stöpsel aus den Ohren. »Hey, Nick. Schön, dass ihr da seid.«

»Ja, das finden wir auch.« Er sah zu Olivia. »Hi, Miss Dare.«

»Olivia bitte. Und das ist Mrs. Maddox, nehme ich an?« Liv richtete sich auf und zog sich diskret ihr Strandkleid über.

Dylan unterdrückte ein Grinsen. Er hatte doch gewusst, dass sie den knappsten Bikini aller Zeiten nur angezogen hatte, um ihn zu quälen. Denn eigentlich war sie eher schüchtern und hatte Hemmungen, sich in einem derart gewagten Outfit in der Öffentlichkeit zu zeigen, vor allem, wenn Mitglieder des Teams zugegen waren.

»Maria, darf ich vorstellen: Olivia Dare, die Schwester von Ian Dare und Executive Director bei Miami Thunder, und das ist Dylan Rhodes, der unsere Reisen organisiert. Ihm haben wir es zu verdanken, dass wir in diesem tollen Hotel untergebracht sind«, sagte Nick und lächelte seine Frau an, die ein Baby auf dem Arm hielt.

»Sehr erfreut, Maria. Und wie gesagt, Olivia reicht vollkommen.«

»Hi!« Maria, eine attraktive Brünette, die sich die Haare zu einem Pferdeschwanz zusammengebunden hatte, schüttelte erst ihr und dann Dylan die Hand. »Ich hoffe, wir haben später noch eine Gelegenheit zu plaudern. Jetzt würde ich gern erst mal mit dem kleinen Racker hier in den Schatten gehen.«

Olivia nickte. »Schon klar. Wir laufen uns bestimmt noch ein paarmal über den Weg.«

»Komm mit, Babe.« Nick legte seiner Frau eine Hand auf den Rücken und führte sie zur Stirnseite des Pools, wo Dylan für ihn eine Cabaña gemietet hatte. Die kleinen Privatunterkünfte waren zwar extrem teuer, aber für Nick war das Beste nur gut genug, schließlich war er nicht nur ein Spitzenspieler, sondern obendrein ein äußerst sympathischer Zeitgenosse.

»Sollen wir ein bisschen schwimmen gehen?«, fragte Dylan, als die drei außer Sichtweite waren.

Olivia nickte. »Gern. Es ist echt unfassbar heiß hier draußen«, stöhnte sie und zog sich das Strandkleid wieder aus.

Er stand auf und streckte ihr die Hand hin, um ihr aufzuhelfen. Sie ergriff sie mit einem dankbaren Blick. Er zog sie auf die Beine und ließ es sich nicht nehmen, erneut ihren sagenhaften Körper zu bewundern. Sie tat es ihm nach und schien vom Anblick seiner nackten Brust nicht minder angetan. Er drehte sich ein wenig zur Seite und wünschte, er könnte mit einem diskreten Griff in seine Badehose dafür sorgen, dass alles wieder am richtigen Platz war. Höchste Zeit abzutauchen, bevor alle am Pool bemerkten, wie scharf er auf Olivia war.

Sie gingen zum seichten Ende des Beckens, wo ein paar breite Stufen ins Wasser führten. Mit einer Hand auf dem Metallgeländer stieg Olivia in das kühle Nass, ehe sie sich an der Kante der untersten Stufe abstieß und losschwamm. Ihr langes Haar glitt hinter ihr durchs Wasser.

Dylan stieß sich ebenfalls ab und schwamm ihr nach. Kaum hatte er sie eingeholt, schlang er ihr die Arme um die Taille und drückte sie an die Beckenwand.

»Hey!«, quiekte sie überrascht, wirkte aber alles andere als erbost über seine Attacke. Dylan sah sich um. Er wusste ja, wie viel Wert Olivia auf ihren guten Ruf legte, und ihm selbst war es ebenfalls wichtig, nicht durch unangemessenes Benehmen negativ aufzufallen. Er wollte seinem Arbeitgeber ja keine Schande machen. Doch soweit er das beurteilen konnte, waren die anderen Anwesenden mit Lesen, Dösen oder Plaudern beschäftigt, und in einiger Entfernung spritzten sich zwei Badende gegenseitig nass. Niemand interessierte sich dafür, was Olivia und er trieben.

Sie sah ihm in die Augen und schlang ihm verstohlen die Arme um den Nacken. Das war eine ihrer besonders liebenswerten Eigenschaften, wie er fand – dass sie sich nicht verstellte, sondern ihren Gefühlen freien Lauf ließ. Auf eine schüchterne, zurückhaltende Art und Weise zwar, aber das respektierte er. Er war sich der Tatsache bewusst, dass sie gelegentlich unsicher war, und er hoffte, dass sie mit der Zeit ihre Hemmungen ablegen würde.

»Fühlt sich gut an, dich in den Armen zu halten.« Er zog sie an sich, und sie schlang unter Wasser die Beine um seine Taille.

»Für mich auch.«

Er drückte einen Kuss auf ihre feuchten Lippen. »Lass uns heute Abend hier draußen essen. Es gibt zwar ein Restaurant, aber man kann sich das Essen auch in einer der Cabañas am Pool servieren lassen, wenn man ungestört sein will.«

Olivia hob eine Augenbraue. »Echt? Das klingt toll«, stellte sie lächelnd fest.

»Nur du und ich …«

Ihr Lächeln wurde noch breiter.

Dann ergoss sich ohne Vorwarnung eine Wasserfontäne über sie.

Der kleine Junge, der sie angespritzt hatte, war ungefähr acht Jahre alt und wurde von seiner Mutter umgehend dafür zurechtgewiesen.

»Kyle Andrew Lerner!«, zeterte eine Frau mit einem Baby auf dem Arm, die am gegenüberliegenden Beckenrand stand. »Fremde Leute spritzt man nicht an, wie oft muss ich dir das noch sagen? Du entschuldigst dich jetzt auf der Stelle, und dann raus aus dem Pool und ab auf die Liege.« Sie deutete auf einen Platz gleich hinter ihr.

»'tschuldigung«, murmelte der Kleine mit Tränen in den Augen und zitternder Unterlippe, ehe er sich aus dem Becken trollte.

»Die ist ja ganz schön streng«, stellte Dylan mit einem Blick zu der noch ziemlich jung wirkenden Mutter fest. Seine Mom hätte es nicht die Bohne interessiert, wenn er jemanden nass gespritzt hätte. Sie hatte sich nie die Mühe gemacht, Erziehungsmaßnahmen zu ergreifen, es sei denn, er hatte sie irgendwie daran gehindert, das zu tun, was sie tun wollte. Und vor allem wäre sie niemals mit ihm schwimmen gegangen, geschweige denn irgendwohin in Urlaub gefahren.

Er atmete einmal tief durch und wandte sich dann wieder zu Olivia um, die verfolgte, wie der kleine Junge mit hängenden Schultern aus dem Wasser stieg.

»Der Kleine tut mir richtig leid«, sagte Dylan. »Es ist schon peinlich, wenn man vor fremden Menschen von seiner Mutter zur Schnecke gemacht wird und sich entschuldigen muss. Trotzdem hat sie natürlich richtig gehandelt.«

Olivia schluckte schwer. »Ja, hat sie.« Dann drehte sie sich ohne ein weiteres Wort um und schwamm zurück zu der Treppe am gegenüberliegenden Beckenrand, über die sie den Pool betreten hatten.

Dylan hob eine Augenbraue. »Liv, warte!«

Er folgte ihr zu ihren Plätzen, wo sie sich ein Handtuch schnappte und sich darin einwickelte. Es wirkte beinahe, als würde sie sich eine schützende Rüstung anlegen.

»Was ist denn los?«, wollte er wissen, als er sah, dass sie Tränen in den Augen hatte, doch sie schüttelte lediglich den Kopf, und er hakte nicht weiter nach. Wie es schien, hatte der Vorfall heftige Gefühle bei ihr ausgelöst. Hatte er Erinnerungen an die Kindheit geweckt, genau wie bei Dylan? Oder steckte noch mehr dahinter?

Er gedachte, es bald herauszufinden. Bis jetzt hatte er es stets hingenommen, wenn sie ihn mit ausweichenden Antworten abgefertigt hatte, aber wenn das zwischen ihnen etwas Ernstes werden sollte, eine richtige Beziehung, dann brauchte er ein paar Antworten. Und sie musste sich überlegen, ob sie das Risiko eingehen wollte, sie ihm zu liefern.

6

Nach dem Nachmittag am Pool kehrten sie gemeinsam auf ihr Zimmer zurück, wo sich Olivia sogleich hinlegte, um ein Nickerchen zu machen. Dylan duschte und machte sich auf, um die Anlage zu erkunden und einige Details für die kommenden Tage abzuklären. Kaum hatte er den Raum verlassen, öffnete sie die Augen. Sie hatte nicht einschlafen können, war aber auch nicht in der Stimmung gewesen, sich seinen Fragen oder seinen neugierigen Blicken auszusetzen. Ihre Reaktion nach dem Vorfall mit dem kleinen Jungen vorhin am Pool war natürlich total überzogen gewesen, und jetzt kam sie sich albern vor. Vor allem, weil ihr so etwas in Dylans Gegenwart jetzt schon mehrfach passiert war. Offenbar weckte das Zusammensein mit ihm tiefe Gefühle in ihr und riss alte Wunden auf.

Sie starrte an die Decke, während sie die Ereignisse in Gedanken noch einmal durchging. Angespritzt zu werden hatte sie an ihre Kindheit erinnert. Ihre Geschwister und sie hatten auch ständig Unsinn angestellt, wenn sie mit ihrer Mom im Sommer weggefahren waren. Kein

Wunder – bei so vielen Kindern konnte eine Mutter unmöglich dafür sorgen, dass sich alle mustergültig benahmen. Ihr Vater war kaum je mit von der Partie gewesen. Eigentlich konnte sie sich nicht erinnern, auch nur ein einziges Mal mit ihm in Urlaub gefahren zu sein. Dafür hatte sich ihre Mom blind auf Ian verlassen können, der schon früh in die Vaterrolle geschlüpft war. Als ältester Sohn und nicht zuletzt aufgrund seines ausgeprägten Verantwortungsbewusstseins hatte Ian seit jeher den Mann im Haus gespielt – schon zu einer Zeit, als er dafür eigentlich noch viel zu jung gewesen war. Auch das nahm Olivia ihrem Vater übel. Ja, sie verdankten es zu einem Gutteil Ian, dass sie nicht total verwildert waren, und natürlich ihrer Mom, die sie liebte und sichergestellt hatte, dass sie eine möglichst normale Kindheit hatten verleben können.

Sie lächelte versonnen. Dann fiel ihr wieder die junge Mutter ein, die vorhin mit dem Kleinkind auf dem Arm am Beckenrand gestanden hatte. Der Anblick hatte Olivia schmerzlich an das Baby erinnert, das sie verloren hatte.

Schwerfällig stand sie auf, schnappte sich BH, Slip und ein Sommerkleid und marschierte ins Bad, um sich die Sonnencreme abzuwaschen. Obwohl sie ihre eigenen Toilettenartikel mitgebracht hatte, beschloss sie, das vom Hotel zur Verfügung gestellte Duschgel zu verwenden, das, genau wie Shampoo und Conditioner, angenehm frisch duftete.

Während sie sich einseifte, dachte sie an Dylan. Aber nicht daran, wie er vorhin im Wasser seine pralle Erektion an ihrem Geschlecht gerieben hatte, nein – ihre Gedanken kreisten um die Tatsache, dass sie ihm immer wieder die kalte Schulter zeigte. Er hatte wissen wollen, was passiert war, als sie den Pool so überstürzt verlassen hatte, und ihr war klar, dass es an der Zeit war, ihn einzuweihen. Sie konnte ihn nicht weiter auf die Folter spannen und mit Andeutungen abspeisen. Aber sie wusste nicht, ob sie die Kraft hatte, in aller Ausführlichkeit über diese Zeit in ihrem Leben zu sprechen.

Sie wusch sich die Haare und ließ den Conditioner einwirken, während sie sich die Beine rasierte, und als sie fertig war, fasste sie einen Entschluss: Wenn sich das nächste Mal die Gelegenheit dazu ergab, würde sie über ihren Schatten springen und ihm alles erzählen. Sie hegte nicht die Befürchtung, dass er ihr nicht zuhören würde oder kein Verständnis für sie haben könnte. Nein, sie plagte eine ganz andere Angst: dass sich, nachdem sie ihm ihre tiefe Trauer geschildert hatte, für sie nichts ändern würde. Dass sie trotzdem nicht in der Lage sein würde, endlich nach vorn zu blicken – sei es nun allein oder mit Dylan gemeinsam.

***

Es war schon fast Abend, als Dylan zurückkehrte. Sie fragte nicht, wo er gewesen war. Er hatte ein Anrecht auf Privatsphäre. Wären sie nicht umständehalber gezwungen gewesen, sich das Zimmer zu teilen, dann hätte sie auch nicht gewusst, was er den ganzen Tag so trieb. Sie hatte auf der Terrasse gesessen, ein Buch gelesen und sich an der herrlichen Aussicht auf die Berge erfreut.

Während er sich für das Abendessen umzog, legte sie etwas Make-up auf.

»Na, bist du bereit fürs Abendessen?«, fragte er, als er ein paar Minuten später in einem hellblauen T-Shirt und einer kakifarbenen Hose vor ihr stand.

Sie trat zu ihm und legte ihm die Hände auf die Taille, darum bemüht, die Distanz zu überbrücken, die sie immer wieder unbewusst schuf. »Ja.«

Er legte den Kopf schief und hauchte ihr einen Kuss auf die Lippen. »Gut. Du wirst Augen machen.«

»Da bin ich ja mal gespannt.«

Er nahm ihre Hand, und sie machten sich auf den Weg. Diesmal führte er sie zum Oasis Pool, zu dem nur Erwachsene Zutritt hatten. Die Sonne stand schon tief am Himmel und ließ die Berge orangerot glühen. Bald würde es dunkel werden.

Rund um den Pool waren mehrere von Laternen erhellte und mit Gazevorhängen dekorierte Zelte aufgestellt, in denen man das Abendessen in trauter Zweisamkeit zu sich nehmen konnte. Die Vorstellung, in einem der weißen Zelte mit Dylan allein zu sein, versetzte sie sogleich in Erregung.

Er führte sie zu einem Zelt in der hintersten Ecke.

»So, da wären wir.« Er schob den Vorhang zur Seite, und sie traten ein. In der schummrigen Beleuchtung waren ein langes Sofa mit zahlreichen Kissen und ein niedriges Tischchen zu erkennen, auf dem eine reiche Auswahl an Tapas und Fingerfood bereitstand.

»Wow, ist das romantisch!«, seufzte Olivia. »Du hast dich ja echt sehr ins Zeug gelegt.«

»Nur das Beste für dich«, erwiderte er mit rauer Stimme, dann zog er ohne Vorwarnung an einer Schnur, und ein Stoffrollo senkte sich über den Eingang. »So, die kommenden paar Stunden wirst du wohl oder übel nur mit mir vorliebnehmen müssen. Ich habe dem Personal die Anweisung gegeben, dass wir nicht gestört werden wollen.«

Somit hatten sie ihr kleines Reich wirklich ganz für sich. »Setz dich.« Er deutete auf das Sofa.

Sie ließ sich im Schneidersitz darauf nieder. Er nahm neben ihr Platz, so nah, dass sie sich berührten.

»Hast du Hunger?«, fragte er.

Olivia nickte nur. Sie war aufgeregt und hatte Schmetterlinge im Bauch, aber sie hatte noch nichts zu Abend gegessen. »Gut. Ich habe nämlich richtig Appetit.« Er musterte sie mit einem Blick, der die Zweideutigkeit seiner Aussage unterstrich, und ließ die Fingerspitzen über ihre Wirbelsäule wandern. Sie schauderte, und unter dem dünnen Stoff ihres Kleides stellten sich deutlich sichtbar ihre Brustwarzen auf.

»Heute Abend geht es nur um dich … oder vielmehr … um uns. Ich fände es schön, wenn wir uns ein bisschen besser kennenlernen würden. Du kannst mich fragen, was du willst, ich werde antworten. Und umgekehrt genauso, okay?«

Olivia schauderte, und diesmal hatte es ausnahmsweise nichts mit sexueller Begierde zu tun. Der heutige Abend war etwas Besonderes. Dylan hatte sich Gedanken gemacht und viel Zeit und Mühe investiert, um ihr zu zeigen, wie viel sie und ihre Beziehung ihm bedeuteten. Und sie wollte das alles nicht ruinieren, indem sie über ihre Vergangenheit sprach. Aber sie brannte darauf, mehr über ihn zu erfahren, und er verdiente es, mehr über sie zu wissen. Sollte er ihr also eine Frage rund um das heikle Thema ihres verlorenen Kindes stellen, dann würde sie sie beantworten. Falls nicht, würde sie damit noch warten. Es wäre zu schade, wenn sie ihnen damit unnötig die Stimmung vermieste. Denn sein ultimatives Ziel war – dem Kennenlernspielchen zum Trotz – zweifellos, sie zu verführen. Und Olivia hatte große Lust, sich verführen zu lassen.

Er wartete schweigend auf ihre Reaktion.

»Okay«, sagte sie leise, und er grinste.

»Gut. Fangen wir an: Magst du Süßkartoffeln?« Seine Frage traf sie unvorbereitet, und seinem verschmitzten Lächeln nach zu urteilen hatte er das bereits vorhergesehen.

Seine Strategie hatte den erwünschten Effekt – sie lachte und war gleich etwas weniger angespannt. »Ja. Sehr sogar.«

Dylan nahm ein frittiertes Süßkartoffelbällchen und hielt es ihr unter die Nase. »Aufmachen.«

Sie beugte sich mit geöffneten Lippen nach vorn und leckte ihm über die Fingerspitzen, als er ihr den Happen in den Mund schob.

Er hob eine Augenbraue und atmete hörbar ein. Sie ließ es sich nicht nehmen, sogar einmal kurz an seinem Zeigefinger zu saugen, ehe sie ihn losließ. Dann schloss sie die Augen, kaute und gab ein genüssliches »Mmm« von sich, als sich der Geschmack in ihrem Mund ausbreitete.

»Wenn du solche Geräusche machst, musst du auch mit den Konsequenzen rechnen«, warnte er sie mit rauer Stimme, womit er ihr ein Grinsen entlockte.

»Tut mir leid.«

»Von wegen. So. Deine Lieblingsfarbe?«, fragte er. Wieder war sie überrascht. Hatte er vor, sich schrittweise zu den schwierigeren, persönlichen Fragen vorzutasten?

»Türkis.«

»Hätte ich mir denken können, dass es nicht einfach bloß blau ist.«

Olivia zuckte die Achseln. »Und deine?«, erkundigte sie sich und brach ein Stück Pitabrot ab.

»Marineblau.«

Lächelnd hielt sie ihm das in Hummus getauchte Stück Brot hin. Er benahm sich nicht so unartig wie sie und verschonte ihre Fingerspitzen, aber Olivia wurde schon bei der Vorstellung ganz heiß.

»Jetzt musst du dir eine Frage ausdenken«, bestimmte er, sobald er fertig gekaut hatte.

»Okay. Ähm … Welchen Feiertag magst du am liebsten und warum?«, fragte sie.

»Den vierten Juli, wegen der Feuerwerke.«

Interessant. Er hatte einen neutralen Feiertag gewählt – wohl, weil es kein traditioneller Familientag war. Verständlich. Er hatte ja bereits erwähnt, dass er keine schönen Erinnerungen an Familienfeiertage hatte.

Sie kostete die Wraps mit Huhn und war peinlich berührt, als ihr dabei die Soße über das Kinn lief. Ehe sie nach einer Serviette greifen konnte, hatte er ihr die Soße auch schon mit dem Finger abgewischt und abgeleckt, wobei er ihr direkt in die Augen sah.

»Und was ist dein Lieblingsfeiertag?«, fragte er ohne Umschweife.

Das war einfach. »Thanksgiving, weil meine Mutter immer dafür gesorgt hat, dass es ein großes Familienessen gibt, ganz egal, wo sich mein Vater rumgetrieben hat«, sagte sie aufrichtig.

Ein Schatten huschte über sein Gesicht, und da wusste sie, dass sie mit ihrer Vermutung vorhin richtiggelegen hatte.

So ging das noch eine ganze Weile. Sie aßen – besser gesagt, sie fütterten einander mit den diversen Köstlichkeiten – und setzten dabei ihr Frage-Antwort-Spiel fort. Als sie fertig gegessen hatten, wusste jeder über die Vorlieben und Abneigungen des anderen Bescheid. Lieblingsbuch, Lieblingssong, Lieblingsfilm ... Zu Dylans großer Erleichterung sah Olivia wie er gern Actionfilme und hatte für kitschige romantische Komödien nicht viel übrig. Es überraschte Olivia, wie viel sie gemeinsam hatten, aber sie waren durchaus auch unterschiedlicher Ansicht, etwa was die Sportarten anging, für die sie sich außerhalb der Footballsaison interessierten. Dylan war ein Fan von Basketball – ein Sport, für den sich Olivia nicht so recht erwärmen konnte.

»Puh, ich platze gleich«, verkündete sie, als sie schließlich beim besten Willen keinen Bissen mehr hinunterbrachte.

»Eine Frage hätte ich noch.«

»Ich mag nur Hunde. Keine Katzen«, sagte Olivia wie aus der Pistole geschossen, denn das war das einzige Thema, über das sie noch nicht gesprochen hatten. »Aber laut Mietvertrag dürfen Avery und ich ohnehin keine Haustiere halten.«

»Hast du schon mal einen Mann so richtig von Herzen geliebt?«, fragte er unvermittelt. Seine neutrale Miene ließ keinerlei Rückschlüsse darauf zu, was in ihm vorging.

Olivia atmete hörbar aus. »Ich dachte damals, ich hätte es, aber als ich erkannt habe, was für ein Mensch er wirklich ist, war es damit schlagartig vorbei. Ich meine, wie soll man einen Mann lieben, der …« Sie zögerte und beschloss dann, bei der Wahrheit zu bleiben, auch wenn es noch nicht die ganze Wahrheit sein mochte. »Einen Mann, der einen betrogen hat.«

Dylan musterte sie mit gerunzelter Stirn. »Er ist fremdgegangen?«

»Na ja, wenn es nicht so gewesen wäre, hätte ich es nicht gesagt.« Sie wandte verlegen den Kopf zur Seite.

»Hey. Das sagt nicht das Geringste über dich aus. Es zeigt nur, dass er ein strunzdummer Kerl gewesen sein muss.«

»Danke.« Sie sah ihn an. »Ich habe auch eine Frage an dich, aber eine andere.«

»Nur zu«, erwiderte er. An seiner Wange zuckte ein Muskel.

Tja, gleiches Recht für alle, mein Lieber, dachte sie grinsend. »Was genau war der Grund für die Trennung zwischen dir und Meg?« Sie wollte – nein, sie musste es wissen.

»Touché.« Er schüttelte den Kopf.

»Ich spreche kein Französisch.«

»Das heißt nichts anderes als gut gekontert.«

Sie grinste zufrieden. »Also?«

»Na ja, als klar war, dass wir in unterschiedlichen Städten studieren würden, habe ich mich gefragt, ob ich mit ihr Schluss machen soll, damit ich in dieser Zeit mit anderen Mädels ausgehen kann – auch auf die Gefahr hin, sie dadurch womöglich für immer zu verlieren.« Er brach ab, als würde ihm die Erinnerung daran noch heute zu schaffen machen. »Als ich festgestellt habe, dass ich bereit war, dieses Risiko einzugehen, wurde mir klar, dass ich sie wohl nicht aus ganzem Herzen liebte. Wir hatten uns bloß aneinander gewöhnt.«

Sie atmete erleichtert auf.

»Sehe ich da etwa ein Lächeln?«, fragte er.

Olivia zuckte die Achseln. »Es ist gut zu wissen, wie du zu ihr stehst. Du hast doch recht häufig Kontakt zu ihr.«

»Können wir das Thema verflossene Liebschaften damit beenden?«

»Ich hoffe es.«

»Gut. Weil ich mich nämlich viel lieber auf das konzentrieren würde, was ich für dich empfinde.«

Damit drückte er sie sanft nach hinten, sodass sie in die Kissen sank, und rollte sich über sie.

»Spürst du das?«, fragte er und rieb seinen harten, prallen Schaft an ihrem Unterleib.

Sie öffnete den Mund, um zu antworten, brachte aber nur ein Stöhnen heraus. Es war höchst erregend zu wissen, dass er all diese Anstrengungen nur unternommen hatte, um sie zu verwöhnen, dass sie ihn so scharf machte und dass er sie genauso begehrte wie sie ihn.

»Ich mag es, wenn ich höre, wie sehr ich dich errege.« Er schmiegte das Gesicht an ihren Nacken und saugte an der empfindlichen Stelle hinter dem Ohr.

Ein Kribbeln ging durch ihren Körper, und sie wand sich unter ihm, wollte mehr.

»Dir ist klar, dass wir völlig ungestört sind, oder? Niemand wird hereinkommen.«

Sein entschlossener Tonfall ließ sie schaudern.

Schon strich er ihr die Träger von den Schultern und übersäte ihre nackte Haut mit zärtlichen Küssen, während er das Kleid nach unten schob.

»Steh mal kurz auf.«

Olivia gehorchte, und er erhob sich ebenfalls, um ihr das Kleid abzustreifen. Als es vor dem Sofa auf dem Boden lag und er ihren entblößten Körper eingehend betrachtete, schauderte sie unter seinen begehrlichen Blicken, und die Schmetterlinge in ihrem Bauch flatterten heftig mit den Flügeln.

»Weißt du, was ich jetzt mit dir machen werde?«

»Ich hoffe mal, du wirst mit mir schlafen.«

»Ganz recht«, presste er hervor. Seine Pupillen hatten sich bei ihren Worten geweitet. »Aber davor werde ich jeden Zentimeter deines Körpers kosten.«

Er bedeutete ihr, sich wieder zu setzen, und kniete sich über sie.

»Du bist noch angezogen.« Sie schob die Hände unter den weichen Stoff seines T-Shirts und ließ die Finger über seinen Bauch wandern. Sein Sixpack fühlte sich warm und fest an.

Er stöhnte auf und schauderte, als sie die Finger nach oben wandern ließ und sanft mit den Nägeln über seine Brustwarzen kratzte.

»Ich will deine Haut auf meiner spüren«, murmelte sie.

Wortlos zog er sich das T-Shirt über den Kopf und beugte sich dann über sie, um sie leidenschaftlich zu küssen. Aber das war noch nicht alles. Er presste seine durchtrainierte, feste Brust an die ihre, und das leichte Kratzen seiner Brusthaare und seine wilden Küsse machten sie unglaublich heiß. Noch nie zuvor hatte ihr ein Mann so deutlich das Gefühl gegeben, dass er sie begehrte – und es stand zu befürchten, dass es nach ihm auch nie wieder einem gelingen würde.

***

Dylan war hin- und hergerissen. Einerseits wäre er am liebsten gleich auf der Stelle über Olivia hergefallen, andererseits wollte er sich Zeit lassen und sie gebührend verwöhnen. Sie sollte spüren, dass sie etwas ganz Besonderes für ihn war. Aber als sie seine Brustwarzen mit den Fingernägeln zu malträtieren begann, wurde sein bestes Stück, das ohnehin schon längst strammstand, noch härter. Er rieb sich an ihren Hüften, was sie mit einem lauten Stöhnen goutierte. Eine Spur zu laut, wenngleich er dafür gesorgt hatte, dass das Zelt nebenan frei blieb.

Gut, dass er vorgesorgt hatte, dachte er und holte einen Seidenschal aus der Hosentasche.

»Was hast du denn damit vor?«, wollte sie mit großen Augen wissen.

Sieh einer an. Das klang ja durchaus interessiert.

»Ich bin immer für Sadomasospielchen zu haben, aber jetzt soll der Schal erst einmal dafür sorgen, dass bei deinen Lustschreien nicht das halbe Hotel zusammenläuft.«

Ihre Lippen formten ein überraschtes *Oh*. Es wirkte unwiderstehlich süß. »Ist das dein Ernst?«

»Ja. Es sei denn, du kannst mir versichern, dass du still sein wirst.« Er presste seinen Schwanz an ihre Klitoris.

Sie legte den Kopf in den Nacken und stöhnte auf.

»Das hatte ich bereits vermutet. Und obwohl ich es liebe, wenn du beim Sex laut bist, dachte ich, in diesem Fall ist es wohl besser, wenn ich dir im wahrsten Sinne des Wortes den Mund stopfe.«

Sie riss die Augen noch weiter auf, nickte jedoch. Das Vertrauen, das sie ihm entgegenbrachte, berührte ihn zutiefst. »Das mit den Sadomasospielchen heben wir uns für ein andermal auf«, versprach er.

»Ich freu mich jetzt schon drauf.«

Er zwinkerte ihr zu und schob ihr den doppelt zusammengelegten Seidenschal zwischen die Lippen.

»So, jetzt kannst du stöhnen, so viel du willst, man wird es nur noch gedämpft hören. Wenn du dich unwohl fühlst, tipp mir einfach auf die Schulter, ja?«

Sie nickte.

»Heb den Kopf an.« Sie gehorchte, und er band die Enden des Schals in ihrem Nacken zusammen, wobei er darauf achtete, dass er nicht zu fest zuzog. Dann küsste er sie leicht auf die Lippen und machte sich wieder daran, sie zu liebkosen, ehe sie womöglich doch noch in Panik geriet. Er ließ den Vorderverschluss ihres Spitzen-BHs aufschnappen und streifte ihr die Träger über die Arme. Den winzigen Slip konnte sie seinetwegen vorerst noch anbehalten.

Er betrachtete sie, wie sie dort lag, die Arme seitlich neben dem Körper, die Beine einladend gespreizt. Ein dunkler Fleck zierte ihren Stringtanga – sie war feucht vor Erregung, und die erigierten Nippel ihrer kleinen, dafür aber umso appetitlicheren Brüste reckten sich ihm keck entgegen, um Aufmerksamkeit heischend, die er ihnen nur zu gern schenkte.

Sie war einfach hinreißend. Und sie gehörte ihm. Er beugte den Kopf, um über eine ihrer Brustwarzen zu lecken, quälte und neckte sie ganz bewusst, gespannt auf ihre Reaktion. Sie drückte den Rücken durch, ein klarer Hinweis darauf, dass sie mehr wollte. Er grinste und knabberte sanft an der harten Knospe, ehe er sich mit der Zungenspitze zur anderen vorarbeitete, um ihr dieselbe Behandlung zukommen zu lassen.

Olivia wand sich stöhnend unter ihm, während er sie ausgiebig mit dem Mund verwöhnte und dabei ihren Geruch inhalierte. Er hätte nicht gedacht, dass sein Schwanz noch härter werden konnte, aber da hatte er sich eindeutig getäuscht. Wieder und wieder umkreiste er mit der Zungenspitze den empfindlichen Warzenhof und genoss die erotischen Geräusche, die gedämpft aus Olivias Kehle drangen.

Als er den Kopf hob, um sie anzusehen, spiegelte sich die pure Lust in ihren halb geschlossenen Augen. Ohne den Blick von ihrem Gesicht abzuwenden ließ er die Zunge über ihre Brust gleiten und verfolgte, wie sie wimmernd den Kopf in den Nacken warf.

»Na, brauchst du mehr, Sonnenschein?«

Sie nickte, und er biss erneut zu, ganz sanft. Sie hob das Becken an und rieb sich an seiner schmerzenden Erektion.

»Ich finde es echt heiß zu sehen, wie empfänglich du für meine Zärtlichkeiten bist«, murmelte er, dann fuhr er fort, ihren Busen mit Zunge und Zähnen zu stimulieren, mal zärtlich, mal etwas fester, bis ihre Knospen steinhart waren. Er spielte mit ihr, und sie reagierte heftig auf die kleinste Liebkosung. Als sie schließlich gar nicht mehr aufhörte zu wimmern und sich an ihm zu reiben, rutschte er ein Stück auf dem Sofa nach unten, zog ihr den Stringtanga aus und schob ihre Beine noch ein Stück weiter auseinander. Dann versenkte er den Kopf zwischen ihren Schenkeln, um sich den letzten – delikatesten – Gang des heutigen Festmahles einzuverleiben.

Er konnte sich nicht erinnern, wann er es je so genossen hatte, eine Frau auf diese Weise zu befriedigen. Wann es ihm je so wichtig gewesen war, dass es der Betreffenden gefiel. Er war ein großer Fan von Oralsex – Männer, die das nicht mochten, wussten eben nicht, was sie sich da entgehen ließen –, aber so war es noch mit keiner Frau gewesen. Olivias unverkennbarer, einzigartiger Geruch, ihre blassen Schenkel, ihre feucht glänzende, zartrosa Pussy, die seiner harrte – all das ließ er einen Augenblick auf sich wirken, ehe er loslegte.

Sobald er die Zunge über ihr Geschlecht gleiten ließ, gab sie ein »Mmmmm!« von sich und drückte erneut den Rücken durch. Er kitzelte sie ein wenig mit der Nasenspitze, ließ die Zunge über ihre äußeren Liebeslippen gleiten und machte schließlich auch von den Zähnen Gebrauch, worauf sie prompt die Schenkel zusammenpresste und seinen Kopf einklemmte.

Er schob den Mittelfinger in sie und stöhnte, als er spürte, wie ihre glitschige Spalte ihn umschloss. Das leichte Vibrieren ließ ihren Körper erbeben. Er nahm auch den Zeigefinger zuhilfe und hob den Kopf.

»Alles okay, Babe?«

Sie nickte. Ihre Augen waren weit aufgerissen, ihr schweißnasser Körper zitterte.

»Soll ich noch einen dritten Finger nehmen?«

Sie sollte voll auf ihre Kosten kommen, ehe er mit seinem stahlharten Schwanz in sie eindrang und sie vögelte, dass ihr Hören und Sehen verging. Denn genau das würde geschehen, das wusste er schon jetzt.

Sie nickte und stöhnte auf, als er einen weiteren Finger hinzufügte und begann, seine Hand vor und zurück zu bewegen. In höchstem Maße erregt, umkreiste er mit der Zungenspitze ihre harte Klitoris, stimulierte die kleine Knospe unerbittlich, während sich Olivia – dank des Seidenschals hemmungslos stöhnend vor Lust – auf dem Sofa wand. Schließlich presste er die Zunge flach an ihren Kitzler und massierte zugleich mit den Fingerspitzen die wohlbekannte Stelle tief in ihr. Prompt krampfte sich ihr gesamter Körper zusammen, einschließlich ihrer inneren Muskeln, und sie schob ihm, von einem heftigen Orgasmus erfasst, ihr Geschlecht entgegen und beschrieb mit dem Unterleib kreisförmige Bewegungen.

Als es vorbei war, hob er den Kopf, um ihr wunderschönes Gesicht zu betrachten. Ihre Augen waren geschlossen, die Wangen gerötet, und ein seliges Lächeln umspielte ihre Lippen. Er legte den Kopf auf ihrem Oberschenkel ab und drückte einen langen Kuss auf ihr erhitztes Fleisch.

Nach einer Weile richtete er sich auf, um den Knoten zu lösen und ihr den behelfsmäßigen Knebel abzunehmen. »Geht es dir gut?«, fragte er.

»Es ging mir noch nie besser«, murmelte sie, ohne die Augen zu öffnen. »Du hast wirklich Talent«, fügte sie benommen hinzu, mit einem zufriedenen Lächeln, das allein er ihr ins Gesicht gezaubert hatte.

Er grinste. »Tja, was soll ich sagen? Du motivierst mich eben zu immer neuen Höchstleistungen.«

Sie schlug die Augen auf. »Dylan?«

»Ja?«

»Ich fühl mich immer noch leer.«

Das traf sich gut; Dylans Schwanz drohte nämlich jeden Moment zu explodieren. »Du willst mehr?«

Statt einer Antwort hob sie die Hüften an.

»Kannst du haben.«

Er holte ein Kondom aus der Hosentasche und legte es neben sich auf das Sofa, dann streifte er rasch die Hose ab, und die Boxershorts gleich mit.

»Du bist ja heute der reinste Pfadfinder – für alle Eventualitäten gerüstet.«

Er lachte. »Wenn du mich fragst, sind Pfadfinder noch ein bisschen zu jung für das, was ich gleich mit dir zu tun gedenke.«

Sie verdrehte mit gespielter Genervtheit die Augen und streckte die Arme nach ihm aus. »Komm her.«

Ihm war bewusst, dass Gesten wie diese von großer Bedeutung waren. Inzwischen kannte er Olivia schon recht gut und wusste, wie sehr sie darauf bedacht war, nicht verletzt zu werden, sei es in körperlicher oder seelischer Hinsicht. Als sie neulich bei ihr zu Hause miteinander geschlafen hatten, war es so heftig zur Sache gegangen, weil sich die sexuelle Spannung zwischen ihnen über einen sehr langen Zeitraum hinweg aufgebaut hatte. Und auch wenn sie bei der Erwähnung ihrer Vergangenheit am liebsten die Flucht ergriff, machte sie doch kleine Fortschritte. Sie gab sich Mühe und sprang auch im Bett mal über ihren Schatten.

»Ich bin echt froh, dass du hier bist«, murmelte er und küsste sie auf die Nasenspitze. Dann ergriff er ihre Hände und legte sie über ihrem Kopf auf dem Sofa ab. »Und dass du dich nicht zierst.«

Sie seufzte. »Ich kann dir eben nicht widerstehen, wenn du so süß bist.«

»Ich kann dir nie widerstehen.« Dylan drückte ihr einen kurzen, fordernden Kuss auf die Lippen, dann ließ er ihre Hände los und nahm das Kondom zur Hand.

»Lass mich«, sagte sie heiser.

Er blinzelte überrascht und reichte ihr den Pariser. Ungeübt und mit zitternden Fingern riss Olivia die Verpackung auf und rollte den Gummi über seinem schon schmerzhaft harten Schaft ab. Ihre Hände verweilten ein wenig zu lang an der Wurzel, und als sie dann auch noch seine Hoden zu streicheln begann, schob er sie sanft beiseite.

»Das reicht«, sagte er mit rauer Stimme und fügte erklärend hinzu: »Wenn du so weitermachst, wird es gleich peinlich für mich.«

»Schön zu wissen, dass ich dich genauso antörnen kann wie du mich«, murmelte sie und ließ ein letztes Mal die Hand über seinen Schwanz gleiten.

Er stöhnte und ging über ihr in Stellung, die Hände rechts und links von ihrem Kopf aufgestützt, bereit, in sie einzudringen.

Sie dirigierte seinen Penis dorthin, wo sie ihn haben wollte, und als Dylan die Eichel an ihre Klitoris drückte, stöhnte auch sie – ziemlich laut, doch diesmal hinderte er sie nicht daran.

»Ich kann nicht mehr warten«, knurrte er mit zusammengebissenen Zähnen.

»Dann leg los.«

Er drang probehalber ein paar Zentimeter tief in sie ein, dann glitt er, da ihre heiße, feuchte Spalte allem Anschein nach mehr als bereit für ihn war, bis zum Anschlag in sie hinein und verharrte dort einen Augenblick. »Du fühlst dich so verdammt gut an.«

Als er sich wieder aus ihr zurückzog, spürte er, wie sie die inneren Muskeln anspannte, als wollte sie ihn festhalten. »Zieh die Beine an« befahl er, denn in dieser Stellung hatte er mehr Spielraum.

Sie gehorchte, und er drang erneut in sie ein, noch tiefer diesmal.

»Oh Gott«, wimmerte sie und schob ihm das Becken entgegen. »Fester. Nimm mich noch fester!«

Er liebte es, wenn sie alle Hemmungen über Bord warf und sich ihm einfach hingab. Und er hatte kein Problem damit, ihr ihren Wunsch zu erfüllen.

Dylan presste ihr die Lippen auf den Mund, um ihr lustvolles Stöhnen zu dämpfen, das bei jedem seiner Stöße lauter wurde, während sie gemeinsam dem Gipfel der Lust entgegenstrebten. Er verlor jeden Sinn für Raum und Zeit, konzentrierte sich voll und ganz auf die Frau, die sich unter ihm wand und ihn förmlich molk. Eingebettet in ihre heiße Pussy spürte er, wie sein Orgasmus nahte. Sein Rückgrat kribbelte, seine Eier zogen sich zusammen, so fest, dass es direkt schmerzte. Ein letztes Mal rammte er seine pralle Erektion in sie, und da explodierte sie.

»Dylan!« Sie stemmte ihm das Becken entgegen, und er schaffte es mit Mühe und Not, seinen Höhepunkt noch etwas hinauszuzögern, damit sie den ihren voll auskosten konnte. Wieder und wieder rieb sie den Unterleib an ihm und riss ihn schließlich mit auf ihrem lustvollen Ritt.

7

Als Olivia am nächsten Morgen in dem großen Doppelbett der Suite erwachte, die sie sich mit Dylan teilte, fielen ihr sogleich wieder die Ereignisse der vergangenen Nacht ein. Nach dem romantischen »Essen« hatte er sie angezogen, hochgehoben und auf das Zimmer getragen, was einigen der anderen Hotelgäste ein anerkennendes Pfeifen und Johlen entlockt hatte. Doch Olivia war so erschöpft gewesen, dass es sie nicht groß gestört hatte.

Sie rollte sich auf den Rücken und stellte fest, dass der Blick seiner dunklen Augen auf ihr ruhte.

»Na, wie geht's?«, fragte er.

Sie konnte ihm seine vorsichtige Frage nicht verdenken, nachdem sie ihm immer wieder die kalte Schulter gezeigt hatte. Doch heute würde sie nichts dergleichen tun. »Gut.« Sie kuschelte sich an ihn. »Sehr, sehr gut sogar.«

Im Grunde war es ihr selten besser gegangen. Ein toller Mann hatte sich gestern Abend unheimlich ins Zeug gelegt, um sie zu verführen, und dafür gesorgt, dass sie gleich mehrmals gekommen war. Die Folgen davon konnte sie selbst jetzt noch in bestimmten Körperregionen spüren.

Er lächelte sichtlich erleichtert.

»Was steht denn heute auf dem Programm?«, erkundigte sie sich.

»Nichts. Wir haben frei. Frühstück?«

Olivia nickte. Sie begaben sich gemeinsam ins Bad, was dazu führte, dass das Frühstück noch etwas warten musste, denn Dylans Vorstellung von einem gemeinsamen Duscherlebnis schloss mit ein, dass sie den Prozess der Körperreinigung ausgiebig genossen. Er hatte sogar vorsorglich ein Kondom draußen neben der Dusche deponiert, das er sich hastig überstreifte, ehe er sie von hinten nahm, während das warme Wasser auf sie hinunterprasselte.

Es war schon fast halb elf, als sie sich nach diesem kleinen erotischen Zwischenspiel, das Olivia bestimmt noch lange in Erinnerung bleiben würde, endlich in den Speisesaal begaben. Als sie die Lobby durchquerten, schoss Marcus Bigsby an ihnen vorüber und hetzte in Richtung Eingang.

»Hey, Marcus!«, rief Dylan ihm nach.

Als der junge Mann seinen Namen hörte, blieb er stehen und fuhr herum. Sein Blick irrte in der Lobby umher, als sie auf ihn zugingen.

»Wo brennt's denn?«, fragte Dylan.

»Hä?«

Olivia biss sich auf die Unterlippe. »Ähm, Dylan möchte wissen, warum du es so eilig hast«, erklärte sie. »Wo willst du hin?«

Er sah sich gehetzt um. »Ich, ähm … ich geh bloß ein bisschen spazieren.«

Dylan musterte ihn argwöhnisch. »Du bist kein besonders guter Lügner, Marcus. Was ist los?«

»Ach, wenn ich das verrate, bekomme ich bloß Ärger.« Verglichen mit seinen Altersgenossen, wirkte Marcus, seiner massigen Statur zum Trotz, zuweilen noch wie ein Teenager. Andererseits passierte es nur wenigen jungen Männern, dass sie gleich nach dem College ein Superstar wurden und Millionen scheffelten.

Olivia wechselte einen besorgten Blick mit Dylan. »Ist etwa dein Cousin hier?«, fragte sie.

»Nein!«, erwiderte er eine Spur zu rasch und ohne sie anzusehen.

»Tja, dann lass dich nicht länger aufhalten«, sagte Dylan. »Und pass auf dich auf.«

»Seltsam«, murmelte Olivia, während Marcus zur Drehtür eilte. »Was war das denn? Und warum hast du ihn einfach gehen lassen?«

»Weil er erwachsen ist und eine Chance verdient hat zu beweisen, dass er in der Lage ist, die richtigen Entscheidungen zu treffen. Außerdem bist weder du noch ich sein Kindermädchen. Wir können nur das Beste hoffen.«

»Theoretisch bin ich deiner Meinung, andererseits aber hat mich mein Bruder hergeschickt, damit ich ein Auge auf Big habe.«

Dylan ergriff ihre Hand. »Ein Auge auf ihn haben bedeutet aber nicht, dass du dich rund um die Uhr an seine Fersen heftest. Du bist wie gesagt nicht sein Kindermädchen.«

Sie seufzte. »Ich hasse es, wenn du recht hast.«

»Ich habe immer recht, das solltest du inzwischen wissen.«

Sie knuffte ihn mit dem Ellbogen in die Rippen. »Und ich habe immer Hunger. Lass uns gehen, ehe mir eine freche Entgegnung auf deine Aussage rausrutscht.«

Sie drehten sich um und gingen in den Speisesaal, aber Olivia hatte das dumpfe Gefühl, dass ihnen, was Marcus anging, noch Ärger ins Haus stand.

Daher war sie angenehm überrascht, als sich ihre Befürchtung weder an diesem noch am darauffolgenden Tag bewahrheitete. Gemeinsam mit Dylan besuchte sie sämtliche Partys und Pressekonferenzen, die im Rahmen des Pro Bowl stattfanden, und genoss, wenn sie nicht im Dienst waren, die traute Zweisamkeit mit ihm, die das Gefühl der Vertrautheit zwischen ihnen immer stärker werden ließ. Und Olivia gestattete sich, dieses Gefühl zu genießen, ohne sich ständig den Kopf darüber zu zerbrechen – eine völlig neue Erfahrung für sie. Er machte es ihr aber auch wirklich leicht. Und so, fernab des Alltags, gelang es ihr, sich zur Abwechslung einmal so richtig zu entspannen.

Dann war der große Tag endlich da. Die Sonne schien, es war warm – perfekte Rahmenbedingungen für die obligatorische Tailgate-Party, eine Art Picknick auf dem Parkplatz samt einem Open-Air-Konzert mit Auftritten diverser Stars aus der Musikszene. Olivia und Dylan waren schon früh vor Ort, um sicherzustellen, dass sich die Spieler im VIP-Zelt wohlfühlten und alles hatten, was sie brauchten, ehe sie ihre Interviews gaben. Olivia amüsierte sich blendend. Sie trug ein bequemes ärmelloses Kleid – zum Glück musste man beim Pro Bowl nicht superschick angezogen sein – und hatte sich die Haare wegen der Hitze zu einem schlichten Pferdeschwanz zusammengebunden.

Bis auf Marcus waren bereits alle Spieler da und plauderten gut gelaunt mit ihren Kollegen aus den diversen anderen Teams, die wie Maddox zum Teil in Begleitung ihrer Familie gekommen waren.

»Wo bleibt Bigsby?«, murmelte Dylan mit zusammengebissenen Zähnen und kaum verhohlener Verärgerung. Kein Wunder – das Interview, das der Tight-End-Spieler in der Fernsehkabine geben sollte, rückte unaufhaltsam näher. »Wir hätten uns doch mit ihm in der Lobby treffen und gemeinsam zum Stadion fahren sollen.«

»Er ist kein Baby mehr, wie du neulich selbst gesagt hast, und das völlig zu Recht«, erinnerte ihn Olivia. »Wie hätten wir auch ahnen sollen, dass das nötig sein würde. Es war vereinbart, dass er mit der Limousine vom Hotel abgeholt wird.«

Dylan runzelte die Stirn, und sie hob ganz automatisch die Hand, um mit den Fingerspitzen die Falten zu glätten. Er stöhnte angesichts der intimen Berührung.

»Das ist jetzt nicht der richtige Zeitpunkt«, sagte er leise. Der Klang seiner rauen Stimme sandte ein Kribbeln durch ihren Körper.

Er trug eine dunkle Hose, ein weißes Hemd und eine Aviator-Sonnenbrille, und schon sein bloßer Anblick weckte das Verlangen in ihr, das sich in einem Pulsieren zwischen ihren Schenkeln äußerte. Dabei war es noch keine zwei Stunden her, dass sie miteinander geschlafen hatten.

Sie unterdrückte ein Stöhnen und konzentrierte sich wieder auf das Wesentliche. »Sei unbesorgt. Ich mache mich gleich mal auf die Suche nach ihm.«

»Wenn es dir nichts ausmacht ...«

»Nein, nein«, versicherte sie ihm. »Du bleibst hier und behältst die anderen Jungs im Auge.«

Damit stellte sie sich etwas abseits der Menschenmassen, wo es nicht ganz so laut war, und zückte ihr Handy. Wahrscheinlich hatte Marcus bloß verschlafen. Jedenfalls hoffte sie inständig, dass seine Abwesenheit keinen anderen, ernsteren Grund hatte. Als Erstes rief sie im Hotel an und ließ sich mit dem Telefon in seiner Suite verbinden. Nichts. Hm. Vielleicht hatte er ja versucht, sie zu erreichen. Erneut wählte sie die Nummer des Hotels und erkundigte sich bei der Rezeptionistin, ob Marcus für sie oder Dylan eine Nachricht hinterlassen hatte.

»Nein, tut mir leid«, tönte es vom anderen Ende der Leitung.

Olivia ließ sich zum Concierge durchstellen und fragte ihn, ob jemand gesehen hatte, dass Marcus wie geplant in die Limousine gestiegen war.

»Äh, ja, ich. Ich stand zu diesem Zeitpunkt nämlich gerade an der Drehtür.«

»Und Sie sind ganz sicher, dass es Marcus Bigsby war?«

»Ja, hundertprozentig. Es war nämlich noch ein anderer junger Mann dabei, der seinen Namen gerufen hat.«

Olivia hob eine Augenbraue. »Können Sie diesen Mann beschreiben?«

»Leider nicht. Ich hatte zu tun und war abgelenkt. Ich habe nur mitbekommen, dass sie sich gestritten haben und dann in die Limousine gestiegen sind.«

»Wie lange ist das her?«

»Etwa vierzig Minuten.«

»Danke.« Er war spät dran, aber immerhin, er war unterwegs.

Olivia wollte gerade Dylans Nummer wählen, um ihm Bescheid zu geben, da erblickte sie Big, der dank seiner enormen Größe leicht zu erkennen war. Er stand am Eingang des VIP-Zeltes. Sie spurtete los. »Marcus!«

Als er sich zu ihr umdrehte, erschrak sie. Sein weißes Hemd war zerknittert und hing ihm halb aus der Hose; von einer Krawatte keine Spur. Und, was weit schlimmer war: Seine Augen waren rot und glasig. Er war definitiv nicht in der Verfassung, Interviews zu geben, geschweige denn, ein Footballspiel zu absolvieren.

Sie marschierte zu ihm und packte ihn am Arm. »Marcus!«

»Hi, Miss Olivia!« Er schwankte.

»Wo hast du denn gesteckt?«, zischte sie leise.

»Ich hab versucht, keinen Unsinn zu machen, ehrlich, aber …«

»Krieg ich ein Autogramm?«, fragte ein kleiner Junge in diesem Moment und hielt ihm etwas zu schreiben hin.

»Na klar.« Marcus grinste den Kleinen an. Olivia wartete ab, bis er seinen Namen auf den Zettel des Jungen gekritzelt hatte, dann packte sie seinen muskulösen Arm und zog ihn hinter sich her aus dem Zelt, weg von der Meute.

»Wo gehen wir hin?«, fragte Bigsby verwirrt.

»Raus. Wir müssen uns unterhalten, und zwar ohne Zuhörer und Unterbrechungen. Los, komm mit. Hier rüber.« Sie bugsierte ihn zu einer leeren Picknickgarnitur. »Hinsetzen. Bist du betrunken?«

»Nein, aber mir geht's nicht gut. Mir ist schwindlig und schlecht. Ich glaub, ich hab mir irgendein Virus eingefangen.«

Sie schnaubte entnervt. »Kannst du spielen?«

»Keine Ahnung.« Big zuckte die Achseln, dann sah er sie mit seinen blauen Augen an. »Wendell hat gesagt, es geht bestimmt vorbei, aber ich hab eher das Gefühl, dass es schlimmer wird.«

»Wendell?«, wiederholte Olivia mit erhobener Stimme.

Big schnitt eine Grimasse. »Äh, ja. Er ist hier in Arizona«, gab er zu und ließ den Kopf hängen. »Als wir uns neulich Vormittag in der Lobby über den Weg gelaufen sind, hatte er mich kurz vorher angerufen und gefragt, ob wir uns treffen können. Also hab ich mich mit ihm getroffen, aber nur um ihm zu sagen, dass er nicht bleiben kann.«

Olivia atmete erleichtert auf. »Was ist dann passiert?«

»Er hat gesagt, er versteht das. Wir haben uns unterhalten, und dann hat er sich auf die Socken gemacht.« Marcus fuhr sich mit den Fingern durch die blonden Haare. »Aber vorhin stand er dann plötzlich bei mir auf der Matte. Um mir alles Gute für das Spiel zu wünschen, hat er gesagt. Er hat versprochen, keinen Ärger zu machen. Er wollte mit mir frühstücken gehen und dann nach Hause fahren. Da konnte ich nicht Nein sagen. Er ist doch mein Cousin.« Er musterte sie mit einem Verständnis heischenden Blick.

Olivia nickte. »Und ihr habt ganz sicher keinen Alkohol getrunken?«

»Ja. Wir waren frühstücken. Ich hab Rührei mit Speck gegessen und Orangensaft getrunken, sonst nichts, ich schwör's. Und danach hat es in meinem Bauch angefangen zu rumoren. Also ist Wendell mit zum Stadion gefahren, für den Fall, dass es mir noch schlechter geht.«

Wendell war also irgendwo hier. Mist. Das fehlte ihr noch, dass dieser Kerl ihnen Scherereien machte. Ein Glück, dass er sich ohne Presseausweis oder Ticket keinen Zutritt zum Stadion verschaffen konnte. Und von Miami Thunder hatte er garantiert weder das eine noch das andere erhalten. Trotzdem hatte sie ein flaues Gefühl im Magen.

»Wo ist er jetzt?«, fragte sie Marcus.

Dieser murmelte etwas Unverständliches.

»Was?«

»Bitte nicht sauer sein …«

Olivia ballte die Fäuste. Sie ahnte bereits, was er ihr sagen wollte. »Raus mit der Sprache! Wo ist er?«

»Ich habe ihm meinen Gästeausweis gegeben.«

»Okay. Wir müssen dich jetzt als Erstes zu einem Arzt bringen und untersuchen lassen, und falls du nicht spielen kannst, müssen wir das an die maßgeblichen Stellen weitergeben.«

Sie schickte Dylan eine SMS. *Habe M. gefunden. Problem: Es geht ihm nicht gut.*

Keine fünf Sekunden später vibrierte ihr Handy. Hastig überflog sie Dylans Antwort. *Wo seid ihr?*

Sie tippte *Am Eingang zum VIP-Zelt.*

»Los, komm mit.« Sie stand auf und zog Marcus hoch. Er ließ es geschehen und schlurfte apathisch neben ihr her zum Zelteingang.

»Geht's einigermaßen?«, fragte sie ihn.

»Na ja, mir ist übel, und …«

In diesem Moment trat sein Cousin zu ihnen. »Hey, da bist du ja!«

Olivia betrachtete ihn. Obwohl er zu Marcus gehörte und damit gewissermaßen wie dieser das Team repräsentierte, war er nicht dem Anlass entsprechend gekleidet – er trug eine abgeschnittene, ausgefranste Jeans und ein Footballshirt, das an seinem mageren Körper herunterhing wie ein Kartoffelsack. Marcus wirkte zwar auch nicht gerade wie aus dem Ei gepellt, aber ihm schien zumindest bewusst zu sein, dass er ordentlich angezogen sein musste. Außerdem wirkte er ganz allgemein sympathisch und gutmütig, während Olivia bei Wendell das untrügliche Gefühl hatte, dass er ein äußerst aggressiver Mensch war. Und zwar nicht erst seit heute – sie hatte diesen Eindruck bereits gewonnen, als Wendell vor einiger Zeit bei einem Training der Mannschaft zugesehen hatte.

»Ich hab dich schon überall gesucht.« Wendell klopfte Marcus auf den Rücken.

Dieser schüttelte den Kopf. »Du hast doch versprochen, dass du dich nur kurz umsehen und dann verschwinden wirst.« Er sah zu Olivia. »Er hat mir geschworen, morgen nach Hause zu fahren und sich nicht mehr blicken zu lassen. Stimmt's, Wendell?«

Dem fiesen Blick nach zu urteilen, mit dem sein Cousin ihn bedachte, hatte dieser jedoch nicht vor, sich an sein Versprechen zu halten.

»Wo wollt ihr zwei Hübschen denn hin?«, erkundigte sich Wendell, ohne auf die Frage einzugehen.

Olivia kam Big mit der Antwort zuvor. »Ich bringe Marcus jetzt zum Arzt, und du solltest dich besser vom Acker machen.«

Wendell musterte sie mit schmalen Augen. »Für wen hältst du dich, dass du glaubst, mich rumkommandieren zu können?«, empörte er sich lautstark, sodass sich ein paar der Umstehenden neugierig zu ihnen umdrehten. Olivia zog den Kopf ein, während Wendell seine Tirade fortsetzte:

»Marcus ist mein Cousin, und du hast kein Recht, mir zu sagen, was ich tun und lassen soll.«

Marcus legte ihm eine Hand auf die Schulter. »Komm schon, Mann, lass gut sein.«

Wendell schüttelte sie ab und schubste ihn von sich. Marcus taumelte, verlor aber zum Glück nicht völlig das Gleichgewicht. Er straffte die Schultern und musterte seinen Cousin, verdattert und gekränkt zugleich.

Armer Marcus, dachte Olivia. *Er ist zu naiv für diese Welt, und erst recht für eine Konfrontation mit einem Aas wie Wendell.*

Dann erschien zum Glück Dylan auf der Bildfläche und ging dazwischen. »Hey. Was ist hier los?«

»Diese Schlampe glaubt, sie kann mich rumkommandieren.« Wendell zeigte mit dem Finger auf Olivia.

»Als Executive Director von Miami Thunder kann sie das in der Tat«, informierte ihn Dylan.

»Ich bin aber keiner der Spieler, und mein Cousin will, dass ich bei ihm bin.« Wendell blickte Hilfe suchend zu Marcus, doch der wich einen Schritt zurück und war sichtlich nicht bereit, sich für seinen Cousin starkzumachen. Er war leicht grün um die Nase und erweckte den Anschein, als wäre ihm die ganze Angelegenheit äußerst unangenehm.

Olivia straffte die Schultern, entschlossen, sich für den Ruf ihres Teams und ihrer Spieler einzusetzen. »Pass mal lieber auf, was du da sagst und tust. Dein Cousin hat sich vertraglich verpflichtet, sich den Erwartungen und strengen Benimmregeln der NFL gemäß zu verhalten, und statt ihn dabei zu unterstützen, verwickelst du ihn immer wieder in Situationen, in denen er dagegen verstößt. Somit haben wir im Namen von Miami Thunder das Recht, dich des Geländes zu verweisen.«

»Du kannst mich mal kreuzweise«, fauchte Wendell aufgebracht. »Wir leben in einem freien Land. Ich kann bleiben, solange ich will. Und es ist meine Aufgabe, auf ihn aufzupassen.« Er deutete auf Marcus. »Und ich werde mich von einer Schlampe wie dir garantiert nicht daran hindern lassen«, schrie er.

»Okay, jetzt reicht's.« Dylan packte Wendell an der Schulter und schob ihn in Richtung Parkplatz. »Du wirst nicht in diesem Tonfall mit ihr reden. Du wirst dich nie wieder auf einer Veranstaltung von Miami Thunder blicken lassen, und du wirst dich verdammt noch mal von deinem Cousin fernhalten, solange er bei uns unter Vertrag steht.« Er umklammerte seine Oberarme und schüttelte ihn.

Wendell versuchte sich loszumachen. »Lass mich gefälligst los!«

Inzwischen war ein Mann vom Sicherheitsdienst auf sie aufmerksam geworden. »Gibt es hier ein Problem?«, wollte er wissen.

»Dieser Mann hat fälschlicherweise einen Gästeausweis erhalten«, erklärte Olivia und deutete auf Wendell. »Jemand muss ihn vom Gelände eskortieren.«

Der Uniformierte warf erst einen Blick auf ihr und dann auf Dylans Namensschild. Dann nickte er, packte den heftig protestierenden Wendell am Arm und marschierte mit ihm in Richtung Ausgang. Wendell setzte sich bis zum Schluss zur Wehr.

»Es tut mir so leid«, beteuerte Marcus. »Ich …«

»Schon gut.« Dylan hob die Hand.

»Wir müssen ihn schleunigst untersuchen lassen«, sagte Olivia. »Er hat irgendein Magenproblem.«

Wie auf ein Stichwort presste sich Marcus die Hand auf den Bauch und stöhnte.

»Ich erledige das. Du bleibst hier und kümmerst dich um die anderen Spieler. Ich melde mich per SMS, sobald ich Näheres weiß. Wir sehen uns dann entweder hier oder im Hotel, je nachdem.«

»Okay, wenn du meinst …«

Dylan nickte, dann beugte er sich über sie und hauchte ihr einen Kuss auf die Lippen – eine simple Geste, aus der sie viel Kraft schöpfte. Obwohl sie die Situation bravourös gemeistert hatte, war ihr noch immer flau im Magen. Irgendetwas sagte ihr, dass Wendell nicht bloß lästig war, sondern gefährlich. Sie hatte natürlich keinerlei Beweise, aber sie hegte den Verdacht, dass er Marcus etwas ins Essen gemischt hatte, damit dieser nicht spielen konnte.

Blieb nur zu hoffen, dass Marcus recht behielt und sich sein Cousin tatsächlich auf den Nachhauseweg machen würde. Aber ihr Bauchgefühl sagte ihr, dass sie Wendell nicht zum letzten Mal begegnet waren.

* * *

Bis Marcus endlich von einem Arzt untersucht wurde, war klar, dass er auch Fieber hatte. Er würde definitiv nicht am Pro Bowl teilnehmen können. Also rief Dylan ein Taxi und fuhr mit ihm zurück zum Hotel, wo er ihn umgehend auf sein Zimmer brachte. Marcus beteuerte immer wieder, wie unangenehm es ihm sei, dass er nicht in der Lage war zu spielen und dass Wendell nach Arizona gekommen war. Er war sichtlich bekümmert, aber kaum lag er im Bett, schlief er auch schon ein.

Dylan setzte sich in den Wohnbereich seiner Suite und begann unverzüglich mit der Schadensbegrenzung. Dass Marcus nicht spielte, würde natürlich für Furore sorgen. Ian war informiert und hatte von Miami aus bereits alle nötigen Schritte eingeleitet. Er hatte die PR-Leute angewiesen, sich der Angelegenheit anzunehmen, und zudem einen Angestellten eines privaten Sicherheitsdienstes ins Hotel beordert, der sicherstellen sollte, dass sich Marcus nicht unbemerkt hinausschleichen konnte. Wobei wohl eher die Gefahr bestand, dass sich Wendell unbemerkt einschlich.

Bis der Uniformierte eintraf, um Dylan abzulösen, war das Spiel so gut wie vorbei. Dylan hatte den Großteil im Fernsehen verfolgt und erleichtert festgestellt, dass die Reaktionen auf die plötzliche Erkrankung von Marcus Bigsby durchwegs mitfühlend ausfielen. *Krise abgewendet*, dachte er und begab sich auf sein Zimmer, um auf Olivia zu warten.

Er musste eingeschlafen sein, denn als er erwachte, lag sie, an ihn gekuschelt, auf dem Bett. Ihre Haare waren feucht, und sie duftete nach Duschgel.

Prompt ging sein Schwanz in Habachtstellung, wie immer, wenn sie in der Nähe war. »Ich habe gar nicht gehört, wie du reingekommen bist.«

»Du hast ja auch geschlafen wie ein Murmeltier.«

Er nickte. »Und, ist es noch einigermaßen gut gelaufen?«

»Ja, alles okay.« Sie zuckte die Acheln. »Wie geht es Marcus?«

Sie hatten vorhin kurz telefoniert, und sie wusste, dass ihr Bruder jemanden engagiert hatte, um den kranken Starspieler zu bewachen.

»Der schläft noch, soweit ich weiß.« Dylan griff nach seinem Telefon. »Keine SMS von seinem Babysitter«, murmelte er.

»Gut.« Olivia lehnte den Kopf an seine Schulter. »Was für ein Tag«, stöhnte sie.

»Das kannst du laut sagen.«

»Was für ein Tag«, wiederholte sie etwas lauter.

»Witzbold.« Er gluckste. »Was ist mit dir? Wie fühlst du dich nach der unschönen Szene mit Wendell?« »Er hat mir Angst eingejagt«, gab sie zu.

Dylan zog sie an sich, doch der dicke Frotteebademantel hinderte ihn daran, ihre nackte Haut zu berühren. Dabei sehnte er sich schon die ganze Zeit danach. Als Wendell sie vorhin verbal attackiert hatte, war Dylans Beschützerinstinkt auf der Stelle erwacht. Am liebsten hätte er diesem Wichser die arrogante Fresse poliert. Aber mit Gewalt zu reagieren, noch dazu vor Publikum, war natürlich völlig ausgeschlossen gewesen. Sollte dieses Schwein ihr allerdings je auch nur ein Haar krümmen, dann konnte Dylan für nichts garantieren.

»Tja, aber dann bist du ja gekommen, und es ist noch einmal alles gut gegangen. Und ich will jetzt wirklich nicht an ihn denken.«

»Was willst du dann?«, fragte er mit einer heiseren Stimme, die ihm selbst fremd vorkam.

Sie schob die Hand in seine Hose und umschloss seinen steifen Schwanz mit den Fingern. »Ist das nicht offensichtlich?«, fragte sie mit einem spitzbübischen Grinsen. Und um ganz sicher zu sein, ließ sie die Hand ein paarmal daran auf- und abgleiten.

***

Olivia war bereits feucht, was jedoch nicht an der Dusche lag, sondern daran, dass sie Dylan begehrte. Sie schmiegte die Finger um seine pralle, harte Erektion und verstärkte ihren Griff, als ein erster Lusttropfen ihre Fingerspitzen benetzte.

Er packte ihr Handgelenk, um ihr Einhalt zu gebieten. »Du willst doch nicht, dass diese Party vorbei ist, bevor sie überhaupt richtig angefangen hat, oder?«

Sie schüttelte den Kopf. Das nicht, aber sie wollte, dass er die Führung übernahm und allerlei unanständige Dinge mit ihr anstellte, während sie ihm ausgeliefert war und nahm, was er ihr gab.

»Dylan?«

»Ja?« Er zog sie über sich, und sie spürte seine Wärme durch seine Kleidung und den Bademantel hindurch.

Sie nahm all ihren Mut zusammen, wohl wissend, dass es nur einen Weg gab zu bekommen, was sie haben wollte. »Neulich Abend in dem Zelt, da … da hattest du doch einen Seidenschal dabei …«

Seine Pupillen weiteten sich. »Ja.«

»Ich möchte …« Sie zögerte, wusste nicht recht, wie sie es formulieren sollte.

»Sag es«, befahl er mit rauer Stimme. »Du musst es nur aussprechen, dann tue ich es.«

Sie leckte sich über die Lippen. »Ich möchte, dass du mich fesselst«, flüsterte sie.

»Gott, du bist so verdammt perfekt.« Behände rollte er sie auf die Seite, stieg aus dem Bett und ging zum Schrank.

Olivia wartete derweil schwer atmend auf dem Bett.

Ihr ganzer Körper kribbelte in erregter Vorfreude. Riley hatte mehrfach angedeutet, dass Ian im Schlafzimmer recht dominant sein konnte, wobei sie natürlich keine Details ausgeplaudert hatte, zum Glück. Und auch ihre Cousins in New York legten im Bett offenbar ganz gern mal eine härtere Gangart ein, wie Olivia aus Gesprächen mit ihren jeweiligen Partnerinnen hatte heraushören können. Als Dylan daher neulich den Schal ins Spiel gebracht hatte, war sie … neugierig geworden.

Sie wollte es definitiv einmal ausprobieren.

Rasch streifte sie den Bademantel ab und legte sich dann wieder hin. Er hatte sich inzwischen ausgezogen, und ihr lief regelrecht das Wasser im Mund zusammen, als er nun splitterfasernackt zum Bett zurückkehrte, den Schal in der Hand. Sein knackig brauner, schlanker und doch muskulöser Körper sah aber auch wirklich sehr verlockend aus. Ihr Blick blieb an seinem erigierten Penis hängen, der sich ihr stolz entgegenreckte.

»Ich habe das dumpfe Gefühl, dass das Ding an dir ohnehin viel besser aussehen wird als an mir«, murmelte er, während er sie mit einem hungrigen Blick betrachtete. »Rutsch ein Stück rauf.« Er deutete auf das Kopfende des Bettes.

Sie rutschte höher und sank in die Kissen, ohne ihn aus den Augen zu lassen. Beim Anblick des straff gespannten Schals, dessen Enden er sich um die Hände gewickelt hatte, wurde ihr Geschlecht noch feuchter vor Erregung.

Er betrachtete sie nachdenklich. »Du bist wunderschön, Baby, und ich würde dich zu gern am Bett festbinden, aber das geht leider nicht.« Das Kopfteil bestand nämlich aus einem durchgehenden Brett ohne Leisten und Zwischenräume. »Streck die Arme aus.«

Sie legte die Handflächen aneinander und streckte ihm die Arme hin. Er setzte sich auf die Bettkante, wickelte ihr den weichen Seidenschal ein paarmal um die Handgelenke – ziemlich locker, wie sie fand – und verknotete die Enden.

»Woher weißt du, wie man so etwas macht?«, wollte sie wissen.

»Ich war nach dem Schulabschluss ein paarmal mit einigen Kumpels in einschlägigen Klubs.«

Sie legte den Kopf schief. »Und, hat es dir gefallen?«, fragte sie neugierig.

Dylan zuckte die Achseln. »Ich muss es nicht immer haben, aber zwischendurch ist es ganz nett, wenn beide in der richtigen Stimmung sind …« Er studierte sein Werk, dann fasste er ihr zwischen die Schenkel, strich über die Falten ihres Geschlechts und versenkte einen Finger in ihr. »Und du bist eindeutig in der richtigen Stimmung.«

Olivia schauderte und warf den Kopf in den Nacken. Mit geschlossenen Augen spannte sie ihre inneren Muskeln an in dem Versuch, ihn festzuhalten, doch der Genuss war nur von kurzer Dauer.

Er lachte leise und zog den Finger wieder heraus.

Unwillkürlich zog sie einen Flunsch. »Du hast es wohl darauf angelegt, mich zu quälen.«

»Ich geb mir Mühe, ja.« Grinsend leckte er den Finger ab, der von ihrem Liebessaft glänzte.

Und sie fand es unglaublich heiß.

»So, dann wollen wir mal richtig loslegen.«

»Ich bin so weit.« Olivia spreizte die Beine und gab den Blick auf ihre frisch rasierte Pussy frei. Sie hatte die Solodusche vorhin nämlich nicht nur dazu genutzt, um sich nach dem anstrengenden Tag zu entspannen, nein, sie hatte sich auch auf ihr nächstes Schäferstündchen vorbereitet. Dylan starrte sie wie hypnotisiert an. »Ich hätte große Lust, dich zu lecken, aber ich fürchte, dann kann ich mich nicht mehr zurückhalten, bis ich in dir bin.«

Olivia war im Grunde alles recht, wobei sie seine pralle Erektion erfahrungsgemäß am meisten befriedigen würde. Bei dem Gedanken daran presste sie voller Vorfreude die Oberschenkel zusammen. Es fühlte sich gut an, konnte aber das quälende Verlangen in ihrer Leibesmitte nicht stillen. Ein ungeduldiges Wimmern entrang sich ihrer Kehle, und sie schluckte verlegen. Als er sich über sie beugte, um ihr eine Haarsträhne aus dem Gesicht zu streichen, stieg ihr sein männlicher Duft in die Nase. Sie konnte es kaum noch erwarten, das Gesicht in seine Halsbeuge zu schmiegen und tief einzuatmen, während er sie nahm, hart und unerbittlich. »Oh Gott.«

Er gab ihr einen sanften Kuss auf die Lippen. »Alles okay?«

Ihr war völlig schleierhaft, wie er sanft und dominant zugleich sein konnte, aber es törnte sie tierisch an.

»Ja, alles bestens.« Mehr als das, wenn sie ganz ehrlich sein sollte. Sie war so erregt, dass sie garantiert schon bei der geringsten Berührung kommen würde.

Sie wollte an nichts anderes mehr denken als an Dylan und die Genüsse, die er ihr gleich bescheren würde.

»Dreh dich um und knie dich hin«, befahl er da zu ihrer Überraschung.

Sie blinzelte. »Ich dachte ...«

Dylan hob eine Augenbraue. »Was? Dass du die Arme über dem Kopf ausstreckst und wir in der Missionarsstellung vögeln?«

Die Antwort erübrigte sich – genau das hatte sie angenommen, und das wusste er auch.

»Ich will, dass du mich *überall* spürst.« Seine Stimme war mindestens eine Oktave tiefer als sonst. Er klopfte auf die Matratze. »Los, los, Vierfüßlerstand.«

Mit heftig pochendem Herzen kam sie der Aufforderung nach. Sie drehte sich um und kniete sich hin, den Oberkörper auf die Ellbogen aufgestützt. Dann wartete sie nervös ab.

Er schob ihr ein Kissen unter die Knie, sodass ihr Unterleib ein klein wenig angehoben wurde. Dann herrschte einen Augenblick Schweigen. Peinlich berührt stellte sie sich vor, wie er hinter ihr stand und sie betrachtete.

»Sieht verdammt heiß aus.«

Sie errötete und senkte den Kopf, während sie überlegte, worauf genau er sich damit wohl bezog.

Er begann ihre Pobacken und Oberschenkel zu streicheln und legte dann seine große, warme Hand auf ihr Geschlecht. Sie drückte stöhnend den Rücken durch und spürte, wie sich ihre Pussy vor Erregung zusammenzog.

Das verheißungsvolle Knistern der Kondomverpackung wirkte wie das reinste Aphrodisiakum auf sie, denn es bedeutete, dass das Warten nun bald ein Ende haben und er ihr Verlangen stillen würde. Sie schmiegte die Wange an die Matratze und versuchte, ihre Atmung zu kontrollieren.

»Bereit?«

»Mhm.« Olivia hob den Kopf und wappnete sich, während Dylan ihr einen Arm um die Taille schlang.

Und dann glitt er quälend langsam in sie hinein, Zentimeter für Zentimeter. Sie nahm ihn begierig in sich auf, wollte mehr – und just als sie den Hintern nach hinten schob, stieß er zu und drang so tief in sie ein wie noch nie zuvor.

»Oh Gott«, stöhnte sie und ließ den Kopf auf die Matratze sinken.

»Das kannst du laut sagen.« Seine Hand wanderte an ihrem Bauch entlang nach oben und schmiegte sich um eine ihrer Brüste. »Wir passen wirklich perfekt zusammen«, stellte er fest und begann den Nippel zu stimulieren. Er neckte sie, zupfte, rieb und rollte die feste Knospe zwischen Daumen und Zeigefinger, bis sie sich unter ihm wand vor Lust.

»Fühlt sich das gut an?«, fragte er.

»Es wäre noch besser, wenn du dich bewegen würdest. Ich halte das nicht mehr aus.« Sie spannte die Muskeln um seinen tief in ihr vergrabenen Penis an in der Hoffnung, ihn damit zu ein bisschen mehr Action zu bewegen.

»Wetten doch?« Er kniff sie erneut in die Brustwarze, und sie schauderte und presste den Hintern an ihn.

Sie hatte erwartet, dass er spätestens jetzt anfangen

würde, heftig in sie zu stoßen, doch weit gefehlt. Er beschränkte sich auf sanfte, schaukelnde Bewegungen, und wann immer er das Becken nach vorn schob, berührte sein Schwanz den empfindlichen Punkt tief in ihr, den vor ihm kein Mann ausfindig gemacht hatte.

Allmählich verspürte sie ein Kribbeln in ihrem Inneren, das sich verdächtig nach einem beginnenden Orgasmus anfühlte – und das ganz ohne dass sein harter Schaft in ihr vor und zurück glitt. Im Grunde tat Dylan nichts weiter, als sich zärtlich an ihrem Po zu reiben, aber er hatte recht – sie konnte ihn überall spüren, und es fühlte sich unheimlich innig und intim an, obwohl sie sich in dieser Stellung nicht einmal ins Gesicht sehen konnten. Plötzlich hatte Olivia einen Kloß im Hals.

Sie schluckte ein Schluchzen hinunter, überwältigt von Gefühlen, die sie sich selbst nicht erklären konnte. Wer hätte gedacht, dass sie so empfindsam war, so … »Oh Gott, Dylan, ich glaube, ich komme!«

Sie war triefend nass, floss förmlich über vor Lust, und als seine Hand dann noch nach unten zwischen ihre Beine wanderte und er mit dem Finger ihre Klitoris zu massieren begann, war es um sie geschehen.

»Ja, komm, mein Sonnenschein. Komm für mich. Mit mir.«

Er stieß zu, und sie schrie auf, erfasst von einem Orgasmus, der noch intensiver war als alle, die sie bisher mit ihm erlebt hatte. Er vögelte sie nicht, er liebte sie, das war offensichtlich, und es wäre töricht von ihr gewesen, das zu leugnen in Anbetracht der Fülle von Gefühlen, die er damit bei ihr auslöste.

Ihr Höhepunkt war noch nicht vorbei, da zog er sich aus ihr zurück, schob das Kissen beiseite und drehte sie auf den Rücken, nur um Sekunden später mit einem gequälten Ächzen erneut in sie einzudringen.

»Oh Gott, Livvy!« Er bäumte sich auf, einmal, zwei Mal, und sie vergrub das Gesicht in seiner Halsbeuge und inhalierte seinen Körpergeruch, wie sie es sich vorhin vorgestellt hatte, während er kam.

8

Als Dylan erwachte, war das Bett neben ihm leer. Olivia hatte bereits geduscht und packte gerade ihren Koffer, als er sich aus dem Bett quälte. Sie lächelte ihn an, er erwiderte ihr Lächeln, aber sie wechselten kein Wort.

Er wusste nicht, was er sagen sollte, war noch zu überwältigt von den Ereignissen der vergangenen Nacht und ihren emotionalen Auswirkungen. Es würde eine Weile dauern, bis er das alles verarbeitet hatte, und ihrem Schweigen nach zu urteilen erging es ihr ähnlich.

Er war bereit gewesen, aufs Ganze zu gehen, und hatte angenommen, er sei auf alles gefasst, aber wie es schien, war es eine Sache, bis über beide Ohren in eine Frau verliebt zu sein, und eine ganz andere, sich mit dem auseinanderzusetzen, was man während und nach einer derart gefühlsbetonten sexuellen Vereinigung empfand.

Auch auf dem Weg zum Flughafen sprachen sie nur das Nötigste, und kaum saßen sie in der Maschine, schlief Olivia ein – diesmal allerdings nicht mit dem Kopf an seiner Schulter, sondern von ihm abgewandt.

Dylan fuhr sich mit der Hand über die Augen und stellte die Rückenlehne des Sitzes zurück.

Noch nie hatte er so viel für eine Frau empfunden, und es ängstigte ihn zutiefst. Nicht, weil er sich seiner Gefühle nicht sicher gewesen wäre. Ganz im Gegenteil. Genau das war das Problem.

Die Frau, die er liebte, hatte die traumatischen Erlebnisse, die sie hinter sich hatte, nicht verarbeitet, sondern bloß verdrängt. Und wenn er eines wusste, dann, dass einen die Gespenster der Vergangenheit früher oder später immer einholten. Blieb nur zu hoffen, dass ihre Beziehung es einigermaßen schadlos überstehen würde, wenn Olivia von den ihren heimgesucht wurde.

* * *

Die Woche nach dem Pro Bowl verging wie im Flug. Wie üblich hatte sich in Olivias Abwesenheit einiges an Arbeit angehäuft. Doch das machte ihr nichts aus, im Gegenteil; es beflügelte sie sogar, wenn sie alle Hände voll zu tun hatte. Am Mittwoch musste Dylan unerwartet zu einem Meeting an der Westküste, wo sich das Hauptquartier der Hotelkette befand, mit der Miami Thunder geschäftlich verbandelt war. Wie es aussah, würde er ein paar Tage dort bleiben müssen. Da sie sich somit an entgegengesetzten Enden des Kontinents befanden, konnten sie zwischen seinen Besprechungen lediglich ein paarmal kurz telefonieren. Ihr letztes Beisammensein war geradezu Furcht einflößend intensiv gewesen für eine Frau, die sonst nur oberflächliche Beziehungen einging.

Sie hatte sich ein klein wenig von ihm zurückgezogen, um sich zu sammeln, und dann war er auch schon abgereist. Nachdem sie die Woche davor praktisch Tag und Nacht miteinander verbracht hatten, war das ein ziemliches Kontrastprogramm, und sie hatte das Alleinsein schon sehr bald satt. Er fehlte ihr schrecklich, und er konnte noch nicht genau sagen, wann er zurückkommen würde. Wie auch immer, sie konnte es kaum erwarten, bis er wieder da war.

Am Freitagabend kehrte sie völlig erschöpft nach Hause zurück und schlief ein, sobald sie im Bett lag. Es kam ihr so vor, als wäre erst eine halbe Stunde vergangen, da klopfte jemand an ihre Zimmertür.

Olivia zog sich stöhnend das Kissen über den Kopf, doch der Krach wollte nicht aufhören. »Ruhe!«

Sie hörte, wie die Tür geöffnet wurde.

»Vergiss es.«

Olivia riskierte einen Blick. Der Störenfried war Avery – wer sonst? –, und sie kletterte sogleich zu ihr ins Bett, genau wie sie es früher an den Wochenenden getan hatte. Olivia rang sich ein müdes Lächeln ab.

»Warum bist du denn noch im Bett? Sonst schläfst du doch nie so lange.«

»Hallo? Mir macht eben der Jetlag immer noch zu schaffen, und außerdem hatte ich die ganze Woche alle Hände voll zu tun, um den liegen gebliebenen Kram aufzuarbeiten. Ich bin müde.« Das war die Untertreibung des Jahrhunderts. Sie konnte ein Gähnen nicht unterdrücken.

»Aber jetzt bist du ja wach, und das ist auch gut so.

Das Wochenende ist kurz genug.« Avery sprang auf und öffnete die Jalousien.

Auf einen Schlag war es in dem zuvor abgedunkelten Zimmer taghell, und das gleißende Sonnenlicht trieb Olivia die Tränen in die Augen. Sie blinzelte. »He, spinnst du?«

»Nein. Du musst aufstehen. Dylan hat mich vorhin angerufen, weil er dich nicht erreicht hat. Er hat extra einen Flug spätnachts genommen und wird gleich da sein. Also los, raus aus den Federn!«

»Er ist zurück?« Olivia konnte ihre Freude über diese Nachricht nicht verhehlen.

Ihre Schwester nickte grinsend, dann trat sie zum Schrank, um den Inhalt zu sichten. »Ich soll dir ausrichten, dass seine Schwester eine Grillparty veranstaltet, weil seine Nichte Geburtstag hat, und er möchte, dass du ihn begleitest«, berichtete sie und griff nach einem Neckholderkleid mit kleinen rosa Blumen. »Das hier fände ich passend für eine Gartenparty. Was meinst du?«

Avery war eben eine Fashionista par excellence, und Olivia tat ihr den Gefallen und ließ sich von ihr beraten, obwohl sie beide wussten, dass sie durchaus in der Lage war, ihre Garderobe selbst zu wählen.

Aber eine kleine Stichelei konnte sie sich trotzdem nicht verkneifen. »Dir ist schon klar, dass ich es nicht ausstehen kann, wenn du schon am frühen Morgen so überdreht bist? Ich hatte noch nicht einmal einen Kaffee.«

»Von wegen. Du liebst mich, und meine überdrehte Art ebenfalls«, widersprach Avery. Dann wurde ihre

Miene ernst. »Wie findest du denn die Vorstellung, seine Familie kennenzulernen?«

Bei ihren Worten verspürte Olivia Nervosität. Sie wusste nicht, wo ihre Beziehung mit Dylan auf lange Sicht hinführen würde, aber er hatte erwähnt, dass seine ältere Schwester seine einzige Verwandte war und dass sie sich sehr nahestanden. Sie wollte einen guten Eindruck hinterlassen – und das sagte wohl alles, was ihre Gefühle für Dylan anging.

Sie schluckte schwer. »Na ja, das ist alles noch recht neu für mich«, murmelte sie.

»Genau deshalb helfe ich dir doch.«

Olivia stieg aus dem Bett, warf einen Blick in den Spiegel und verzog das Gesicht. »Ich muss unter die Dusche.«

»Dann aber dalli! Ich hab ihm versprochen, dass du abfahrbereit bist, wenn er kommt.«

»Dass ich vielleicht schon anderweitig verplant sein könnte, ist euch beiden wohl nicht in den Sinn gekommen, wie?«

Avery grinste. »Nein, ehrlich gesagt nicht. Und selbst wenn, wusste ich, du würdest deine Pläne ändern.«

»Irgendwie habe ich das dumpfe Gefühl, dass das alles ein abgekartetes Spiel ist.«

»Unsinn. Ich will bloß, dass du glücklich bist. Und es hat den Anschein, als würde Dylan dich glücklich machen. Deshalb habe ich ihm versprochen, dass du mitkommen würdest, als er vorhin angerufen hat. Also, beweg deinen Hintern! Er kann jede Minute hier sein.«

Olivia verdrehte die Augen und seufzte. Dann entnahm sie einer Schublade ihrer Kommode ein paar sexy Dessous für den Fall, dass sie die Nacht mit Dylan verbrachte, und schnappte sich das Kleid, das Avery für sie ausgesucht hatte. Eine Viertelstunde später war sie angezogen und einigermaßen wach, was nicht nur der warmen Dusche und dem Kaffee zu verdanken war, den ihr Avery gebracht hatte – es hatte auch mit ihrer Vorfreude auf Dylan zu tun. Sie konnte es kaum erwarten, ihn zu sehen. Das war das erste Mal seit Phoenix, dass sie sich privat trafen, und dann gleich im Beisein seiner Schwester ... Sie presste sich nervös eine Hand auf den Bauch. Aber sie würde sich nicht verrückt machen mit der Frage, was es bedeutete, dass er in ihrer Begleitung zu diesem Grillfest gehen wollte und warum ihr bei der Vorstellung, Menschen kennenzulernen, die ihm wichtig waren, angst und bange wurde.

Sie atmete noch einmal tief durch, dann trat sie aus ihrem Zimmer und ging in die Küche. Zu ihrer Überraschung war Dylan bereits da und trank mit Avery Kaffee.

»Ach, hallo!«, sagte sie. »Ich habe die Klingel gar nicht gehört.«

»Da warst du gerade unter der Dusche.« Avery hatte die Beine auf dem Stuhl gegenüber von ihr abgelegt.

Dylan stand auf. »Guten Morgen.« Olivia war, als würden seine Worte wie Honig an ihrem Körper hinabfließen, so herrlich süß und samtig, wie seine Stimme klang.

»Morgen.« Sie schwenkte ihre leere Tasse. »Gibt es noch Kaffee?«

»Wir besorgen dir unterwegs welchen – wir müssen ohnehin einen Zwischenstopp einlegen, wenn wir zu meiner Schwester fahren. Wir brauchen noch ein paar Spielsachen.«

Sie hob eine Augenbraue. »Wir haben ein Date, und du willst mit mir Spielzeug einkaufen gehen? Sehr romantisch«, feixte sie.

»Kommt ganz auf die Art von Spielzeug an.« Der sinnliche Blick in seinen dunklen Augen kam ihr sehr bekannt vor und ließ ihr Herz schneller schlagen, und auch ihre unteren Körperregionen reagierten prompt und signalisierten, dass sie für jegliche Schandtaten bereit waren.

»Igitt!« Avery sprang auf. »Zum Glück weiß ich, dass es um einen Besuch bei Toys »R« Us geht. Also dann, macht's gut, ihr beiden.« Sie verzog sich kopfschüttelnd in ihr Zimmer und schloss die Tür hinter sich.

Olivia lachte, und auch Dylan grinste verschmitzt.

Sie holte ihre Handtasche, und ein paar Minuten später waren sie startklar.

»Das ist ja eine schöne Überraschung«, stellte sie fest, während sie auf den Aufzug warteten.

Dylan musterte sie mit seinem unwiderstehlichen Schlafzimmerblick. »Du hast mir gefehlt, Sonnenschein, also habe ich zugesehen, dass ich möglichst bald nach Hause kann, und bin in die nächste Maschine nach Miami gestiegen.«

Bei seinen Worten wurde ihr warm ums Herz. »Du

hast mir auch gefehlt«, gab sie zu, und es fiel ihr weniger schwer als erwartet.

Die Schiebetüren des Aufzugs öffneten sich, und kaum hatten sie die Kabine betreten, drängte Dylan Olivia an die Wand und presste sich mit den Oberschenkeln an sie, die Hände rechts und links von ihrem Kopf abgestützt.

Doch er küsste sie nicht auf den Mund, sondern auf den Hals und die empfindsame Stelle hinter dem Ohr. Sein warmer Atem strich über ihre Haut, während seine Lippen ihre Haut kitzelten.

Olivia hatte im Nu ganz weiche Knie. »Mmm ...«

Prompt vergrub er die Finger in ihren Haaren und bog ihren Kopf leicht nach hinten, um ihr die Lippen auf den Mund zu drücken. Er schien sie wirklich vermisst zu haben, denn er küsste sie, als könnte er gar nicht genug von ihr bekommen. Er presste sich an sie, seine Erektion eine Verheißung all der erotischen Genüsse, die später folgen würden.

Und sie erwiderte seine Küsse ebenso leidenschaftlich.

Als sich die Türen öffneten und ein älteres Paar einstieg, löste er sich erst im letzten Moment von ihr, nahm ihre Hand und zog sie mit sich aus dem Aufzug, ohne sich um die missbilligenden Blicke der beiden zu scheren.

Dylan hatte bereits ein Geschenk für seine Nichte besorgt, war aber davon ausgegangen, dass Olivia der Kleinen ebenfalls etwas mitbringen wollte, was sie äußerst umsichtig fand. Also gingen sie kurz in einen Spielzeugladen, und auf Olivias Bitte hin gleich darauf auch noch in eine Bäckerei, dann machten sie sich auf den Weg nach Weston, wo Dylans Schwester lebte.

Olivias Blick streifte die Bäume draußen vor dem Fenster. »Ich würde gern etwas über Callie erfahren, ehe ich sie kennenlerne.« Sie war schon sehr gespannt auf seine Schwester und deren Familie.

»Na ja, einiges weißt du ja schon. Sie ist zwei Jahre älter als ich und war im Einzelhandel tätig, ehe sie ihre Tochter bekommen hat. Ava ist inzwischen vier.« Das wusste Olivia bereits, weil er sie vorhin geradewegs zu dem Regal mit den Spielsachen für Kinder dieser Altersstufe geführt hatte. »Sie ist goldig. Du wirst sie lieben.«

Olivia schluckte – und lächelte. »Bestimmt. Ians Tochter liebe ich auch heiß und innig«, sagte sie leise. Und doch musste sie jedes Mal, wenn sie ihre süße kleine Nichte im Arm hielt und den typischen Kleinkinderduft einatmete, an das denken, was sie verloren hatte und was ihr womöglich nie wieder vergönnt sein würde.

Sie räusperte sich. »Und Callies Mann, wie ist der so?«

»Matthew? Der behandelt meine Schwester anständig, und das ist in meinen Augen das Wichtigste. Er arbeitet in der Finanzbranche, und er ist ein toller Vater.«

»Klingt ganz nach der perfekten Familie.«

Dylan zuckte die Achseln. »Ja, das sind sie vermutlich, oder zumindest sind sie ziemlich nahe dran.«

»Meinst du denn, dass es die perfekte Familie gibt?«, erkundigte sie sich. »Das habe ich mich nämlich oft gefragt. Jedenfalls nachdem herauskam, dass mein Vater eine zweite Familie hatte. Aber wenn ich an Ian und Riley und Alex und Madison denke, dann habe ich manchmal das Gefühl, es könnte so etwas wie ein perfektes Familienglück vielleicht doch geben.« Dummerweise hatte sie selber viel zu viel Angst und zweifelte daran, dass auch ihr dieses Glück beschieden sein konnte.

***

Dylan bog in die Straße ein, in der seine Schwester wohnte. Das Haus stand ganz am Ende einer Sackgasse, in einer schmucken Vorstadtsiedlung. Es bedeutete ihm viel zu wissen, dass Callie nun ein so schönes Leben führte, nachdem sie in einer Einzimmerwohnung in der übelsten Gegend von Miami aufgewachsen waren.

»Du hast meine Frage nicht beantwortet«, stellte Olivia fest.

»Noch nicht, nein.« Er blickte zu ihr hinüber und lachte leise, als er sah, dass sie ihn prüfend musterte.

Dann wandte er seine Aufmerksamkeit wieder dem Verkehr zu, weil er wusste, dass in dieser Gegend immer mit spielenden Kindern auf der Straße zu rechnen war. Trotzdem galt zumindest ein Teil seiner Aufmerksamkeit stets Olivia. Er liebte es, sie zu beobachten, ob sie nun nachdachte, schlief oder aufgeregt drauflos plapperte. Als sie vorhin in die Küche gekommen war, in diesem schulterfreien weißen Kleid mit den rosa Blümchen, war ihm gewesen, als wäre die Sonne aufgegangen. Er hatte sich sehr zusammenreißen müssen, um sie nicht gleich wieder zurück in ihr Zimmer zu tragen, die Tür zu versperren und sie zu vögeln, bis sie nicht mehr wusste, wie sie hieß und nur noch seinen Namen schrie. Lediglich die Anwesenheit ihrer Schwester hatte ihn davon abgehalten, diesem Impuls nachzugeben, und der Kuss im Aufzug vorhin hatte seinen Hunger kaum stillen können. Sie war so hübsch und so erfrischend – sie brachte einfach alles mit, was er sich bei einer Frau wünschte, wenngleich er sich darüber bislang nie bewusst Gedanken gemacht hatte.

Es würde nicht einfach werden, sie davon zu überzeugen, dass die Bewältigung ihrer Vergangenheit möglich war. Mit Sex allein war das nicht zu bewerkstelligen, obwohl er nichts dagegen gehabt hätte, sie ein paar Tage an sein Bett zu fesseln und es zumindest zu versuchen …

Doch nein, sie in seine Familie zu integrieren war wohl doch der vernünftigere Ansatz. Bislang hatte er nie Frauen mitgebracht, wenn er seine Schwester und ihre Familie besucht hatte, und er ging davon aus, dass Callie das bewusst war und dass sie sich Olivia gegenüber dementsprechend verhalten würde.

Er hielt vor der pfirsichfarbenen Ranch im spanischen Stil, in der seine Schwester wohnte, und blickte zu Olivia hinüber. Er wollte ihr Gesicht sehen, wenn er ihre Frage beantwortete.

»Du wolltest wissen, ob ich glaube, dass es so etwas wie die perfekte Familie gibt«, sagte er. »Tja, ich schätze, das muss ich wohl.«

»Wieso?«, hakte sie mit großen Augen nach. Wenn er ihren Blick hätte deuten müssen, er hätte auf … hoffnungsvoll getippt.

Nun, Dylan war entschlossen, alles in seiner Macht Stehende zu tun, damit sie die Hoffnung nicht aufgab.

Er streckte den Arm aus und zupfte an einer der Locken, die ihr über die nackten Schultern fielen. »Wenn ich nicht daran glauben würde, dann hätte es wohl keinen Sinn, mit dir zusammen zu sein.«

Sie öffnete den Mund, aber bevor sie etwas entgegnen konnte, legte er ihr einen Finger unters Kinn und klappte ihn wieder zu.

»Soweit ich weiß, werden wir auf einer Grillparty erwartet«, bemerkte er, um zu verhindern, dass sie zu viel nachdachte.

Er stellte den Motor ab und ließ seinen Sicherheitsgurt aufschnappen.

Olivia war ausgestiegen, ehe er ihr die Tür aufhalten konnte und erwartete ihn am Kofferraum.

Dylan hievte die große Schachtel heraus, die für seine Nichte bestimmt war, und sie nahm das Geschenk zur Hand, das sie im Spielzeugladen noch schnell hatte verpacken lassen.

»Verrätst du mir, was da drin ist?«, fragte sie und deutete auf sein riesiges Geschenk.

Er grinste. »Ach, etwas, für das es eigentlich noch viel zu früh ist und worüber mir meine Schwester garantiert einen Vortrag halten wird.«

Sie lachte in Anbetracht seiner kaum verhohlenen Vorfreude. »Du bist ein toller Onkel.«

»Ich geb mir Mühe. Also … bist du bereit für die Begegnung mit meiner Familie?«

Sie atmete einmal tief durch, als wäre sie nervös. »Jep. Besser wird's nicht.«

Ihre Worte bestätigten seine Vermutung. Er nahm ihre

Hand und zog sie an sich und küsste sie, gerade lange genug, um sie zu beruhigen, aber nicht so lange, dass etwaige Beobachter sich vielleicht veranlasst gefühlt hätten, ihnen ein »Nehmt euch doch ein Zimmer!« zuzurufen.

Als er sich von ihr löste, war ihr Blick verträumt, und ein Lächeln umspielte ihre Lippen.

Mission erfüllt, dachte er und führte sie zum Haus.

***

Eine hübsche junge Frau öffnete ihnen die Tür. »Ich freu mich so, dass ihr da seid! Du hast mir gefehlt, kleiner Bruder.«

Olivia hätte beinahe laut losgelacht, denn Dylan überragte seine Schwester um Längen. Callie war sogar noch kleiner als sie, dabei war sie selbst gerade mal 1,62 groß. Callie hatte wie ihr Bruder dunkelbraunes Haar und hübsche braune Augen, die von dichten Wimpern umrahmt wurden. Und sie trug ein leichtes Sommerkleid, bei dessen Anblick Olivia froh war über ihre Wahl, oder besser gesagt über Averys Wahl.

»Du musst Olivia sein«, sagte die Frau. »Ich hab mich echt gefreut, als Dylan angekündigt hat, dass er in Begleitung kommt. Ich bin Callie.«

»Freut mich, dich kennenzulernen«, sagte Olivia. »Und vielen Dank, dass Dylan mich mitbringen durfte.«

»Je mehr wir sind, desto lustiger wird es. Am besten geht ihr gleich nach hinten durch. Die anderen sind draußen im Garten.«

»Die anderen«, das waren mehrere infolge übermäßigen Zuckerkonsums völlig überdrehte Kinder, die kreischend im Garten und insbesondere in einer Prinzessinnen-Hüpfburg herumtobten und sichtlich Spaß hatten, sowie ihre Eltern, die sich die Hacken abrannten, um sie einigermaßen im Zaum zu halten. Olivia setzte sich auf die Terrasse zu den Erwachsenen, die zur Beaufsichtigung der Kleinkinder eingeteilt waren. Dylan nahm neben ihr Platz, und gleich darauf gesellten sich auch Callie sowie ihr Ehemann Matthew dazu, ein äußerst liebenswürdiger und trotz seiner Stirnglatze attraktiver Bursche. Dylan nahm das Geburtstagskind auf den Schoß, damit den beiden mal eine kurze Pause vergönnt war. Seine Nichte hatte wie ihre Mutter dunkelbraunes Haar – eine aufgeweckte Vierjährige, die es faustdick hinter den Ohren hatte und ihren Onkel sichtlich vergötterte. Dieser lauschte ihrem Geplapper mit einem gutmütigen Lächeln, bei dem Olivia einen heftigen Stich tief in ihrem Inneren verspürte. Dylan liebte Kinder, das war offensichtlich. Und sie war im Begriff, sich in ihn zu verlieben ... Nein. Sie zwang sich, ehrlich zu sich selbst zu sein. Sie liebte ihn bereits. Weil er sie begehrte, weil er sich vorgenommen hatte, sie zu erobern, und weil es ihm gelungen war, sie dazu zu bringen, dass sie ihren Widerstand aufgab, nachdem sie sich endlich eingestanden hatte, dass sie ihn ebenfalls begehrte. Sie hatte versucht, die ganze Angelegenheit nicht allzu ernst zu nehmen, hatte geahnt, was dabei herauskommen würde, wenn sie ihn zu nah an sich heranließ. Plötzlich brannten Tränen in ihren Augen. Vor Glück? Oder weil sie traurig war? Olivia wusste es nicht. Sie wusste nur, dass die Erkenntnis sie völlig aus der Bahn geworfen hatte.

Irgendwie gelang es ihr trotzdem, weiterhin zu lächeln.

»Sag mal, Olivia, wie hältst du es eigentlich aus, mit meinem Bruder zusammenzuarbeiten? Ich glaube, ich müsste ihm früher oder später an die Gurgel gehen.«

»Wer sagt, dass es mir nicht ähnlich geht?« Olivia lachte, dankbar für die Ablenkung.

»Ach herrje, jetzt haben sich die Mädels gegen mich verbündet«, stöhnte Dylan mit gespielter Bestürzung. »Was ist mit dir, Ava? Wirst du dich etwa auch auf ihre Seite schlagen?« Er kitzelte die Kleine, bis sie ein paar gellende Schreie von sich gab, wie nur kleine Kinder es können.

»Hör auf, Dylan!«, wies Callie ihn zurecht. »Ich will gar nicht daran denken, wie viel Kuchen und Süßigkeiten Ava verdrückt hat. Wenn ihr schlecht wird und sie sich übergibt, wirst du die Sauerei wegputzen.« Callie stand auf und streckte die Arme aus.

Dylan flüsterte seiner Nichte etwas ins Ohr, dann erhob er sich und übergab sie an ihre Mutter.

»So, wir zwei gehen jetzt mal auf die Toilette«, sagte Callie, stellte ihre Tochter auf dem Boden ab und marschierte mit ihr ins Haus.

»Was hast du zu Ava gesagt?«, wollte Olivia von Dylan wissen.

»Ach, nur dass Mütter Spielverderber sind und Onkel nicht.«

»Das hast du nicht getan!« Sie verpasste ihm einen Klaps auf den Arm.

»Nein, hab ich nicht. Ich habe ihr versprochen, dass wir nachher weiterspielen.« Er grinste.

»Du liebst Kinder, oder?« Olivia hoffte sehr, dass ihr ihre Bedrücktheit nicht anzuhören war.

Er nickte.

»Das merkt man.« Zu schade, dass sie viel zu viel Angst hatte, um die Gründung einer Familie überhaupt noch in Erwägung zu ziehen.

Sie war schon über die zwölfte Woche hinaus gewesen und hatte angefangen, sich auf das ungeborene Kind in ihrem Bauch zu freuen, und dann hatte sie es verloren ... Wie sie alles verlor, das sie liebte. Erst hatte sie ihren Vater verloren – auch wenn er von vornherein nicht sonderlich präsent gewesen war –, und dann den ersten Mann, den sie geliebt hatte. Sie fragte sich unwillkürlich, ob sie auch Dylan früher oder später verlieren würde.

Dann verbannte sie diese Gedanken ganz bewusst aus ihrem Kopf. Sie sollte es ganz einfach genießen, mit ihm hier zu sein, bei Callie, ihrer Familie, ihren Nachbarn und Freunden.

Dylans Schwester drehte eine Runde durch den Garten, um ein paar der überall herumliegenden Becher und Pappteller einzusammeln. Olivia stand auf und half ihr dabei. Während sie ihr in der Küche eine Mülltüte aufhielt, damit Callie schon mal den ersten Schwung Abfall entsorgen konnte, klingelte es, und Matthew ging zur Tür, um den Neuankömmling hereinzulassen.

Als die Besucherin etwas atemlos die Küche betrat, hob Olivia den Kopf und erblickte eine hübsche Frau mit hellbraunen Haaren und einem freundlichen Lächeln, die eben ein Geschenk auf der Anrichte abstellte. »Bitte entschuldigt, dass ich so spät dran bin!«

»Meg! Wie schön, dass du es doch noch geschafft hast. Ava wird sich sicher auch riesig freuen, dass du da bist.«

Meg? Olivia wurde flau im Magen, als sie den Namen hörte. Ob das ein Zufall war? Vermutlich nicht. Dylan hatte erwähnt, dass Meg eine enge Freundin von ihm war und quasi zur Familie gehörte, aber erst jetzt wurde ihr klar, was das bedeutete.

Callie umarmte die zierliche Brünette, dann drehte sie sich zu Olivia um.

»Olivia, darf ich vorstellen: Meg Thompson. Meg, das ist Olivia Dare, Dylans …« Sie verstummte. Erst jetzt schien ihr aufzugehen, dass die Situation etwas peinlich war.

»Freundin«, beendete Olivia den Satz rasch. Zu ihrer Überraschung war es ihr ganz leicht über die Lippen gekommen. Es fühlte sich gut an. Richtig.

»Wie schön, dass wir uns endlich kennenlernen«, sagte Meg. »Ich habe schon so viel von dir gehört!« Ihr strahlendes Lächeln wirkte absolut aufrichtig, genau wie ihre Worte.

»Die Freude ist ganz meinerseits«, sagte Olivia und versuchte, ihre alte Unsicherheit zu unterdrücken. Im Gegensatz zu ihrem Collegefreund Jeff hatte Dylan ihr nie einen Grund geliefert, eifersüchtig oder misstrauisch zu werden. Es waren nur ihre eigenen Zweifel, die sich da meldeten.

»Ich gehe gleich mal raus, um Ava zu begrüßen und ihr ihr Geschenk zu geben. Wir können ja später noch plaudern.« Meg winkte ihnen kurz zu und trat durch die gläserne Schiebetür hinaus auf die Terrasse.

Callie drehte sich zu Olivia um. »Tut mir leid.«

»Unsinn. Du kannst zur Geburtstagsparty deiner Tochter doch einladen, wen du willst. Außerdem war klar, dass ich Meg früher oder später kennenlerne, schließlich ist Dylan mit ihr befreundet.«

Callie ließ sich auf einem der Küchenstühle nieder. »Meine Beine brauchen eine kurze Pause. Setz dich doch zu mir.« Ihr Tonfall war genau derselbe wie bei Dylan, wenn er keine Widerrede duldete.

Olivia nahm Platz. »Du bist mir keine Rechenschaft oder Erklärung schuldig«, versicherte sie ihr.

»Ich weiß, aber ich hätte durchaus etwas sensibler mit der Situation umgehen können. Ich weiß, wie das ist – eine von Matthews Exfreundinnen hat mal für Ärger gesorgt. Tja, Meg und ich sind eben schon seit Jahren befreundet. Als Dylan erzählt hat, dass er in Begleitung kommt, war ich total aus dem Häuschen, weil er sonst nie jemanden mitbringt, und in der Aufregung habe ich völlig vergessen, ihm zu sagen, dass ich auch Meg eingeladen hatte.« Sie biss sich auf die Unterlippe. »Ich an deiner Stelle wäre froh gewesen, wenn mich jemand vorgewarnt hätte.«

Olivia fand Callie sehr sympathisch und war ihr dankbar dafür, dass sie sich die Zeit nahm, ihr das alles zu erläutern. »Okay, danke. Ich weiß es zu schätzen.« Vor allem bei dem Gedanken daran, dass Dylan bisher nie Frauen mitgebracht hatte, wurde ihr ganz warm ums Herz.

Callie nickte. »Ich mag Meg sehr. Und glaub mir, Dylan und sie sind wirklich nicht mehr als gute Freunde. Wenn sie ein Problem hat, ist er für sie da, und sie weiß, dass sie sich auf ihn verlassen kann …«

»Ja, das ist mir schon aufgefallen«, sagte Olivia trocken.

»Matthew war ebenfalls mit seiner Ex befreundet, aber die war leider nicht so harmlos und nett wie Meg. Irgendwann habe ich ihn vor die Wahl gestellt: sie oder ich.«

»Das kenne ich.« Olivia nickte. Es fiel ihr erstaunlich leicht, mit Callie über solche verzwickten Angelegenheiten zu reden. »Tja, mein Ex hat auch behauptet, es sei alles ganz harmlos, und ich war zu jung und zu blind, um seine Lüge zu durchschauen. Und irgendwann habe ich die beiden dann *in flagranti* erwischt.«

Callie verzog das Gesicht. »Oje. Nicht schön.«

Ganz und gar nicht. »Ich versuche zu akzeptieren, dass Meg und Dylan befreundet sind, aber manchmal fällt es mir echt schwer«, gab Olivia unumwunden zu.

Callie rückte etwas näher. »Tja, wie gesagt, ich musste damals bei Matthew ein Machtwort sprechen und ihn vor die Entscheidung stellen, aber ich glaube kaum, dass das in diesem Fall nötig sein wird. Meg muss bloß erst erkennen, welche Rolle du in Dylans Leben spielst.«

Olivia nickte. »Danke für deinen Rat.«

Callie zuckte die Achseln und erhob sich. »Du machst meinen Bruder ganz offensichtlich glücklich, und ich will, dass er glücklich ist.«

Bei ihren Worten hatte Olivia einen Kloß im Hals. Sie

konnte nur hoffen, dass Callie recht hatte – dass sie Dylan glücklich machte und das auch so bleiben würde.

Sie gingen wieder nach draußen, wo Callie, abgelenkt von einem Kreischen ihrer Tochter, sogleich zur Hüpfburg spurtete. Olivia blickte sich suchend in dem hübschen Garten um. Als sie sah, dass Dylan und Meg etwas abseits standen und die Köpfe zusammensteckten, zog sich ihr Magen schmerzhaft zusammen.

Sie schluckte schwer. Ja, sie hatte sich fest vorgenommen, sich in dieser Angelegenheit wie eine Erwachsene zu verhalten. Trotzdem war sie eifersüchtig und misstrauisch – sie konnte nicht anders, und sie hatte nicht vor, sich für ihre Gefühle zu entschuldigen.

Früher hätte sie in einer derartigen Situation wohl die Flucht ergriffen, doch sie beschloss, Callies Rat zu beherzigen und Meg zu zeigen, zu wem Dylan gehörte, auch wenn die beiden seit Langem befreundet waren. Dylan hatte auf eine ernsthafte Beziehung gedrängt, und ihn in einer derart vertrauten Pose mit Meg zu sehen machte ihr umso deutlicher bewusst, was sie für ihn empfand. Es war an der Zeit, auf mehr oder weniger subtile Art und Weise ihr Revier zu markieren. Mal sehen, ob einer der beiden ein Problem damit hatte. Je eher sie Bescheid wusste, desto besser.

Sie rieb sich die Hände und marschierte los.

9

Meg war eine langjährige Freundin seiner Schwester; es hätte Dylan also nicht weiter überraschen sollen, dass seine Ex auf der Geburtstagsparty seiner Nichte auftauchte, auch wenn sie reichlich spät dran war. Als er Callie gefragt hatte, ob er Olivia mitbringen könne, hatte er überhaupt nicht daran gedacht, dass Meg womöglich auch eingeladen sein könnte. Und jetzt waren sie beide hier. Zum Glück war Olivia gerade im Haus. Er beschloss, gleich mal mit Meg zu reden und ihr zu erzählen, dass Olivia aufgrund schlechter Erfahrungen mit Argwohn auf ihre enge Freundschaft reagiert hatte. Und er musste Olivia ein für allemal klarmachen, dass zwischen Meg und ihm nichts mehr lief. Er war nicht dumm – er wusste, dass der häufige Umgang, den er mit Meg pflegte, über das vernünftige Maß hinausging, aber bis Olivia in sein Leben getreten war, hatte er keine Veranlassung gesehen, das zu unterbinden.

Leider kam er nicht dazu, Meg das Problem zu schildern, denn sie bat ihn sogleich um ein Gespräch unter vier Augen. Es sei wichtig, sagte sie und zog ihn in die hinterste Ecke des Gartens, wo sie ungestört waren.

»Was ist denn los, Meg?«, fragte er ungeduldig, in der Hoffnung, sein Anliegen möglichst bald vorbringen zu können. Er brauchte zwar auch nicht unbedingt Zuhörer bei dem, was er ihr zu sagen hatte, aber diese Heimlichtuerei war ihm gar nicht recht.

»Na ja, ich hatte dir doch erzählt, dass Mike ziemlich sauer war, als er aus Las Vegas zurückkam, weil ich in der Zwischenzeit seine Taschen gepackt und in den Flur gestellt hatte …«

Dylan nickte. »Ja, und wie gesagt, er hat es verdient, vor die Tür gesetzt zu werden. Vergiss ihn.«

»Ich fürchte, das wird nicht so einfach«, flüsterte sie.

Er musterte sie mit schmalen Augen. »Und warum?« Wenn Meg dieses Aas wieder bei sich hatte einziehen lassen …

»Weil ich schwanger bin.«

Er blinzelte und brauchte einen Moment, um die Enthüllung zu verdauen. »Du bist was?«, stieß er hervor.

»Nicht so laut! Du hast schon richtig gehört.« Sie lächelte ihn mit Tränen in den Augen an.

Er fuhr sich mit den Fingern durch die Haare. »Herrgott noch mal, Meg …«

Da sagte sie zu seiner Überraschung: »Ich habe damit kein Problem.«

Dylan hob eine Augenbraue. »Echt nicht?«

Sie schüttelte den Kopf. »Nein.« Das klang weit gefasster als erwartet. »Ich hatte Zeit, mich mit dem Gedanken anzufreunden und ein paar Entscheidungen zu treffen, weil ich schon so einen Verdacht hatte.«

»Hast du es ihm erzählt?«

»Nein, ich weiß, ich muss es tun, aber es war schon schwer genug, ihn rauszuwerfen, da konnte ich ihn nicht obendrein auch noch mit einer solchen Eröffnung überfallen. Aber ich werde es ihm sagen. Nicht, dass ich mir von ihm Unterstützung erwarte. Aber die will ich auch gar nicht.« Sie rieb sich die nackten Oberarme.

»Du wirst das Baby also behalten?«, fragte er.

»Aber natürlich! Ich würde mein Kind niemals hergeben, geschweige denn …« Sie schüttelte entsetzt den Kopf, wollte ihren Satz offenbar gar nicht zu Ende denken geschweige denn laut aussprechen.

Dylan atmete tief durch und nickte. »Du wirst bestimmt eine tolle Mutter, Meg. Du bist großherzig und fürsorglich … und obendrein auch noch Lehrerin. Du weißt genau, was Kinder brauchen.«

Sie strahlte ihn an, erfreut über das Kompliment. »Das glaube ich auch. Ich meine, es war nicht geplant, und es wird bestimmt nicht einfach, aber ich schaffe das schon«, sagte sie und legte sich eine Hand auf den Bauch.

Dylan registrierte erleichtert ihr zuversichtliches Lächeln. Wie es schien, hatte sie die Entscheidung nach reiflicher Überlegung getroffen und war ganz glücklich mit dieser Entwicklung. »Es freut mich, dass du dich darüber freust.«

»Danke. Natürlich habe ich Angst, aber das gibt sich bestimmt noch. Schließlich habe ich noch den ganzen

Sommer Zeit, um mir einen Plan zurechtzulegen und mir schon mal einen Babysitter zu suchen.«

»Du wirst diese Herausforderung bestimmt bravourös meistern.« Er war stolz auf sie.

»Könntest du mich vielleicht in den Arm nehmen, nur ganz kurz?«, bat Meg. Sie machte einen Schritt auf ihn zu, und ehe er etwas darauf erwidern konnte, hatte sie ihn auch schon an sich gedrückt.

»Hallo, ihr beiden.«

Dylan fuhr zurück, als er Olivias Stimme vernahm.

Mist, Mist, Mist. Fieberhaft überlegte er, wie er ihr diese Situation erklären sollte, die zweifellos verfänglich wirkte, obwohl sie absolut harmlos war. Zugegeben, wenn er Olivia dabei erwischen würde, wie sie ihren Ex umarmte, würde er dem Kerl vermutlich einen Kinnhaken verpassen.

»Stör ich?«, erkundigte sich Olivia in einem kühlen Tonfall. Ihr Blick ruhte auf Meg.

Dylan hob die Hände. »Es ist nicht …«

»Wie es aussieht«, beendete Olivia den Satz für ihn. »Ich weiß, oder zumindest hoffe ich es.«

»Oh Gott.« Meg trat einen Schritt näher. »Das hat jetzt bestimmt ziemlich verdächtig gewirkt, aber ich habe Dylan gerade erzählt, dass ich schwanger bin, und er wollte mir gratulieren, mehr nicht.«

»Schwanger?«, wiederholte Olivia. Sie war mindestens genauso überrascht, wie Dylan es vorhin gewesen war.

»Ja. Von meinem Ex.« Meg legte erneut die Hände auf ihren noch ganz flachen Bauch.

»Ähm, tja, dann herzlichen Glückwunsch …«, stotterte Olivia verunsichert.

»Danke.« Meg lächelte sie an. »Hör zu, Olivia, wir haben uns zwar eben erst kennengelernt …«

»Wie, ihr kennt euch schon?«, fragte Dylan überrascht.

»Ja, vorhin in der Küche, als ich gekommen bin«, erklärte Meg. »Callie hat uns einander vorgestellt.«

Dylan hob eine Augenbraue. »Du hast gewusst, dass ich in Begleitung von Olivia da bin, und trotzdem wolltest du, dass ich dich umarme? Also ehrlich, Meg, das finde ich nicht in Ordnung.«

Sie wich entsetzt einen Schritt zurück. »Entschuldige. Ich wusste nicht, dass …«

»Ich wollte eigentlich deswegen mit dir reden, aber du hast mich ja gleich mit deiner Schwangerschaft überfallen. Du solltest wirklich ein bisschen mehr nachdenken – über mich, über die Typen, mit denen du dich einlässt, und ganz allgemein.«

Olivia legte ihm eine Hand auf den Arm. »Nicht jetzt, Dylan.«

Ihm entging nicht, dass Meg in Anbetracht seines Ausbruchs sichtlich bekümmert und zerknirscht wirkte. »Du musst schon entschuldigen, Meg, aber ich will nicht zwischen den Stühlen sitzen, und ich will mich nicht für eine von euch beiden entscheiden müssen. Falls ich es doch tun muss, dann …«

»Dylan!«, unterbrach ihn Olivia nachdrücklich. »Hör auf. Wir haben's kapiert, alle beide.«

Er sah von Olivia zu Meg. Diese nickte. »Olivia hat

recht. Ich habe begriffen, dass ich lernen muss, auf eigenen Beinen zu stehen. Wir sind schließlich kein Paar mehr, da kann ich nicht mit jedem Problem zu dir rennen«, sagte sie leise. »Ich habe mich eben daran gewöhnt, dass du single bist.« Sie sah zu Olivia. »Es tut mir leid.«

Diese lächelte sie an. »Danke. Mir tut es auch leid.«

»Was?«, fragte Meg verdattert.

»Dass ich Dylan deinetwegen schon mehrmals die Hölle heißgemacht und ihn damit in diese unangenehme Situation gebracht habe.«

Meg blinzelte, überrascht von diesem unerwarteten Geständnis.

Dylan stieß ein Geräusch hervor, das halb Lachen, halb Husten war. Er war es nicht gewohnt, von derart verständnisvollen und vernünftigen Frauen umgeben zu sein. Nicht, dass er für Olivias Eifersucht kein Verständnis gehabt hätte. Aber dass sich die Lage nun deutlich entspannt hatte, machte doch alles bedeutend einfacher.

»Tja, dann hätten wir das ja geklärt …«, sagte er.

»Ich hole mir jetzt ein Glas Orangensaft«, verkündete Meg etwas verlegen und schickte sich an zu gehen.

»Meg?«

Sie fuhr herum.

»Ich freue mich darauf, dich besser kennenzulernen«, sagte Olivia, zu Dylans großer Verblüffung.

Meg wirkte mindestens ebenso überrascht. »Das wäre schön.«

Dann machte sie sich auf den Weg zur Terrasse.

Dylan atmete erleichtert auf und drehte sich zu Olivia um.

»Du bist unglaublich«, sagte er und schlang ihr die Arme um die Taille.

»Danke. Aber sei gewarnt. Ich werde weiterhin wachsam bleiben.«

»Wie habe ich das zu verstehen?«

»Ich war *tierisch* eifersüchtig, als ich gesehen habe, dass ihr zwei euch in der hintersten Ecke verkrochen habt – und dann habt ihr euch auch noch umarmt, als wärt ihr ein Paar …«

Dylan wusste nur zu gut, dass etwaige Witze zum Thema Eifersucht jetzt ganz und gar nicht angebracht waren. Und er behielt tunlichst für sich, wie fröhlich ihn ihre Eifersucht auf Meg insgeheim stimmte, denn sie bedeutete, dass Olivia etwas für ihn empfand.

»Ich weiß nicht, ob ich in der Lage gewesen wäre, danach einigermaßen freundlich aufzutreten, wenn du ihr nicht die Leviten gelesen hättest, obwohl ich es mir eigentlich fest vorgenommen hatte.«

Er drehte sie herum, sodass sie mit dem Rücken zu dem Wäldchen hinter dem Haus stand, vom Garten abgewandt. Dann legte er ihr eine Hand auf den Hintern und zog sie an sich, um sie spüren zu lassen, wie sehr er sie begehrte. »Das hier ist für dich. Verstanden? Nur für dich.«

Die Anspannung fiel sichtlich von ihr ab, und sie schmiegte sich an ihn. »Ich weiß. Und das, was du zu Meg über uns gesagt hast, bedeutet mir unheimlich viel«, sagte sie mit rauer Stimme, und er schmolz dahin, dabei war er ohnehin schon total hin und weg von ihr.

»Dir ist schon klar, dass dich Meg jetzt noch mehr brauchen wird, oder?«, fuhr sie fort.

Er schüttelte den Kopf. »Sie ist erwachsen und wird lernen müssen, sich allein durchs Leben zu schlagen und die richtigen Entscheidungen zu treffen. Es ist höchste Zeit. Wir sind befreundet, aber ich bin weder ihr Mann noch sonst irgendetwas in dieser Richtung. Ich gehöre zu dir.«

»Okay.« Olivia lächelte.

Er nickte. »Okay.« Er konnte nur hoffen, dass sie ihre Worte aufrichtig gemeint hatte und nicht mehr sauer auf ihn war.

***

Als die Party allmählich zu Ende ging, öffnete Ava Dylans Geschenk. Es enthielt eine total überteuerte American-Girl-Puppe, von der sie hellauf begeistert war. Bald darauf verabschiedeten sich Olivia und Dylan von den anderen Gästen und machten sich auf den Weg zu seiner Wohnung. Meg war schon vor einer Weile nach Hause gefahren – angeblich, weil ihr übel war. Olivia wünschte ihr weder, dass es ihr schlecht ging, noch, dass sie sich schämte oder ein schlechtes Gewissen hatte. Sie wollte einfach nur Frieden, und sie hoffte, irgendwann ganz zwanglos mit Meg umgehen zu können. Dylan erwähnte seine Ex mit keinem Wort, und Olivia war klug genug, das Thema nicht von sich aus anzuschneiden.

Sie wollte nur noch nach Hause. Mit ihrem Mann. Denn genau das war Dylan – jedenfalls im Moment. Sie wusste nicht, was die Zukunft bringen würde, aber ihr war klar, dass sie ihm alles über ihre Vergangenheit erzählen musste. Sie konnte ihm diesen verletzlichen Teil ihrer selbst unmöglich noch länger vorenthalten, nun, da sie wusste, dass sie ihn liebte. Bislang hatte es zwar noch keiner von ihnen ausgesprochen, und sie hatte keine Ahnung, ob er dasselbe empfand wie sie für ihn. Er hatte schon viel Schmeichelhaftes zu ihr gesagt, aber nicht die berühmten drei Worte. Trotzdem war sie ihm die Wahrheit schuldig.

Dylans Wohnung war nur einen Häuserblock vom Meer entfernt. »Hier war ich noch nie«, sagte Olivia auf dem Weg vom Parkplatz zum Eingang und sah sich um.

»Ich weiß, und ich werde dir die Gegend zeigen – später. Nicht, dass es hier allzu viel zu sehen gäbe.« Er grinste und schlang ihr eine Hand um die Taille, um sie an sich zu ziehen. »Außer vielleicht … in meinem Schlafzimmer. Das ist echt sehenswert.« Damit hob er sie hoch und trug sie über die Schwelle in seine ausgesprochen luxuriöse Wohnung.

»Dylan!« Sie lachte über seine impulsive Art. Dann legte sie ihm eine Hand auf die Wange. »Ich muss mit dir reden.«

Dylan stöhnte. »Vorher oder nachher?« Er vergrub das Gesicht in ihrer Halsbeuge, um ihr zu signalisieren, wo seine Prioritäten lagen. Er wusste genau, wie sehr sie das liebte.

»Jetzt gleich«, sagte sie, obwohl ihr ganzer Körper bereits kribbelte vor Verlangen.

Er lehnte die Stirn an die ihre und stöhnte erneut. »Okay. Aber nicht im Schlafzimmer. Wenn du neben mir auf dem Bett sitzt, kann ich mich nicht konzentrieren.« Er machte kehrt und trug sie ins Wohnzimmer, wo er sie auf dem Sofa absetzte und neben ihr Platz nahm.

Dann ergriff er ihre Hand. Er ahnte offenbar, dass sie für das, was sie ihm zu erzählen hatte, viel Kraft benötigen würde.

»Ich habe dir ja erzählt, dass mein College-Freund fremdgegangen ist …«

Er nickte. »Also, wenn es um Meg geht …«

»Nein, nein«, versicherte sie ihm hastig. »Es geht um mich, aber ich muss dafür ein bisschen ausholen.«

»Okay. Schieß los. Ich bin ganz Ohr.«

Sie atmete tief durch. »Gut. Ich schätze, im Grunde muss ich noch weiter zurückgehen – zu meiner Kindheit und Jugend. Denn im Nachhinein betrachtet, war es ganz offensichtlich, dass Jeff nicht mit dem Herzen bei der Sache war. Ich habe die Anzeichen bloß ignoriert, weil das einfacher war, als mir die Wahrheit einzugestehen. Du kannst dir bestimmt denken, wo ich mir dieses Verhalten abgeschaut habe …« Dylan nickte bedächtig. »Genau. Meine Mutter hatte damals das Ignorieren von Tatsachen zu einer Kunstform erhoben.«

»Du meinst, sie hat geahnt, dass dein Vater fremdgegangen ist?«

Olivia zuckte die Achseln. »Ich war damals noch ein Kind und habe keinerlei Verdacht geschöpft, aber meine Mom musste doch zumindest vermutet haben, was wirklich hinter seinen ganzen langen Geschäftsreisen steckte. Er war weder an wichtigen Feiertagen noch an Geburtstagen da – ganz zu schweigen von ihrem *Hochzeitstag* …« Sie schüttelte den Kopf. »Verstehe mich nicht falsch; sie war … sie *ist* eine tolle Mutter. Aber sie muss gespürt haben, dass mein Vater sie betrog.«

Dylan strich ihr über die Wange. »Du hast bestimmt recht. Und ich kann nachvollziehen, dass dich das geprägt hat, in mehrfacher Hinsicht.«

»Na ja, das sind erlernte Verhaltensweisen, so viel ist sicher. Ich habe vieles von dem, was Jeff getan hat, ignoriert. Ich hab seine Lügen geschluckt, weil ich oft genug miterlebt habe, dass meine Mutter dasselbe getan hat. Ich wäre nie auf die Idee gekommen, seine Worte zu hinterfragen. Jedenfalls damals nicht.« Sie nagte an ihrer Unterlippe. Gut möglich, dass sie sich intuitiv einen Mann ausgesucht hatte, der genau wie ihr Vater nur an sich und seine eigenen Bedürfnisse dachte.

»Wow. Das ist ja ganz schön heftig«, sagte Dylan. »Aber ich hoffe, dir ist klar, dass ich dich niemals betrügen w…«

»Ich weiß.« Sie legte ihm den Zeigefinger auf die Lippen, wohl wissend, dass sie weitersprechen musste, weil sie nicht sicher war, ob sie je wieder den Mut finden würde, sich das alles von der Seele zu reden.

Als er anfing, an ihrem Finger zu lecken und zu saugen, stöhnte sie auf. »Später«, murmelte sie, obwohl ihr Slip bereits feucht wurde.

Dylan grinste und nickte. »Ich werde mich benehmen, versprochen.«

»Nur noch ein paar Minuten, dann kannst du meinetwegen so ungezogen sein, wie du willst.« Vorausgesetzt, das wollte er dann überhaupt noch, nachdem er gehört hatte, wie sich die Erlebnisse ihrer Vergangenheit auf die Gegenwart auswirkten. Sie schluckte schwer.

»Okay, weiter im Text. Was muss ich noch wissen?«, fragte er.

»Ich habe die beiden im Bett erwischt. So habe ich davon erfahren.«

»Ja, das hattest du erwähnt.« Seine dunklen Augen sprühten vor Zorn.

Sein Zorn galt dem Mann, der sie verletzt hatte – eine Erkenntnis, bei der ihr warm ums Herz wurde und die nie da gewesene Glücksgefühle in ihr weckte.

Jetzt musste sie nur noch die nächsten paar Minuten durchstehen.

* * *

Dylans Nerven waren zum Zerreißen gespannt, doch er bemühte sich um eine geduldige Miene, während er Olivias Eröffnung abwartete. Was auch immer sie ihm sagen wollte, konnte ihrer Ansicht nach offenbar eine entscheidende Wende in ihrer Beziehung herbeiführen.

»Es gab damals einen bestimmten Grund für meinen Besuch bei ihm.« Sie umklammerte seine Hand. »Ich war schwanger, und das wollte ich ihm sagen.«

»Oh Gott.« Sie musste blutjung gewesen sein.

»Und wie gesagt, er war …«

»Mit einer anderen Frau im Bett«, ergänzte Dylan mit vor Verachtung triefender Stimme. Sie sollte wissen, dass er ihr genau zuhörte und dass sie sein vollstes Mitgefühl hatte.

»Mit einer Tutorin, die er mir bis dahin als seine beste Freundin verkauft hatte. Er hat mir immer versichert, zwischen ihnen würde nichts laufen. Alles ganz harmlos.«

Dylan fluchte verhalten. Kein Wunder, dass sie so misstrauisch auf seine enge Freundschaft mit Meg reagiert hatte.

»Kaum hatte ich begriffen, was Sache war, bin ich getürmt, und als ich ihm hinterher erzählt habe, dass er Vater wird, hat er mir vorgeworfen, ich hätte es darauf angelegt, mich von ihm schwängern zu lassen.« Tränen rollten ihr über die Wangen. Sie wischte sie wütend weg.

»Willst du?« Er hob den Saum seines T-Shirts an, doch sie schüttelte lächelnd den Kopf.

»Nein, lass nur, danke.«

Nun ergriff er auch ihre andere Hand. »Was ist mit dem Baby passiert?«, fragte er leise.

Ihr zierlicher Körper wurde von einem heftigen Schauder erfasst. »Bevor ich dazu komme, muss ich dir erst erklären, was damals in mir vorgegangen ist.«

»Nur zu. Wir haben alle Zeit der Welt.«

»Ich habe niemandem am College davon erzählt, aber als ich in den Ferien zu Hause war, habe ich mit meiner Mutter darüber geredet, und sie hat versprochen, mich zu unterstützen, ganz egal, wie ich mich entscheide.«

»Sie ist wirklich eine tolle Frau.«

»Ja, das ist sie. Sie ist sämtliche Optionen mit mir durchgegangen. Erst wusste ich nicht genau, was ich wollte. Ich wusste nur, dass ich nicht ewig Zeit hatte, um eine Entscheidung zu treffen. Ich hatte panische Angst. Mir war klar, dass ich das Studium vermutlich nicht beenden würde, wenn ich es unterbrach, um das Kind zu bekommen. Ich sah mich als alleinerziehende Mutter ohne nennenswerte berufliche Perspektiven ...«

Dylan versuchte sich vorzustellen, wie das für sie gewesen sein musste. »Du warst so stark«, sagte er.

»Ich kam mir gar nicht stark vor. Ich hatte solche Angst. Trotzdem war mir schon damals klar, dass ich das Kind nicht abtreiben lassen würde. Und ehe ich wusste, wie mir geschah, war ich auch schon in der zwölften Schwangerschaftswoche und konnte spüren, wie sich das Baby bewegte.« Bei der Erinnerung daran leuchteten ihre Augen auf. »Und erst da habe ich angefangen, darüber nachzudenken, was es bedeutet, ein Kind zu haben. Ich würde für einen kleinen Menschen verantwortlich sein, um den ich mich kümmern musste und der mich lieben würde.« Jetzt ging Dylan ein Licht auf. Nun waren sie am entscheidenden Punkt angelangt. Er kannte Olivia inzwischen gut genug und wusste, die Tatsache, dass ihr Vater sie quasi verlassen hatte, war die Ursache für ihre misstrauische Haltung gegenüber Männern. Eigentlich sollte ein Vater seine Kinder bedingungslos lieben, doch Robert Dare waren die Kinder, die er mit seiner zweiten Frau gezeugt hatte, viel wichtiger gewesen als Olivia und ihre Geschwister. Und dann hatte der

Vater ihres Kindes dasselbe getan, zu einer Zeit, als sie selbst im Grunde noch ein Teenager gewesen war.

»Und dann?«, fragte er.

Sie holte zitternd Luft. »Kaum hatte ich beschlossen, das Kind zu bekommen, da war meine Schwangerschaft auch schon vorbei. Eines Nachts bin ich mit heftigen Blutungen aufgewacht, und …« Sie zuckte die Achseln. »Ich hatte eine Fehlgeburt. Und von einem Tag auf den anderen war der kleine Mensch, der zu mir gehören sollte und den ich bereits liebte, weg. Mir war gar nicht klar gewesen, wie sehr ich mich auf das Baby gefreut hatte, bis ich das ganze Blut überall sah …«

Die Erinnerung daran ließ sie schaudern und trieb ihr erneut die Tränen in die Augen. Sie schluchzte und schniefte eine Weile, sichtlich um Fassung ringend. Dylan konnte nichts weiter für sie tun, als sie im Arm zu halten und für sie da zu sein. Schließlich wischte sie sich die Tränen von den Wangen, setzte sich etwas aufrechter hin und sah ihn an.

»Es tut mir so leid, Süße.«

Sie nickte. »Danke.«

»Ich bin froh, dass du es mir erzählt hast.«

Sie zwang sich zu lächeln. »Tja, das Problem ist, dass mich dieser Verlust sehr geprägt hat. Und ich habe keine Ahnung, ob ich mich je wieder dem Risiko aussetzen kann, so etwas noch einmal durchzumachen.«

»Was willst du damit sagen?«

»Ich hatte danach sehr lange mit Depressionen zu kämpfen und … Na ja, ich weiß nicht, ob ich je wieder schwanger sein will.«

Dylan schwirrte der Kopf. Der von Gefühlen bestimmte Teil seines Gehirns rebellierte gegen die Tatsache, mit der sie ihn gerade konfrontiert hatte. Er war ohne Vater aufgewachsen und hatte auch von seiner Mutter nicht allzu viel gehabt, und er wollte all das, was ihm verwehrt geblieben war, nachholen. Und zwar mit Olivia, verdammt noch mal.

»Ich habe dich vorhin mit Ava beobachtet. Ich wette, du willst irgendwann Kinder, und ich dachte, du solltest wissen, wie ich zu diesem Thema stehe, ehe das mit uns beiden noch ernster wird«, sagte sie mit belegter Stimme und musterte ihn erwartungsvoll, die Augen weit aufgerissen, die Hände im Schoß gefaltet.

Sie erwartete wohl, dass er sie jetzt verlassen würde. Weil ihr bislang noch nie ein Mann die Treue gehalten hatte, wie Dylan in diesem Moment mit schockierender Deutlichkeit bewusst wurde. Aufgrund ihrer Vergangenheit zweifelte sie daran, dass sie je einem Mann so wichtig sein würde, dass er bei ihr blieb.

Aber das war sie. Sie war sein Ein und Alles.

Die Erkenntnis traf ihn wie ein Schlag in die Magengrube. Aber er war dankbar, dass er es noch rechtzeitig begriffen hatte. Natürlich war es ein Risiko, bei ihr zu bleiben, weiter in diese Beziehung zu investieren, obwohl sie von dem, was sie ihm gerade offenbart hatte, felsenfest überzeugt war. Genau das war der Grund dafür, dass sie um ernste Beziehungen so lange einen großen Bogen gemacht hatte und nicht gewillt gewesen war, sich mit ihm einzulassen.

Und hinter dem, was sie ihm jetzt erzählt hatte, steckte doch auch nur der Versuch, ihn zu vergraulen, ehe er sie verlassen konnte. Er hatte sie und ihr Denkmuster durchschaut, und nun war es an ihm, ihr zu beweisen, dass sie falschlag.

Er nahm ihre Hände.

»Okay«, sagte er in die unheilvolle Stille hinein.

Sie zog verwirrt die Nase kraus. »Was soll das heißen?«

»Dass ich verstanden habe. Du glaubst, du willst keine Kinder. Aber beantworte mir eine Frage: Wann habe ich dir je das Gefühl gegeben, dass es mir um mehr geht als um dich?«

Sie musterte ihn argwöhnisch, mit feuchten Augen. »Das meinst du doch nicht ernst.«

»Willst du mir etwa unterstellen, dass ich lüge?«

Sie öffnete den Mund, doch er wollte keinen Ton mehr von ihr hören, außer vielleicht ihre Lustschreie, während er sie wild und leidenschaftlich nahm.

Also erhob er sich und zog sie mit sich ins Schlafzimmer, um ihr zu zeigen, dass er nicht gedachte, sie zu verlassen. Er musste bloß geduldig sein, sich auf die Hinterbeine stellen und ihr all die Liebe und Sicherheit geben, nach der sie sich ihr Leben lang gesehnt hatte. Wenn er Glück hatte, würde es ihm irgendwann gelingen, ihr Vertrauen zu gewinnen und sie zum Umdenken zu bewegen, damit auch sie den Wunsch verspürte, eine Familie zu gründen. Mit ihm.

So hoch gepokert hatte er in seinem ganzen Leben noch nie.

10

In Olivias Büro hatte den ganzen Tag ein ständiges Kommen und Gehen geherrscht, aber sie war froh darüber, dass sie so beschäftigt war, denn in jeder freien Minute schweiften ihre Gedanken zu Dylan ab. So wie jetzt, als sie an ihrem Schreibtisch saß und nachdenklich mit dem Sonnenanhänger spielte, den er ihr geschenkt hatte und der sie stets daran erinnerte, mit was für einem tollen Mann sie nun ihr Leben teilte. Sie hatte Dylan die Wahrheit über ihre Vergangenheit erzählt und ihm ihre Ängste in Bezug auf die Zukunft geschildert, aber er hatte sie trotzdem nicht verlassen.

Nein, er war noch immer bei ihr, und sie hatte keine Ahnung, was sie davon halten sollte. Wie konnte es ihm egal sein, dass sie nicht wusste, ob sie Kinder haben wollte oder nicht? Wie konnte er davon ausgehen, dass *sie* ihm vollauf genügen würde? Schön und gut, wenn er jetzt dieser Überzeugung war, aber was, wenn er irgendwann seine Meinung änderte? Was, wenn er es ihr irgendwann übel nahm, dass sie keine Kinder wollte?

Die Woche war wie im Flug vergangen – nicht zuletzt

deshalb, weil so viel zu tun gewesen war –, aber es hatte sich nichts zwischen ihnen geändert, mal abgesehen davon, dass er sich in letzter Zeit noch mehr um ihre Gunst bemühte, als wollte er ihr damit etwas beweisen. Er hatte ihr Blumen ins Büro schicken lassen, hatte sie zum Essen ausgeführt oder bei sich zu Hause für sie gekocht. Und sie hatte jede Nacht bei ihm verbracht. Wenn er es sich zum Ziel gesetzt hatte, ihr zu beweisen, dass er bei ihr bleiben würde, dann war er mit dieser Strategie ziemlich erfolgreich.

Und Olivia hätte sich ohne Weiteres an diese neuen Gegebenheiten gewöhnen können. Jetzt musste sie sich nur noch entspannen und sich gestatten, daran zu glauben, dass alles gut gehen würde. Doch nein, stattdessen verfolgten ängstliche Gedanken sie bis in den Schlaf hinein, und wenn sie morgens wie gerädert erwachte, half selbst eine doppelte Dosis Koffein nicht das Geringste.

Es überraschte sie nicht weiter, als es zum x-ten Mal an ihrer Tür klopfte, schließlich ging das schon den ganzen Tag so.

»Herein!«, rief sie und hob den Kopf. Zu ihrer Überraschung trat Meg ein und schloss die Tür hinter sich.

Sie musste direkt von der Schule gekommen sein, denn ihre schwarze Hose hatte staubige Knie und war mit Farbflecken übersät.

Olivia erhob sich, doch Meg bedeutete ihr, sitzen zu bleiben. »Bitte entschuldige, dass ich dich so unangemeldet überfalle.«

»Kein Problem. Wolltest du zu Dylan?«, fragte Olivia,

die sich nicht vorstellen konnte, dass Meg nur ihretwegen hier war.

Meg schüttelte den Kopf. »Nein. Ich habe zwar vorn am Empfang seinen Namen genannt, weil ich auf seiner Besucherliste stehe, aber eigentlich bin ich deinetwegen gekommen. Ich hatte gehofft, dass du noch da bist.«

»Ehrlich gesagt hatte *ich* gehofft, um diese Zeit längst zu Hause zu sein.« Olivia schüttelte den Kopf, als ihr bewusst wurde, wie das klang. »Ich will damit sagen, dass es eine anstrengende Woche war und ich es kaum erwarten kann, Feierabend zu machen.«

Meg trat näher. »Glaub mir, das kenne ich.«

Olivia deutete auf einen der Stühle, die auf der anderen Seite ihres Schreibtisches standen, und Meg ließ sich stöhnend auf einem davon nieder. »Ich bin fix und fertig. Die ersten zwölf Wochen sind echt hart.«

»Ich ...« Olivia verstummte abrupt. *Ich weiß,* hätte sie beinahe gesagt, hatte sich jedoch gerade noch bremsen können. Sie konnte damit leben, dass Dylan Bescheid wusste, aber sie war noch nicht so weit, mit einer Frau, die sie kaum kannte, darüber zu reden. »Das kann ich mir lebhaft vorstellen. Also, was kann ich für dich tun?«

»Du fragst dich bestimmt, warum ich hier bin.« Meg lächelte schief. »Ich habe ein total schlechtes Gewissen, weil ich mich dir gegenüber so unfair verhalten habe. Aber das ist mir erst im Nachhinein klar geworden.« Sie atmete tief durch. »Ich schätze, ich habe mich einfach daran gewöhnt, dass mir Dylan jederzeit auf Abruf zur

Verfügung steht – als Freund«, versicherte sie Olivia hastig. Ihre Wangen glühten vor Verlegenheit.

Olivia fühlte sich auch nicht sonderlich wohl in ihrer Haut, aber die Tatsache, dass Meg das Gespräch mit ihr gesucht hatte, nötigte ihr einigen Respekt ab.

»Denn wie gesagt, Dylan und ich sind wirklich nur befreundet, und weil das so ist, möchte ich, dass er glücklich ist. Und du scheinst ihn glücklich zu machen, und deshalb wollte ... ich mich bei dir entschuldigen.« Jetzt schienen ihr sowohl die Worte als auch die Luft ausgegangen zu sein. Sie hatte ihre Entschuldigung zwar hastig vorgebracht, aber es hatte den Anschein, als wäre sie wirklich ein herzensguter Mensch.

»Danke. Ich weiß es zu schätzen, dass du deswegen hergekommen bist«, sagte Olivia. Es hatte Meg bestimmt einige Überwindung gekostet.

»Ich wollte dir nur sagen, dass ich Dylan nicht mehr ständig mit Anrufen bombardieren werde. Mir ist klar, dass das nicht geht. Aber ich fände es schön, wenn wir ... uns anfreunden könnten.«

Olivia lächelte. »Ich auch. Schon weil ich weiß, dass Dylan dich nicht verlieren möchte.« Und das konnte sie irgendwie auch nachvollziehen. Sie hatte eine riesige Familie; er dagegen hatte nur Callie und Meg, wenn man seinen und Megs Beteuerungen glauben konnte. Und das wollte Olivia – aus Vernunftgründen und nicht, um die Augen vor irgendwelchen offensichtlichen Tatsachen zu verschließen.

»Danke.« Meg stand auf. »Tja, ich bin sicher, du willst schleunigst nach Hause, und ich habe ein langes Wochenende vor mir. Falls mich der Vater meines Kindes zurückruft, muss ich ihm beibringen, dass ich von ihm schwanger bin.«

Olivia verzog das Gesicht. »Puh. Dann viel Glück. Was meinst du, wird er sich darüber freuen?«

Meg schüttelte den Kopf. »Das bezweifle ich. Er ist selbst noch total unreif. Ich muss mir wirklich angewöhnen, künftig etwas kritischer bei der Partnerwahl zu sein. In Zukunft muss ich allerdings einen finden, der verrückt genug ist, sich eine Frau mit Kind anzulachen. Mit anderen Worten, ich sollte mich wohl darauf einstellen, mit dem Knirps allein zu bleiben.« Sie tätschelte ihren Bauch, dem bis jetzt nichts anzusehen war.

Olivia blinzelte. All das kam ihr nur zu bekannt vor, schließlich hatte sie sich vor langer Zeit in genau der gleichen vertrackten Lage befunden. Doch es würde Meg nicht weiterhelfen, wenn sie ihr von ihren eigenen traumatischen Erfahrungen erzählte, wenngleich sie seltsamerweise plötzlich den Impuls verspürte, es zu tun. Kein Wunder, Meg war ein so offener, freundlicher Mensch und eine angenehme Gesprächspartnerin obendrein.

Trotzdem wünschte sie ihr dann doch nur alles Gute.

»Danke. Auch für dein Verständnis und dafür, dass du mich nicht gleich rausgeworfen hast. Wir könnten ja mal zusammen Mittagessen gehen, an einem meiner seltenen freien Tage oder an einem Wochenende vielleicht?«

Olivia nickte. »Gern«, sagte sie und meinte es absolut ehrlich. »Ruf mich einfach an.« Sie holte eine Visitenkarte aus der Schreibtischschublade und notierte auf der Rückseite ihre private Handynummer.

»Mach ich. Danke.« Meg schenkte ihr ein breites, aufrichtiges Lächeln.

Olivia erhob sich, um sie noch zur Tür zu bringen. Als sie selbige für Meg öffnete, sah sie sich ihrer Schwägerin Madison gegenüber.

Meg verabschiedete sich rasch, und sobald sie sich zum Gehen gewandt hatte, trat Madison ein.

»Gott, was für ein Tag«, stöhnte Olivia. »Ich hatte eine Besprechung nach der anderen.«

»Soll ich ein andermal wiederkommen?«, fragte Madison.

»Nein, nein, für dich habe ich immer Zeit.« Olivia umarmte sie. »Du siehst toll aus.« Sie trat einen Schritt zurück, um Madisons rosige Wangen und ihr langes blondes Haar zu betrachten. »Ich nehme mal an, mein Bruder benimmt sich einigermaßen anständig.«

Alex hatte zwar eine andere Mutter als sie, aber irgendwann war es Olivia einfach zu lästig geworden, immer die Bezeichnung Halbbruder zu verwenden. Außerdem mochte sie Alex und seine Geschwister wirklich gern. Sie konnten ja nichts für das Fehlverhalten ihres Vaters.

Madison nickte. »Jep. Die Ehe tut ihm gut, und mir ebenfalls.«

»Ich finde es ja immer noch sehr schade, dass ihr klammheimlich in Vegas geheiratet habt. Wir wären zu gern alle mit von der Partie gewesen.«

Madison zuckte entschuldigend die Achseln. »Ich

weiß, aber ich habe nun einmal keine Familie und hätte es echt deprimierend gefunden, allein zum Altar zu schreiten, deshalb war es mir lieber, wenn wir nur zu zweit sind. Ich hoffe, du verstehst das.«

»Natürlich.« Madison war in einer Pflegefamilie aufgewachsen und hatte ebenfalls schwer mit der Angst vor dem Verlassenwerden zu kämpfen gehabt, nicht zuletzt deshalb, weil Alex, nachdem er ihr Herz im Sturm erobert hatte, plötzlich einen Rückzieher gemacht hatte. Danach hatte es ihn einige Mühe gekostet, sie endgültig für sich zu gewinnen, und das geschah ihm auch ganz recht, fand Olivia.

»Hey, du weißt doch, unsere Familie ist auch deine Familie. Und unsere Familie ist ganz schön groß«, erinnerte sie ihre Schwägerin.

Madison nickte mit Tränen in den Augen.

»Ja, inzwischen sehe ich das alles etwas anders. Damals fand ich vor allem den Gedanken an diese ganzen Hochzeitstraditionen, bei denen die Familie eine Rolle spielt, unerträglich. Aber jetzt blicke ich zuversichtlich nach vorn, in eine Zukunft, in der es vor Dares nur so wimmelt.«

Olivia lachte und umarmte sie noch einmal, dann deutete sie auf ihre Besucherstühle.

»Willst du dich setzen?«

Madison nickte, und sie nahmen beide Platz.

»Eigentlich wollte ich dich über den neuesten Stand im Fall Marcus Bigsby informieren.« Madison war für die Schulungen zuständig, die Ian eingeführt hatte, um die Spieler auf die Zeit nach ihrer aktiven Footballkarriere vorzubereiten. Davor hatte sie als Sozialarbeiterin gearbeitet und in dieser Funktion unter anderem Riley betreut, die sich nach einem Zwischenfall mit ihrem gewalttätigen Vater bei ihr psychotherapeutischen Rat geholt hatte. Über Riley hatte sie dann Alex kennengelernt.

»Wie geht es Marcus denn so?«, erkundigte sich Olivia. »Ich habe ihn seit dem Pro Bowl nicht gesehen und auch nichts von ihm gehört.«

Madison zuckte die Achseln. »Auf der einen Seite ist er bereit, unsere Ratschläge zu befolgen. Er hat sich mit einem Finanzberater zusammengesetzt und eingewilligt, an diversen Hochschulen über die Probleme einer Laufbahn als Profifootballer zu sprechen.«

»Klingt doch ganz gut.«

Madison nickte. »Ich habe auch mit ihm über den schädlichen Einfluss bestimmter Menschen gesprochen, aber er ist immer noch hin- und hergerissen wegen seinem Cousin. Seine Familie macht ihm Vorwürfe, weil er Wendell nicht bei sich haben will.«

Olivia schnaubte frustriert. »Ich verstehe das nicht. Warum bestehen seine Eltern darauf, dass Wendell bei ihm ist, obwohl er ihm ständig Schwierigkeiten einbrockt?«

»Keine Ahnung. Ich weiß nur, dass er sich nach wie vor von diesem Aas beeinflussen lässt, und das könnte durchaus noch Probleme geben. Ich hoffe, dieser Mistkerl hält sich von ihm fern.«

»Ich auch«, sagte Olivia bekümmert. Sie wünschte Big von Herzen, dass er auch abseits des Spielfelds erfolgreich war.

»Wir können nur die nötigen Rahmenbedingungen schaffen, damit er sein Leben in den Griff bekommt. Der Rest ist ihm überlassen. Wir tun für ihn, was wir können, inklusive deiner Person.«

Sie nickte. »Ich weiß. Danke für die Info.«

»Und, wie läuft's zwischen dir und Dylan?«, wollte Madison wissen.

Die Frage hätte Olivia eigentlich nicht weiter überraschen sollen, doch sie war nicht in der Stimmung, über ihre Gefühle zu reden.

»Hervorragend«, sagte sie und erhob sich, um sich auf ihren Drehstuhl zu setzen.

»Ach ja? Und warum verschanzt du dich dann plötzlich hinter deinem Schreibtisch?«, wollte Madison wissen.

Olivia verdrehte die Augen. »Ich hasse es, wenn du mir gegenüber die Psychotherapeutin raushängen lässt.«

Madison schüttelte den Kopf. »Tu ich gar nicht. Als ich hier reingekommen bin, habe ich auf den ersten Blick gesehen, dass du völlig erschöpft bist und dich irgendetwas belastet. Ich nenne das Freundschaft, nicht Psychotherapie.« Sie verschränkte die Arme vor der Brust und musterte Olivia mit einem wissenden, entschlossenen Blick.

»Und das weiß ich auch sehr zu schätzen.« Olivia seufzte tief. »Es gibt da ein paar Dinge, die mich beschäftigen, aber ich komme schon allein damit klar.«

»Okay, aber lass nicht zu, dass diese Dinge zwischen dir und einem tollen Mann stehen. Wäre mir ja auch beinahe passiert. Aber ich hab das Problem erkannt.« Madison erhob sich. »Falls du Hilfe brauchst, ruf an, ja?«

»Mach ich.« Olivia wusste, sie konnte sich glücklich schätzen, dass sie jemanden hatte, der sich um ihr Wohl sorgte. Meg dagegen schien ziemlich auf sich gestellt zu sein. Und wenn sich jemand vorstellen konnte, wie grauenhaft das für eine Frau in ihrer Situation sein musste, dann Olivia.

* * *

Dylan erwartete Olivia wie vereinbart um fünf am Ausgang zum Parkplatz. Sie sah wieder einmal verboten sexy aus in ihrem knielangen schwarzen Rock und der weiten Seidenbluse, deren dezenter V-Ausschnitt einen züchtigen Blick auf ihr Dekolleté freigab. Er hätte sie den ganzen Tag betrachten können und sich keine Sekunde gelangweilt. Und obwohl er einen anstrengenden Tag hinter sich hatte, lief ihm bei ihrem Anblick förmlich das Wasser im Mund zusammen.

»Na, was möchtest du heute Abend machen?«, fragte er, als sie zu ihren Autos gingen. Olivia fuhr nach wie vor lieber mit ihrem eigenen Wagen zur Arbeit, und Dylan hatte nichts dagegen, solange er sie nach Feierabend für sich hatte. »Ich könnte einen Tisch bei Emilio reservieren«, schlug er vor.

Olivia mochte das kleine italienische Restaurant ganz in der Nähe seiner Wohnung zwar sehr, aber sie war müde. »Macht es dir etwas aus, wenn wir heute Abend zu Hause essen?«, fragte sie und hielt sich die Hand vor den Mund, weil sie gähnen musste.

»Klar, solange du mit ›zu Hause‹ meine Wohnung meinst.« Er ergriff ihre Hand.

Sie betrachtete ihn einen Augenblick lang, und er fürchtete schon, sie könnte Protest einlegen, aber sie nickte. »Meinetwegen. Ich muss unterwegs bloß einen kurzen Zwischenstopp bei mir einlegen und ein paar Sachen holen.«

»Gut. Und ich bestelle uns in der Zwischenzeit etwas zu essen, dann ist es da, bis du kommst.«

»Du bist der Größte.« Sie stellte sich auf die Zehenspitzen und küsste ihn auf die Lippen.

Dylan schlang ihr die Arme um die Taille und zog sie an sich, um den Kuss zu erwidern. Er hatte Nachholbedarf, nachdem sie sich den ganzen Tag nicht gesehen hatten.

Ihre Zungen umspielten einander, und binnen kürzester Zeit hatte sie ganz weiche Knie. Kein Wunder – er neckte sie und knabberte an ihrer Lippe, als wollte er dafür sorgen, dass sie an nichts anderes denken konnte als an ihn, bis sie nachher bei ihm auf der Matte stand.

Dann ließ er behutsam von ihrem Mund ab und rieb sanft die Nase an der ihren. »So. Ich muss mich doch irgendwie über Wasser halten, bis du kommst«, murmelte er.

Wenig später verdrückten sie zusammen eine Pizza und tauschten sich über das aus, was sich bei ihnen tagsüber so alles ereignet hatte. Dylan erzählte ihr von seinem Tag, und Olivia berichtete, was sie von Madison über Marcus erfahren hatte. Dylan genoss diesen täglichen Austausch beim Abendessen sehr und hoffte, dass es ihr ähnlich ging.

Hinterher lagen sie eng umschlungen auf dem Sofa. Dylan atmete den vertrauten blumigen Duft ihres Shampoos ein und schob eine Hand unter ihre Bluse, um ihre glatte Haut zu liebkosen.

»Meg hat mir heute übrigens einen Überraschungsbesuch abgestattet«, bemerkte Olivia.

Seine Finger erstarrten. »Im Ernst? Was wollte sie denn?«

Wehe, sie hatte das empfindliche Gleichgewicht gestört, das zwischen ihm und Olivia herrschte.

»Sie war sehr nett. Sie hat sich für ihr gedankenloses Verhalten am Wochenende entschuldigt und gesagt, sie sei es eben gewohnt gewesen, dass du ihr quasi rund um die Uhr zur Verfügung stehst. Und sie hat versprochen, dass sich das ändern wird.«

»Und, wie stehst du dazu?« Er hielt gespannt den Atem an. Wenn das mal keine Schwierigkeiten gab!

Olivia zuckte die Achseln. »Ich fand es sehr nett von ihr. Ich wette, es hat sie ziemlich viel Überwindung gekostet. Und auf mich haben ihre Worte aufrichtig gewirkt.«

Dylan atmete erleichtert auf. »Ich gehe davon aus, dass sie das auch waren.«

»Sie hat mich gefragt, ob ich mal mit ihr essen gehe.«

Hm, diesbezüglich bekam Dylan nun doch Bedenken. Wenn sich diese beiden Frauen zusammentaten, konnte ihm das die Überzeugungsarbeit in Bezug auf Olivia entweder entscheidend erleichtern oder erschweren, je nachdem.

»Ich habe gesagt, ich bin dabei.« Sie rollte sich auf die Seite, um ihn anzusehen. »Ich weiß, dass sie dir ähnlich viel bedeutet wie deine Schwester. Und deshalb versuche ich, zur Abwechslung mal etwas für dich zu tun und mich wie ein erwachsener Mensch zu benehmen.«

Bei ihren Worten hatte er plötzlich einen Kloß im Hals. »Liv …«

»Nein, sag nichts.« Sie kletterte auf seinen Schoß, schmiegte sich an ihn und küsste ihn.

Kaum trafen ihre Zungen aufeinander, war es um ihn geschehen. Es kam ihm so vor, als würde sie all das, was sie ihm nicht sagen konnte, in diesen Kuss hineinpacken. Immer wieder umkreiste ihre seidige Zunge die seine, und dann fing sie auch noch an, die Hüften im selben Takt zu bewegen.

Er schob ihr stöhnend eine Hand in den Nacken, um sie festzuhalten und sie noch leidenschaftlicher zu küssen, noch gründlicher zu kosten.

Mit ihren zarten Händen umklammerte sie seine Schultern, während sie das Geschlecht an seinem schmerzenden Schwanz rieb, der förmlich danach schrie, in ihrer feuchten Wärme zu versinken. Doch sie waren beide noch angezogen, und eigentlich genügte es Dylan gerade vollauf, sie einfach nur zu küssen, weil es so verdammt schön war, dass er gar nicht genug davon bekam. So heftig geknutscht hatte er zuletzt als Teenager.

Und dann zerriss plötzlich das Klingeln ihres Mobiltelefons die Stille und störte den perfekten Augenblick.

Olivia hob den Kopf, und er wünschte sich nichts sehnlicher, als weiterzumachen.

»Das ist meins, und ich werde es geflissentlich ignorieren«, sagte sie.

Das war Dylan nur recht. Wer auch immer es sein mochte, er sollte sich gefälligst noch etwas gedulden.

Er brannte darauf, ihre nackte Haut zu berühren, also schlang er ihr unter der Bluse eine Hand um die Taille und schmiegte das Gesicht an ihre Wange. »Du riechst so gut, dass ich schon davon eine Erektion bekomme.«

Olivia knabberte stöhnend an seinen Lippen, dann setzten sie ihre gemächliche Knutschsession fort. Dabei schaukelte sie auf seinen Oberschenkeln vor und zurück, sodass sie bei jeder Vorwärtsbewegung das Becken an seinem Schambein reiben konnte. »Gott, Dylan, davon könnte ich glatt kommen.« Sie bohrte ihm durch den dünnen Hemdstoff hindurch die Finger in die Schultern.

»Nur zu, Baby.«

Sie drückte den Rücken durch und presste das Geschlecht an sein bestes Stück, wieder und wieder, bis sie sich schließlich vor Lust aufbäumte und ächzend sämtliche Muskeln anspannte. Es war so verdammt sexy, ihr dabei zuzusehen, wie sie ihn ritt, dass er selbst bereits den Höhepunkt nahen spürte. Aber er würde auf gar keinen Fall kommen, solange er angezogen war. Nein, diesen Genuss sparte er sich noch etwas auf – für später, wenn sie beide nackt waren. Als sie schließlich erschöpft, aber zufrieden in sich zusammensank, schloss er sie in die Arme und wartete kurz ab, bis sie den Kopf hob und ihm in die Augen sah.

»So, jetzt bist du dran«, sagte sie mit feucht glänzenden Lippen und einem lasziven Blick.

»Wie du willst; aber nur unter der Bedingung, dass du ebenfalls noch einmal kommst.«

Er wollte gerade den Saum ihrer Bluse anheben, da klingelte erneut ihr Handy. Sie verdrehte die Augen. »Warte, ich sage dieser Nervensäge nur schnell, dass ich jetzt keine Zeit habe.« Damit kletterte sie hastig von ihm herunter, schnappte sich ihre Handtasche und kramte ihr Telefon hervor.

»Es ist Marcus«, sagte sie nach einem Blick auf das Display.

Sie setzte sich neben Dylan auf das Sofa und ging ran, wobei sie das Gerät so hielt, dass er mithören konnte. »Hallo Marcus, was gibt's?«

»Miss Olivia, ich brauche Sie.«

»Wo bist du?«

»Zu Hause«, sagte er leise. »Kommen Sie einfach.«

»Was ist denn los?«

Schweigen.

Olivia runzelte besorgt die Stirn. »Marcus, was ist passiert?«

Dylan nahm ihr das Telefon aus der Hand. »Marcus, hier ist Dylan Rhodes. Was ist los?«

Unverständliches Gemurmel drang aus der Leitung. Jetzt war auch Dylan beunruhigt. »Ich mache mich sofort auf den Weg«, sagte er und legte auf. An Sex war ohnehin nicht mehr zu denken.

»*Wir* machen uns auf den Weg«, korrigierte ihn Olivia mit fester Stimme. »Glaub ja nicht, dass du da allein hinfahren wirst, Dylan. Schließlich hat Marcus mich angerufen und …«

Er brachte sie zum Verstummen, indem er ihr einen Kuss auf die Lippen drückte und dann die Zunge in ihren Mund tauchte. Dabei schob er erneut die Hand in ihren Nacken und zog sie an sich. »Liv?«

»Hmm?«, fragte sie etwas benommen, obwohl ihr Blick klar und wachsam war.

»Ich hatte gerade ›Lass uns gemeinsam hinfahren‹ sagen wollen.«

Sie errötete. »Ach so. Ich dachte …«

»Ich will nicht, dass dir etwas passiert, aber mir ist klar, dass du mir ohnehin folgen würdest. Also, können wir?«

Sie nickte.

Dylan legte die Strecke zu Bigsbys Haus in Rekordzeit zurück. Wären sie an einem Polizisten vorbeigefahren, dann hätte dieser sie garantiert angehalten, aber sie hatten Glück. Er hielt den Wagen direkt vor der riesigen Villa an, die Marcus nach der Unterzeichnung seines Vertrags bei Miami Thunder gekauft hatte.

Hastig stiegen sie aus und eilten Hand in Hand zur Tür, die halb offen stand. Als von drinnen ein Geräusch an ihre Ohren drang, stieß Dylan sie etwas weiter auf und betrat mit Olivia an seiner Seite den Eingangsbereich, der im Halbdunkel lag.

»Marcus?«, rief er.

Im selben Moment gingen sämtliche Lichter an. Die

plötzliche Helligkeit blendete ihn, und er blinzelte, um seine Augen daran zu gewöhnen. Und dann vernahm er plötzlich einen Schrei aus Olivias Mund, und ihre Hand wurde der seinen entrissen.

***

Eben noch hatte Olivia neben Dylan gestanden und seine Hand gehalten, und dann wurde sie auf einmal ziemlich unsanft von ihm weggezerrt. Sie setzte sich zur Wehr, doch sie hatte keine Chance – der Angreifer umklammerte sie mit beiden Händen.

»Schön stillhalten«, schnarrte er und bohrte ihr einen harten Gegenstand in die Seite.

Oh Gott. Das war Wendell, und wie es aussah, hatte er eine Pistole. Er hielt sie von hinten fest und presste sie an seine knochige, nach Schweiß stinkende Gestalt. Olivias Kehle war wie ausgetrocknet, und ihr Herz klopfte zum Zerspringen. Wo kam der denn auf einmal her?

»Du verdammter Scheißkerl«, zischte Dylan ihn an.

»Wendell, wo ist Marcus?«, fragte Olivia in der Hoffnung, dass ihnen dieser zu Hilfe kommen würde, vorausgesetzt, es ging ihm gut.

»In der Küche. Ich habe ihm befohlen, dich anzurufen und herzulocken, und er hat es getan.«

Marcus hatte sie in eine Falle gelockt? Bei der Vorstellung wurde Olivia übel.

»Er ist eben doch mein gehorsamer kleiner Cousin – zumindest wenn du nicht dazwischenfunkst.« Wendell drückte ihr die Knarre noch fester in die Rippen.

Als sie das Gesicht verzog, machte Dylan einen Schritt auf die beiden zu.

»Bleib, wo du bist, sonst knalle ich die Schlampe ab.«

Dylan erstarrte sogleich und hob die Arme.

Olivia überlegte fieberhaft, wie sie sich aus dieser misslichen Lage befreien konnte, ohne dass ihr oder Dylan etwas geschah. Sollte sie sich auf den Boden fallen lassen? Dann würde er Dylan erschießen. Sollte sie Wendell treten? Nein. Er hatte eine Waffe. Sie zitterte, von Frust und panischer Angst gleichermaßen erfüllt.

»Nimm die Knarre runter, Wendell«, sagte Dylan mit trügerisch ruhiger Stimme. »Du willst dir doch nicht schon wieder Ärger einhandeln, oder?«

»Wenn hier jemand Ärger kriegt, dann Marcus. Der hat sie angerufen, und als sie mit dir hier hereinspaziert ist, habt ihr festgestellt, dass er total high ist und eine Waffe hat. Aber das wird dann niemand außer mir wissen.«

Olivia atmete erleichtert auf. Marcus hatte sie also nicht vorsätzlich ans Messer geliefert. »Was hast du mit ihm gemacht?«

»Er schläft. Ich hab ihm was in sein Getränk getan. Und wenn man euch morgen mit einem Loch im Kopf findet, wird niemand daran zweifeln, dass er es war.«

Dylan schnappte nach Luft. »Warum tust du ihm das an? Ihr seid doch miteinander verwandt!« Genau wie Olivia schien er es darauf angelegt zu haben, Wendell in ein Gespräch zu verwickeln.

»Pah! Marcus hat längst aufgehört, mich wie einen

Verwandten zu behandeln. Er wollte nichts mehr mit mir zu tun haben und hat gesagt, ich soll nach Hause fahren. Dabei war ich ursprünglich der große Star. Vor meiner Verletzung war ich viel besser als er! Ich sollte hier in diesem Haus wohnen!«

Dass er immer wieder die alten Geschichten aufwärmen musste! Marcus hatte sie offenbar so oft gehört, dass er sie nun ebenfalls glaubte. Hatte Wendell je den Grund für all das, was in seinem Leben schiefgelaufen war, bei sich selbst gesucht? Olivia bezweifelte es.

»Und *sie* ist schuld daran! Sie hat ihn in diesen Kurs gesteckt. Sie findet, er soll seine eigenen Entscheidungen treffen. ›Miss Olivia sagt dies, Miss Olivia sagt jenes …‹ Ich hab's satt, das ständig zu hören!«, knurrte Wendell bissig. »Und jetzt werdet ihr dafür büßen, alle beide. Und du ebenfalls. Mitgefangen, mitgehangen«, fauchte er in Richtung Dylan und bohrte Olivia erneut schmerzhaft die Pistole in die Seite.

Sie versuchte, sich nichts anmerken zu lassen, damit Dylan nicht austickte und womöglich ihretwegen verletzt wurde.

»Ich bin sicher, Marcus wird dich weiterhin finanziell unterstützen, auch wenn du nicht mehr hier bei ihm bist«, sagte Olivia in dem Versuch, ihn zur Vernunft zu bringen.

»Ach, halt die Schnauze. Du weißt genau, dass das nicht stimmt.«

»Mach keinen Unsinn, Wendell. Überleg doch mal – noch kannst du aus der Nummer raus, ohne dass etwas passiert ist, das sich nicht mehr ungeschehen machen lässt«, sagte Dylan und machte mit erhobenen Händen einen Schritt auf Wendell zu, worauf dieser Olivia die Waffe so fest zwischen die Rippen bohrte, dass sie nach Luft schnappte und ihr vor Schmerz Tränen in die Augen stiegen.

»Warum sollte ich einfach aufgeben? Ich habe nichts zu verlieren, dabei sollte ich alles haben. Mein Neffe hat in der NFL Karriere gemacht, und ich hatte hier ein schönes Leben, bis sie sich eingemischt und ihm gesagt hat, er muss mich loswerden. Sie hat ihn in diese scheiß Finanzmanagementkurse geschickt, wo man ihm geraten hat, er soll sich vor Schmarotzern in Acht nehmen, und jetzt glaubt er, ich will ihn ausnutzen.«

Dylan musterte Olivia mit einem eindringlichen Blick. Sie schien zu befürchten, dass er sich für sie in Gefahr bringen könnte.

Wendell setzte derweil seine Tirade fort. »Was zum Teufel gibt euch das Recht, euch da einzumischen?«, schrie er aufgebracht. Wieder bohrte sich der Lauf seiner Knarre tief in ihre Seite.

Doch Olivia schluckte den Schmerz hinunter. »Na ja, wenn du Marcus und dem Team nicht ständig Ärger gemacht und für negative Publicity gesorgt hättest, dann hätten wir uns nicht einmischen müssen«, erklärte sie.

Doch mit logischen Argumenten war Wendell nicht beizukommen. »Es lief alles super, bis ihr mir die Tour vermasselt habt!«, beharrte er. Er benahm sich wie ein verzogener Fratz.

Ein verzogener Fratz mit einer tödlichen Waffe in der Hand.

»Du kannst noch immer bekommen, was du willst«, versicherte Dylan ihm. »Marcus kann dir doch einfach Geld nach Hause schicken, und dann bist du dort der große Zampano.«

»Pah, meinst du etwa, es macht Spaß, der große Zampano zu sein, wenn man am Arsch der Welt lebt?«, fauchte Wendell. »So, mir reicht's jetzt endgültig.« Er richtete die Waffe auf Dylan, als wüsste er, dass er erst ihn unschädlich machen musste, wenn er Olivia etwas antun wollte.

»Nein!«, schrie sie in der Hoffnung, ihn damit abzulenken.

In diesem Moment stürzte Marcus wie aus dem Nichts herbei und riss seinen Cousin mit ohrenbetäubendem Gebrüll zu Boden. Olivia wurde zur Seite geschleudert und fiel gegen den Kleiderschrank an der Wand neben ihr, während Marcus die Faust schwang und Wendell einen so heftigen Kinnhaken verpasste, dass in dessen Kiefer sämtliche Knochen knacksten.

»Aufhören!«, brüllte Dylan, der in der Zwischenzeit Wendells Pistole vom Boden aufgehoben hatte und sie auf die beiden richtete.

Marcus ließ auf der Stelle von seinem Cousin ab und hob die Hände.

Sekunden später war draußen das Geheul einer Polizeisirene zu hören.

»Ich hab die Bullen gerufen«, sagte Marcus und ließ sich an die nächstbeste Wand sinken. Wieder einmal wirkte er eher wie ein zu groß geratenes Kind denn wie ein Erwachsener.

Wendell wollte sich aufrappeln, doch Dylan zielte mit der Knarre auf ihn und knurrte: »Liefere mir auch nur einen einzigen Grund abzudrücken, und ich …«

Im selben Moment wurde die Tür aufgestoßen, und mehrere Polizisten stürmten mit gezogenen Pistolen das Haus. Dylan ließ auf der Stelle Wendells Waffe fallen und riss die Hände in die Höhe.

Olivia verharrte zusammengerollt in der Ecke, bis sich die Hüter des Gesetzes ein einigermaßen klares Bild von der Situation verschafft hatten. Sie ließen sich von Dylan seinen Ausweis zeigen und den Hergang der Ereignisse schildern, und nachdem sowohl Marcus als auch Olivia seine Aussage bestätigt hatten, legten sie Wendell Handschellen an. Wie sich herausstellte, hatte er es geschafft, sich in Arizona vor einer Festnahme zu drücken, und wurde bereits polizeilich gesucht.

Sobald die Polizisten Dylans Befragung beendet hatten, zog er die am ganzen Körper zitternde Olivia vom Boden hoch, schloss sie in die Arme und drückte sie fest an sich. Sie klammerte sich an ihn, während er ihr beruhigend mit der Hand über die Haare und den Rücken strich.

11

Bis sie endlich wieder bei ihm zu Hause eintrafen, war Dylan mit den Nerven am Ende. Die Tatsache, dass die Polizei bei Marcus Bigsby vorgefahren war, hatte sich über die diversen Medien binnen kürzester Zeit verbreitet, genau wie der Rest der Geschichte. Noch ehe sich Dylan und Olivia auf den Nachhauseweg gemacht hatten, waren draußen schon zahlreiche Fernsehteams und Paparazzi versammelt gewesen. Die Polizei hatte sie schließlich durch den Hintereingang aus dem Haus geschleust und zu Dylans Wohnblock eskortiert. Er wimmelte sowohl Ian als auch die PR-Fuzzis ab, während Olivia sich eine lange heiße Dusche gönnte, um Wendells Gestank loszuwerden, wie sie sagte.

Dylan war total schockiert über die plötzliche Wendung, die der Abend genommen hatte. Eben noch hatten sie auf seinem Sofa geknutscht und waren drauf und dran gewesen, miteinander zu schlafen, und keine Viertelstunde später hatte man Olivia mit einer Schusswaffe bedroht. In diesen bangen Minuten war sein gesamtes Leben wie ein Film vor seinem inneren Auge abgelaufen, und er hatte auf einen Schlag erkannt, dass es ohne sie sinn- und wertlos war.

Er hörte, wie sie das Wasser abstellte, und gleich darauf kam sie in einem seiner großen T-Shirts aus dem Bad. Er liebte es, wenn sie seine Klamotten trug. Und er liebte *sie*. Die Gefahr, sie beinahe zu verlieren, hatte ihm erneut vor Augen geführt, was er alles wollte – und zwar mit ihr: eine Familie, Kinder, ein glückliches, erfülltes Leben. Eines, das sie ohne Weiteres mit ihm teilen konnte, wenn sie endlich ihre Ängste überwand.

Sie kuschelte sich an ihn, während sie die zahlreichen Nachrichten auf ihrer Voicebox abhörte. Dazwischen klingelte immer wieder das Telefon. Sie versicherte sowohl Ian als auch ihrer Mutter, dass es ihr gut ging und dass sie jetzt lieber allein sein wollte, wobei sie Dylan verschwörerisch zuzwinkerte. Dann hörte sie die nächste Nachricht ab.

Nachdem sie vier oder fünf ihrer Geschwister auf diese Weise beruhigt hatte – Dylan hatte längst den Überblick verloren –, war offenbar Avery dran, wie unschwer an Olivias sarkastischen Kommentaren zu erkennen war. Sie versicherte ihr, sie sei gar nicht ernsthaft in Gefahr gewesen, was natürlich eine glatte Lüge war. Dylan schauderte bei der Erinnerung an die Pistole, die Wendell ihr in die Rippen gebohrt hatte.

»Mach dir keine Sorgen«, sagte Olivia nun schon zum wiederholten Male. »Mir ist nichts passiert. Und es wird garantiert nie wieder vorkommen. Er ist eben ausgetickt.«

Dylan konnte nicht verstehen, was Avery darauf entgegnete, aber allein ihr Tonfall wirkte beruhigend auf ihn.

»Sag mal, hat eigentlich jemand Dad informiert?«, fragte Olivia sichtlich gespannt.

Dylan strafte die Schultern.

»Ja, ich weiß, er ist mit Savannah in L. A.« Pause. »Nein, schon gut, du brauchst ihn nicht anzurufen.«

Dylan schüttelte kaum merklich den Kopf. Von wegen »schon gut«. Er konnte nur hoffen, dass Robert Dare noch nicht von dem Vorfall erfahren hatte, doch er wusste aus eigener Erfahrung, dass es auch Eltern gab, die das Wohl ihrer Kinder nicht sonderlich interessierte. Und sie hatte ihm bereits anvertraut, wie sehr ihr Vater sie immer wieder mit seiner Gleichgültigkeit verletzt hatte. Für Dylan lag es auf der Hand, dass Olivias Unsicherheit zu einem Gutteil von ihrem gestörten Verhältnis zu Robert Dare herrührte. Er wusste nur zu gut, welche Schäden so etwas anrichten konnte, zumal er zu seiner Mutter nie eine richtige Beziehung gehabt hatte, und zu seinem Vater erst recht nicht. Aber für ihn war das seit jeher so gewesen. Der eine Elternteil hatte ihn schon vor seiner Geburt verlassen, der andere fünfzehn Jahre später. Und im Grunde hätte er auf seine Mutter auch vorher schon gut und gern verzichten können. Es hatte ihm nicht den Boden unter den Füßen weggezogen, als sie verschwunden war. Für Olivia dagegen war eine Welt zusammengebrochen, als sie von der Zweitfamilie ihres Vaters erfahren hatte.

In Augenblicken wie diesen fragte er sich, ob Olivia ihre Probleme wohl je überwinden können würde. Doch nein, so etwas wollte er gar nicht erst denken. Dafür stand für ihn viel zu viel auf dem Spiel. Sie musste es schaffen, ihre Vergangenheit hinter sich zu lassen.

Stöhnend streckte er seine Arme und Beine aus und schloss die Augen. Er hatte einen langen, anstrengenden Tag hinter sich, und es war schon spät.

Nach dem Telefonat mit Avery widmete sich Olivia umgehend dem nächsten Familienmitglied, bis sie mit sämtlichen Geschwistern und Halbgeschwistern gesprochen hatte. Ihr dabei zuzuhören gewährte Dylan einen interessanten Einblick in ihre Persönlichkeit. Er fand es schön zu erleben, wie unterschiedlich ihre Beziehungen zu den diversen Menschen in ihrem Umfeld waren. Und er war nicht neidisch, weil sie im Gegensatz zu ihm mit so vielen Geschwistern gesegnet war. Er hatte immerhin Callie, Matthew und Ava. Seine Familie war zwar vergleichsweise klein, aber nicht minder besorgt um ihn.

»So, das wär's«, verkündete Olivia schließlich und warf ihr Handy neben sich auf das Bett. »Tut mir echt leid.«

Er lächelte. »Kein Problem. Es ist offensichtlich, wie sehr sie dich lieben.«

Und ich liebe dich ebenfalls. Er sah ihr in die Augen und fragte sich, ob sie seine unausgesprochenen Gedanken lesen konnte.

»Ja«, flüsterte sie mit belegter Stimme. »Und wenn einer von ihnen das hätte durchmachen müssen, was ich heute durchmachen musste, dann würde ich an ihrer Stelle auch ihre Stimme hören wollen.«

Sie schmiegte den Kopf in seine Halsbeuge, und er legte den Arm um sie und drückte sie an sich. »Ich hätte dich heute verlieren können.«

In seinem ganzen Leben hatte er noch nie eine derartige Panik verspürt. Erst jetzt, nachdem dieser Verrückte sie festgehalten und sie mit einer Waffe bedroht hatte, wusste er, was es bedeutete, Angst um einen anderen Menschen zu haben.

»Na ja, es hätte auch für dich ein schlimmes Ende nehmen können.« Sie krallte die Finger in seinen Bauch.

Das stimmte, aber trotzdem hatte Dylan sich darüber keinerlei Gedanken gemacht. Ihm war es nur um ihr Wohlergehen gegangen. Er atmete tief ein und spürte, wie sein Schwanz hart wurde, als ihm der Duft ihres Duschgels in die Nase stieg. Beinahe hätte er die Hand darauf gepresst, um die Qualen ein wenig zu lindern, aber das hätte sie zweifellos bemerkt. Und nach allem, was sie soeben erlebt hatte, wollte er keinen Druck auf sie ausüben, wenngleich er den unbändigen Drang verspürte, sein bestes Stück tief in ihrer heißen, glitschigen Spalte zu versenken, um sich höchstpersönlich davon zu überzeugen, dass sie noch lebte. Es gab eben nichts Lebensbejahenderes als Sex.

Sie strich mit den Fingern über seinen Bauch. »Ich bin nicht müde«, murmelte sie mit rauer Stimme. »Ehrlich gesagt habe ich das Gefühl, dass mein Körper noch eine ganze Weile damit beschäftigt sein wird, das Adrenalin abzubauen, das er vorhin ausgestoßen hat.«

Dylan atmete erleichtert auf. »Gott sei Dank.«

Olivia rappelte sich ohne Vorwarnung auf und setzte sich rittlings auf ihn. »Freut mich zu hören, dass es dir ähnlich geht«, sagte sie mit einem spitzbübischen Grinsen.

»Ich mag es, wenn du meine Sachen trägst.« Als er eine Hand unter den Saum seines T-Shirts schob und feststellte, dass sie keinen Slip trug, stöhnte er auf. »Lieber Himmel, Liv …«

Sie grinste. »Überrascht?«

Er lachte, doch es klang gezwungen, was nicht weiter verwunderlich war, denn seine Erektion war so prall, dass es wehtat. Rasch rutschte er ein Stück nach hinten und legte ihr die Hand zwischen die Oberschenkel.

»Ich gebe zu, die Versuchung, gleich hier anzufangen, ist groß …«, murmelte er, während er mit dem Finger über die feuchten Falten ihres Geschlechts strich, sodass sie schauderte. »Aber ich glaube, erst werde ich dich noch ein bisschen auf die Folter spannen.«

Damit schob er ihr das T-Shirt nach oben bis über die Brüste. Sekunden später hatte sie es sich auch schon über den Kopf gezogen und auf den Boden gepfeffert. Jetzt war sie splitternackt und zu allem bereit.

Wie er ihren Körper liebte! Ihre schlanke Taille, ihre kleinen Brüste mit den rosaroten Nippeln, die so perfekt in seine Handflächen passten … Er beugte sich nach vorn, um eine der harten Knospen in den Mund zu nehmen und daran zu saugen, bis sie den Kopf in den Nacken warf und stöhnte.

»Und ich dachte, ich übernehme zur Abwechslung mal das Ruder …«, ächzte sie.

Er schnaubte belustigt, ohne seine Liebkosungen zu unterbrechen. Während er die eine Brust mit Zunge und

Zähnen verwöhnte, stimulierte er die andere mit der Hand, zupfte und rieb an der empfindlichen Knospe, bis Olivia das Becken über seiner prallen Erektion kreisen ließ. Doch der weiche Baumwollstoff seiner Boxershorts störte. Dylan wollte ihre weiche, warme Pussy spüren. Er wollte, dass sie an seinem harten Schaft auf und ab glitt und ihre inneren Muskeln ihn molken.

»Zieh mir die Boxershorts aus«, presste er hervor.

»Aber gern.« Schon hatte sie ihm das Kleidungsstück über den Hintern gezogen und so weit nach unten geschoben, dass er es abschütteln konnte.

Dann kletterte sie wieder auf seinen Schoß, die Knie rechts und links von seinen Oberschenkeln, das Geschlecht direkt über seinem Penis.

»Warte«, ächzte er.

Sie sah ihn an, mit ihren wunderschönen halb geschlossenen Augen, in denen sich deutlich das Verlangen spiegelte.

»Warum?«

»Ich will, dass du mich ansiehst, wenn du dir meinen Schwanz einverleibst.«

Sie öffnete den Mund. »Oh.«

Es sollte möglichst lange dauern. Und sie sollte wissen, was er empfand, sollte sich dem, was sich zwischen ihnen entwickelt hatte, nicht länger verweigern.

»Du wolltest doch das Ruder übernehmen«, erinnerte er sie. »Worauf wartest du noch?« Er hob die Hüften an und tauchte die Eichel zwischen die Falten ihres Geschlechts.

Olivia stöhnte, und Dylan schnappte nach Luft, als sie

nun die Oberschenkelmuskeln entspannte und sich auf ihm nach unten gleiten ließ, bis sein bestes Stück bis zum Anschlag in ihr verschwunden war.

Es fühlte sich himmlisch an.

Dylan dachte an das, was er ihr gerade aufgetragen hatte, und blickte ihr in die weit aufgerissenen Augen. Was er dort sah, ließ sein Herz noch schneller, noch heftiger schlagen. Sie wirkte mindestens genauso von Gefühlen übermannt wie er.

»Nimm meine Hände«, befahl er. Sie gehorchte und umklammerte mit ihren zierlichen Fingern seine Hände.

Dann begann sie sich auf und ab zu bewegen und hatte schon bald ihren Rhythmus gefunden. Er ließ sich von ihr melken, hob das Becken an und rieb sich an ihr, wann immer ihre Körper kollidierten. Eigentlich hatte er es ja langsam angehen lassen wollen, doch sie hatte andere Pläne, und das war ihm auch ganz recht so. Schließlich wurden ihre Bewegungen kleiner. Sie spannte die Beinmuskeln an und presste den Unterleib an ihn.

»Oh, Dylan ... Oh Gott.« Sie umklammerte seine Finger so fest, dass er das Gefühl hatte, sie müssten demnächst blau anlaufen.

»Ja, so ist es gut, Sonnenschein. Ich bin auch gleich so weit.«

Sie sah ihm in die Augen, und seine Welt schrumpfte auf die Stelle zusammen, an der ihre Körper miteinander verschmolzen waren. In seinen Ohren rauschte das Blut, und die Wellen der Lust waren im Begriff, über ihm zusammenzuschlagen. Der Orgasmus war in greifbarer Nähe, aber Dylan dachte nicht daran, allein zu kommen.

Rasch befreite er eine Hand aus Olivias eisernem Griff, schob sie ihr zwischen die Schenkel und presste einen Finger auf ihre Klitoris.

Sie stöhnte laut auf. »Dylan, ich komme!«, ächzte sie, und ihre Pussy zog sich noch heftiger um seine Erektion zusammen.

Ihre Worte und der Blick in ihren Augen gaben ihm endgültig den Rest. Er stieß noch ein paarmal heftig zu, dann explodierte er in ihr und fühlte sich ihr dabei so nah wie noch nie, während er seinen heißen Samen in sie ergoss.

* * *

Es dauerte, bis Olivia nach diesem absolut unglaublichen Höhepunkt wieder einigermaßen normal atmen konnte. So grenzenlos erregt war sie in ihrem ganzen Leben noch nie gewesen. Und das lag an Dylan, kein Zweifel. Mit ihm war jedes Mal noch besser als davor. Als sie sich auf das Bett sinken ließ, zog Dylan sie sogleich an sich, und sie schmiegte sich an seinen warmen Körper.

»Ich habe heute Todesängste ausgestanden«, flüsterte er ihr ins Haar.

Sie nickte. »Ich auch.«

»Wendell hat aber dich mit der Waffe bedroht, nicht mich.«

Er drückte sie noch fester an sich, als hätte er Angst, er könnte sie verlieren, wenn er sie losließ.

Olivia schluckte schwer. »Erst hätte er dich erschossen.«

Dylan drehte sie so herum, dass er ihr ins Gesicht sehen konnte. Er selbst lag auf der Seite, einen Ellbogen aufgestützt. Sie betrachtete ihn, seine dunklen Augen, seine gebräunte Haut und das Ziegenbärtchen, das wie alles andere zu ihm gehörte. Bei seinem Anblick vollführte ihr Herz einen kleinen Salto.

»Ich hätte dich heute beinahe verloren, Liv, und allein der Gedanke daran ist für mich unerträglich.« Sein eindringlicher Tonfall ging ihr durch Mark und Bein.

»Ich weiß, aber …«

»Kein Aber.« Er tippte ihr auf die Nasenspitze. »Und er ist deshalb so unerträglich, weil *ich dich liebe.*«

Olivia schwindelte. Sie hatte es ja bereits vermutet, aber nicht damit gerechnet, dass er es offen aussprechen würde. »Dylan …«

»Nein, diesmal gibt es kein Entkommen mehr«, sagte er und sah ihr dabei unverwandt in die Augen. »Du sollst wissen, was ich empfinde. Und ich glaube, dass du meine Gefühle erwiderst, auch wenn du im Moment vielleicht noch nicht bereit bist, das zuzugeben.«

Sie legte ihm eine Hand auf die Wange. »Du hast recht.« Sie schluckte. Es fiel ihr schwer, es auszusprechen, denn wenn sie es erst einmal gesagt hatte, war sie verwundbar. Andererseits war sie das auch jetzt schon, denn ihre Gefühle waren da, ob sie nun darüber redete oder nicht. Sie liebte ihn, und das war riskant, denn es bedeutete, dass sie verletzt werden konnte, wie sie aus Erfahrung wusste.

Trotzdem nahm sie all ihren Mut zusammen und sprach aus, was sie fühlte. »Ich liebe dich auch.« Ihr schwindelte erneut, und ihr Herz klopfte zum Zerspringen.

Dylan schenkte ihr ein Lächeln – genau dieses Lächeln, bei dem sie immer den Drang verspürte, auf der Stelle sämtliche Kleider von sich zu werfen und sich auf ihn zu stürzen, um ihm jeden nur erdenklichen Wunsch zu erfüllen. »Ja, das dachte ich mir, Sonnenschein. Und weißt du was?«

Sie hob eine Augenbraue. Sein ernster Tonfall gefiel ihr gar nicht. »Was?«

»Wir haben nicht verhütet.«

Olivia fuhr geschockt zurück. »Oh, Scheiße.« Wie hatte ausgerechnet sie das vergessen können? Jetzt pochte ihr Herz noch heftiger. »Ich nehme weder die Pille, noch verwende ich sonst irgendeine Art der Verhütung.«

Das war bislang nie nötig gewesen. Wenn sie mit einem Mann geschlafen hatte, was selten genug vorgekommen war, dann hatte sie stets auf die Verwendung eines Kondoms bestanden. Ausnahmslos immer, mit gutem Grund.

»Irgendetwas an dir raubt mir offenbar vollkommen den Verstand.« Sie rutschte auf ihre Seite des Bettes, doch Dylan zog sie gleich wieder an sich, sodass ihre Gesichter nur Zentimeter voneinander entfernt waren. »Hey, keine Panik.«

»Hast du vergessen, was ich dir neulich erzählt habe? Ich hatte bereits eine Fehlgeburt, und ich will so etwas nie wieder durchmachen.« »Nun geh doch nicht gleich vom Schlimmsten aus! Es tut mir ja leid, dass wir beide nicht an die Verhütung gedacht haben, aber ich verspreche dir eines: Falls du schwanger sein solltest, dann bist du diesmal nicht allein. Diesmal hast du mich.«

Doch sie hörte ihm gar nicht richtig zu. Bei dem Gedanken an eine mögliche Schwangerschaft stieg Übelkeit in ihr hoch. Die Vergangenheit hatte sie wieder fest im Griff. »Dylan, ich habe dir klipp und klar gesagt, wie ich zum Thema Kinder stehe, und du hast gesagt …«

»Ich weiß. Und ich weiß auch, dass du keine Kinder willst oder dass du das zumindest glaubst. Aber das ist die Angst, die da aus dir spricht. Das Kind, dessen Vater nie da war. Die kleine Olivia, die nie wieder verlassen oder verletzt werden will.«

Sie spricht nicht, sie schreit, dachte Olivia. Sie wusste eben aus Erfahrung, wie sehr es schmerzte, wenn das Leben in Scherben vor einem lag.

»Hey, bleib hier bei mir«, sagte Dylan und holte sie damit wieder in die Gegenwart zurück. Zu sich. »Es ist auch die junge Frau, die fast zeitgleich ihr ungeborenes Baby und ihren Freund verloren hat, obwohl er für sie hätte da sein müssen. Aber es ist nicht die Olivia, die du heute bist«, fuhr er fort und sah ihr dabei mit festem Blick in die Augen.

»Ich dachte, du hättest verstanden. Du hast behauptet, dass du mich verstehst. Und dass ich dir genüge«, widersprach sie mit erhobener Stimme.

»Ich verstehe dich ja auch, nach wie vor. Und ich habe dich nicht angelogen, als ich gesagt habe, dass du mir genügst. Aber ich gebe zu, insgeheim habe ich natürlich gehofft, dass du deine Meinung irgendwann ändern würdest«, räumte er mit rauer Stimme ein. »Wie gesagt, ich habe nicht bewusst auf ein Kondom verzichtet. Aber wenn mir nach allem, was heute passiert ist, eines klar geworden ist, dann, dass das Leben kurz ist. Und die ganze Angelegenheit hat mir nur noch deutlicher vor Augen geführt, was ich bereits wusste: dass ich das ganze Paket will – ein Haus mit Garten, einen Hund, Kinder, alles. Mit dir«, sagte er entschlossen.

Olivia rappelte sich auf. Sie fühlte sich verraten. Wütend zog sie sich die Decke bis unters Kinn, um ihren Busen zu bedecken. »Ich sag's ja nur ungern, aber wenn man jemandem etwas bewusst verschweigt, ist das im Grunde genommen genau dasselbe wie eine Lüge.«

Er setzte sich ebenfalls auf und ergriff ihre Arme, denn sie schickte sich an, aus dem Bett zu steigen. »Aber eine, die auf Hoffnung und Zuversicht fußt. Und auf der Tatsache, dass ich an die Frau glaube, die ich in den vergangenen Wochen kennengelernt habe. Die Frau, die Meg ihre Freundschaft angeboten hat. Kennst du die zufällig? Ich habe an sie geglaubt, und das tue ich noch immer.«

»Was willst du damit sagen?«, fragte Olivia, von Panik erfüllt. »Dass du mich verlassen wirst, wenn ich auch weiterhin keine Kinder will?« Ihre Stimme brach, ein verräterischer Hinweis auf das, was in ihr vorging.

Er schüttelte den Kopf und lächelte matt. »Das hättest du wohl gern, wie? Wenn ich dich verlasse, bestätigt dich das nämlich in der Überzeugung, dass du es nicht wert bist, geliebt zu werden, und dass dich deswegen alle verlassen. Und dann verkriechst du dich wieder in dein Schneckenhaus und kommst nie mehr raus. Tja, aber ich muss dich enttäuschen, Liv. So wird das nicht laufen. Ich gehe nirgendwohin. Und du ebenso wenig.«

Sie blinzelte angesichts seines entschlossenen Tonfalls.

»Und schwanger oder nicht, du wirst deine Vergangenheit gefälligst aufarbeiten, und ich werde dir in dieser Zeit beistehen, okay?« Er musterte sie mit einem Blick, der keine Widerrede duldete.

So blieb ihr nichts anderes übrig, als sich an ihn zu lehnen und bittere Tränen zu vergießen, mit denen ihre Angst, der Stress des Tages und all die Gefühle, die sich in ihr aufgestaut hatten, aus ihr herausflossen. Und Dylan hielt Wort – er blieb bei ihr und hielt sie in den Armen, bis sie eingeschlafen war.

* * *

Tags darauf herrschte im Büro so viel Chaos, dass Olivia keine Zeit hatte, sich über Dylan, eine mögliche Schwangerschaft oder die Zukunft den Kopf zu zerbrechen. Für die Medien war die Tatsache, dass sie von Marcus Bigsbys Cousin mit einer Schusswaffe bedroht worden war, ein gefundenes Fressen. Das PR-Team hatte zahlreiche Interviews für sie anberaumt und bemühte sich, sie möglichst schnell dafür zu vorzubereiten. In einer Art Medien-Crashkurs brachte man ihr ein paar grundsätzliche Argumentationstechniken bei und bläute ihr ein, unangenehme Fragen möglichst ausweichend zu beantworten und das Gespräch auf andere Themen zu lenken, etwa auf die Vorbereitung für die kommende Saison und darauf, dass Marcus nun die volle Unterstützung von Miami Thunder benötigte und lernen musste, schädlichen Einflüssen künftig aus dem Weg zu gehen.

Olivia hasste es, vor der Kamera zu stehen, und war außerordentlich dankbar für das Briefing. Da sie Miami Thunder nicht offiziell repräsentierte, verfügte Ian, dass sie nur einem einzigen Journalisten Rede und Antwort stehen würde, und das dabei aufgenommene Interview sollte dann an alle anderen Fernsehsender weitergegeben werden. Ein hervorragender Einfall ihres großen Bruders, wie Olivia fand.

Es überraschte sie auch nicht weiter, dass er sie am Nachmittag zu sich rief. Also machte sie sich auf den Weg durch die »Hall of Fame«, wie der lange Korridor mit den Porträts ihrer talentiertesten Spieler genannt wurde, deren Anblick ihr stets ein Lächeln entlockte. Diese Männer hatten ihre Spuren im American Football hinterlassen, und sie hatte das Gefühl, an ihrem Erfolg beteiligt zu sein.

Sie klopfte an Ians Bürotür und trat ein. Wenn ihr Bruder wie jetzt hinter seinem großen Schreibtisch thronte, war er nach außen hin ganz der einflussreiche, Furcht einflößende Präsident von Miami Thunder.

Für sie war und blieb er trotzdem ihr großer Bruder. »Was gibt's?«

Er stand auf und breitete die Arme aus, und sie trat lächelnd zu ihm und ließ sich von ihm umarmen. »Deinetwegen bin ich bestimmt um zehn Jahre gealtert«, brummte er.

»Wenn dem so wäre, würdest du schon längst im Grab

liegen, so oft, wie du das behauptet hast.« Sie drückte ihn an sich. »Es geht mir gut.« Damit löste sie sich von ihm und setzte sich auf die Couch, die in einer Ecke seines Büros stand.

Er nahm auf dem Fauteuil daneben Platz.

»Wie geht es Big?«, erkundigte sich Olivia.

»Er ist erschüttert. Sobald er die polizeilichen Formalitäten hinter sich gebracht hat, fährt er erst einmal eine Weile nach Hause zu seiner Familie. Und wenn das Training für die kommende Saison beginnt, werden wir ihm beibringen, wie man sich in der Realität zurechtfindet.«

Olivia nickte. »Ich hoffe, dieser Vorfall hat ihm die Augen geöffnet und ihm gezeigt, dass nicht alle Menschen Gutes im Sinn haben, selbst, wenn es sich um Angehörige handelt.«

Ian nickte. »Lassen wir das Geschäftliche. Wie geht es *dir*?«

Sie setzte ein Lächeln auf. »Gut«, sagte sie, obwohl ihr diese Lüge allmählich ziemlich auf die Nerven ging. Sie verschränkte die Finger ineinander und dachte an Dylans Ultimatum, das eigentlich gar keines war.

»Soso. Und warum wirkt dein Lächeln dann so gezwungen? Dein Körper spricht eine andere Sprache.« Er deutete auf ihre ineinander verknoteten Finger. »Muss ich Rhodes etwa mal ordentlich den Kopf waschen?«, fragte er drohend.

»Nein!«

»Wem dann?«

»Mir.« Sie wandte den Kopf zur Seite.

Ian setzte sich neben sie auf die Couch und hob mit dem Zeigefinger ihr Kinn an. »Hey, was ist los?«

Olivia zuckte die Achseln. »Dylan hat gesagt, er liebt mich. Und ich liebe ihn«, berichtete sie mit rauer Stimme. »Aber er will ... alles, und ich weiß nicht, ob ich in der Lage bin, ihm das zu geben.« Das vergessene Kondom erwähnte sie natürlich nicht – das wäre *eindeutig* zu viel Information gewesen.

Ian schenkte ihr sein so vertrautes Großer-Bruder-Lächeln.

»Du fürchtest, dass sich die Geschichte wiederholen könnte, was ich für meinen Teil sehr gut nachvollziehen kann. Aber Dylan ist nicht Dad. Und er ist auch nicht Jeff. Du kannst nicht alle Männer dieser Welt über einen Kamm scheren.«

Sie lächelte. »Tu ich doch gar nicht. Mir ist zum Beispiel durchaus bewusst, dass meine Brüder ganz anders sind. Scott und du, ihr wart immer für mich da. Aber ...«

»Aber Dad war es nicht.«

»Genau. Apropos, er hat mich den ganzen Vormittag mit Anrufen bombardiert.«

»Und, hast du mit ihm geredete?«

Olivia schüttelte den Kopf. »Ich weiß, es ist seltsam, weil ich diejenige war, die immer auf Versöhnung gepocht hat und euch dazu gedrängt hat, auf seine Partys zu gehen. Aber ... Er ist immer einen Tag zu spät dran. Als wären wir – als wäre ich total nebensächlich.«

Ihre Beziehung zu ihrem Vater war von Hass und Liebe gleichermaßen geprägt. Gestern hatte sie sich maßlos darüber aufgeregt, dass er sich als Einziger nicht nach ihrem Befinden erkundigt hatte, und heute, da er schon mehrfach versucht hatte, sie zu kontaktieren, ging sie nicht ans Telefon. Er konnte es ihr einfach nicht recht machen. Das lag nun einmal an ihrem komplizierten Verhältnis zu ihm. Sie seufzte.

»Ich bin nicht gerade Dads größter Fan, wie du weißt«, sagte Ian. Sie nickte. Er hatte ihren Vater damals, nachdem herausgekommen war, dass dieser noch eine zweite Familie hatte, quasi aus seinem Leben gestrichen, während Olivia für jede Minute, die Robert Dare mit ihr verbrachte, dankbar gewesen war. Ian war im Gegensatz zu Olivia, Scott und Avery auch sehr lange nicht bereit gewesen, ihm zu verzeihen.

»Ich verstehe dich, Liv. Du willst immer noch die Familie, um die man dich betrogen hat. Du willst, dass Dad … wieder ein richtiger Dad ist. Und das ist völlig in Ordnung. Aber tief drin weißt du, dass *er* dir diesen Wunsch nicht erfüllen kann.«

Olivia nickte. Sie hatte einen schmerzhaften Kloß im Hals. »Ich weiß. Du hast recht.«

»Wie immer.« Er grinste.

Sie zuckte die Achseln. »Ich weiß, Dylan ist nicht Dad. Dylan ist … er ist perfekt, und trotzdem kann ich die Vergangenheit nicht hinter mir lassen.«

Ian grunzte belustigt. »Ich sage es dir ja nur ungern, aber niemand ist perfekt, schon gar nicht Dylan Rhodes.«

»Okay.« Sie grinste schief. »Aber du weißt, was ich meine.«

»Beantworte mir doch bitte eine Frage, Olivia: Wenn

dein Held so verdammt perfekt ist, warum hast du dann solche Angst davor, von ihm enttäuscht zu werden?«

Mist. Ihr Bruder verstand sich wirklich meisterhaft darauf, auf direktem Wege zum Kern eines Problems vorzudringen.

Ian räusperte sich. »Ich wage zu behaupten, dass das Problem ganz anders gelagert ist. Was dir Angst einjagt, ist das, was er von dir will. Weil du die Tatsache, dass du in jungen Jahren eine Fehlgeburt hattest, immer bloß verdrängt, aber nicht aufgearbeitet hast«, sagte er sanft.

Sie ballte die Fäuste und schluckte schwer. Kaum war das Wort ›Fehlgeburt‹ gefallen, begann sie auch schon zu weinen. Es stimmte, sie hatte dieses traumatische Erlebnis noch nicht einmal ansatzweise verarbeitet. Ein einziges Mal war sie bei einer Therapeutin gewesen, aber es war einfacher gewesen, ihren Kummer zu verdrängen, als sich damit aktiv auseinanderzusetzen, also hatte sie die Therapie gleich wieder abgebrochen.

»Eines Tages habe ich gespürt, wie sich das Baby in mir bewegt hat.« Sie presste sich fest die Hände auf den Bauch. »Und dann habe ich es verloren, und mit ihm auch den Glauben an alles und jeden.« Dicke Tränen liefen ihr über die Wangen. Sie hielt sie nicht zurück.

Der arme Ian sah es hilflos mit an. Er war total überfordert, wie immer, wenn eine seiner Schwestern weinte. Aber immerhin hörte er ihr zu, und dafür liebte sie ihn.

»Du hast den Glauben nicht verloren, Liv. Du musst nur mutig sein und an dir arbeiten. Komm Dylan entgegen und lass nicht zu, dass du dir dein Glück verbaust.

Denn selbst ein anständiger Kerl wie Dylan Rhodes ist irgendwann mit seiner Geduld am Ende.«

Sie schlang ihm die Arme um den Hals und drückte ihn an sich.

»Ach, Ian, ich hab dich lieb.«

»Ich dich auch.« Er umarmte sie kurz, dann machte er sich von ihr los. »Und jetzt mach dich wieder an die Arbeit«, befahl er barsch.

Sie lächelte. »Du hasst es, wenn Avery oder ich anfangen zu heulen, stimmt's?«

Er ging nicht darauf ein. Stattdessen fragte er: »Wann besuchst du mal wieder deine Nichte?«

Olivia ließ schuldbewusst den Kopf hängen. Auch das war Teil ihrer Verdrängungstaktik – sie mied den Umgang mit Kleinkindern, selbst wenn es sich dabei um die Tochter ihres Bruders handelte. Beinahe hätte sie sich die Hand auf den Bauch gelegt, doch sie konnte sich gerade noch bremsen. Es war zu früh für Spekulationen. Zu früh für alles. »Ich komme bald wieder einmal vorbei, versprochen.«

Ian musterte sie mit einem prüfenden Blick. »Ich werde dich beizeiten daran erinnern.«

Sie nickte. »Etwas anderes habe ich auch gar nicht erwartet.« Dann machte sie sich mit hängenden Schultern vom Acker und ging gemächlich zurück zu ihrem Büro.

Kaum saß sie wieder hinter ihrem Schreibtisch, klingelte ihr Telefon.

»Olivia Dare am Apparat.«

»Olivia, hier ist dein Vater.«

Sie kniff die Augen zu und atmete einmal tief durch.

Eigentlich logisch, dass er es am Festnetz versuchen würde, nachdem er sie per Handy nicht erreicht hatte. »Hi Dad.«

»Hi Dad? Du wirst von einem Mann mit einer Schusswaffe bedroht, und alles, was du mir zu sagen hast, ist ›Hi Dad‹?«

Sie rieb sich entnervt mit dem Telefon über die Schläfe, ehe sie es wieder ans Ohr hielt. Trotzdem freute sie sich irgendwie darüber, dass er sich endlich bei ihr meldete. »Woher weißt du es?«, fragte sie.

»Erst hat mich Alex angerufen, dann Jason, und schließlich auch noch Sienna, denn ich bin gerade in L. A. Wir machen ein paar Tage Urlaub.«

Es überraschte Olivia nicht, dass nur ihre Halbgeschwister ihn informiert hatten. »Soso.«

»Savannah und ich haben spontan beschlossen, dass wir etwas Erholung brauchen. Habe ich dich nicht angerufen, bevor wir losgeflogen sind?«

»Nein, hast du nicht.« Sie holte tief Luft und nahm all ihren Mut zusammen. Es war ihr seit jeher schwergefallen, ihn zu kritisieren. »Und meinen Geburtstag hast du auch vergessen.«

Es folgte eine peinlich berührte Stille.

Schließlich räusperte er sich. »Ist Savannahs … ich meine, ist unser Paket nicht angekommen?«

»Nein.« Olivia ließ den Blick durch ihr Büro wandern. An den Wänden hingen Fotos ihrer Lieblingsspieler, und auf ihrem Schreibtisch sowie zwischen den Topfpflanzen auf der Fensterbank standen Bilder ihrer Geschwister – der Menschen, denen sie wichtig war.

»Tut mir wirklich leid, Olivia. Ich weiß genau, dass Savannah dir ein Geschenk geschickt hat. Ich werde sie bitten nachzuforschen, wo es abgeblieben ist.«

Olivia schnaubte frustriert. Sie mochte die zweite Frau ihres Vaters, den widrigen Umständen zum Trotz, und sie bezweifelte nicht, dass diese ihr etwas geschickt hatte. Aber es ging ihr nicht um Geschenke. Darum war es ihr noch nie gegangen.

»Was mich stört, ist nicht, dass das Geschenk verloren gegangen ist, sondern dass du nicht auf meiner Party warst und dich noch nicht einmal persönlich bei mir gemeldet hast.« Warum war sie eigentlich jahrelang so dumm gewesen, ihren Geschwistern gegenüber Entschuldigungen für ihn zu erfinden?

»Ich bin euch wirklich ein lausiger Vater, nicht?« Das klang bekümmert und deprimiert.

Aber sie hatte kein Mitleid mit ihm. Nicht mehr. Nicht, nachdem er ihr so tiefe seelische Wunden zugefügt hatte. In ihren Augen brannten unvergossene Tränen. Sie zog die unterste Schreibtischschublade auf und entnahm ihr die Schachtel mit den Taschentüchern.

Verdammter Mistkerl. Olivia hasste es, im Büro zu heulen, erst recht, wenn es wegen ihres Vaters war. Sie tupfte sich die Augen trocken und lehnte sich zurück. »Schon okay. Ich muss mich jetzt wieder an die Arbeit machen. Es ist gerade unheimlich viel zu tun. Bye, Dad.« Damit legte sie auf, ohne seine Antwort abzuwarten.

Es wurde eine lange, anstrengende Woche, in der sie immer wieder mit neugierigen Anfragen der Presse konfrontiert wurde, aber irgendwie überstand sie es einigermaßen unbeschadet. Am Freitagabend wünschte sie sich nichts sehnlicher, als das Wochenende mit Nichtstun zu verbringen. Aber das würde ihr auch nicht weiterhelfen.

Sie gab sich einen Ruck und erstellte eine Liste der Aufgaben, die sie anpacken musste, wenn ihr die Vergangenheit nicht länger im Weg stehen sollte. Blieb nur zu hoffen, dass sie es schaffen würde. Denn es stand zu viel auf dem Spiel.

12

Als Dylan bei seiner Schwester eintraf, war gerade Schlafenszeit für Ava – und wie nicht anders erwartet versuchte sie wieder einmal, sich vor dem Zähneputzen zu drücken, indem sie sich versteckte.

»Jetzt wird nicht Verstecken gespielt, Ava«, rief Callie.

»Doch!«, tönte es aus dem Wohnzimmer.

Callie wechselte einen amüsierten Blick mit Dylan. »Zum Glück ist ihr noch nicht klar, dass ich sofort weiß, wo sie steckt, wenn sie mir widerspricht.« Auf Zehenspitzen schlich sie ins Wohnzimmer, geradewegs auf den zugezogenen Vorhang zu, hinter dem sich deutlich sichtbar eine kleine Gestalt abzeichnete. »Hab ich dich!«, rief sie und umarmte Ava durch den Vorhang hindurch.

Die Kleine johlte auf und schob den Vorhang beiseite. Als sie ihren Besucher erblickte, rief sie »Onkel Dylan!« und rannte ihm mit weit ausgebreiten Armen entgegen.

Dylan hob sie hoch und schwang sie durch die Luft. »Was hältst du davon, wenn ich dir beim Zähneputzen helfe und dich dann ins Bett bringe?«

»Jaaa! Zähneputzen!«, rief Ava und wedelte begeistert mit den Armen.

Callie verdrehte die Augen. »Ich hasse es, wenn sie ihre Meinung ändert, nur weil du da bist.«

»Von wegen. Du findest es doch super, weil sie dann in null Komma nichts im Bett ist.« Er schwang sich seine Nichte über die Schulter und ging mit ihr nach oben.

Das Zähneputzen ging bei Ava mit viel Geplapper und einer regelrechten Wasserschlacht einher, sodass es eine gute halbe Stunde dauerte, bis sie tatsächlich im Bett lag. Und dann stand sie noch vier, oder fünfmal wieder auf, bis ihre Mutter sie dazu bewegen konnte, liegen zu bleiben.

»Ich hasse es, wenn Matthew geschäftlich unterwegs ist. Eigentlich wäre er heute mit dem Ins-Bett-Bringen an der Reihe«, stöhnte Callie, als sie sich schließlich erschöpft in den großen Polstersessel im Wohnzimmer sinken ließ. »Gut, dass du da bist.«

Dylan lachte. »Matthew vermisst dich doch sicher genauso wie du ihn.«

»Ach was«, winkte seine Schwester ab. »Der genießt bestimmt gerade seinen ruhigen Abend im Hotelzimmer. Aber morgen kommt er zurück, und dann ist er wieder dran.«

»Das nennt man Teamwork …«

Callie musterte ihn aufmerksam.

Mist. Eigentlich hatte er sich nicht bei ihr ausheulen wollen, doch diese eine Bemerkung hatte bereits genügt, um sie aufhorchen zu lassen. Nach dem abendlichen Ritual mit Ava war ihm schwer ums Herz. Ihm war so etwas stets vorenthalten geblieben – und deshalb setzte er all seine Hoffnungen in die Zukunft. Eine Zukunft mit Olivia.

»Was ist denn los?«, fragte Callie besorgt. »Ist irgendetwas passiert?«

Seine Schwester hatte seit jeher ein gutes Gespür dafür gehabt, was in ihm vorging – und umgekehrt war es genauso. Diese Art von Verständnis war selbst für Geschwister, die sich nahestanden, ungewöhnlich. Er ging davon aus, dass es auf die besonderen Umstände ihrer Kindheit und Jugend zurückzuführen war.

»Hast du Probleme mit Olivia?«, erkundigte sie sich. »Das fände ich schade. Ich mag sie nämlich sehr.«

Er lächelte. »Das beruht auf Gegenseitigkeit.«

»Dann erzähl mal – wie hast du es geschafft, sie zu vergraulen?«

Dylan verdrehte die Augen. »Wie kommst du darauf, dass ich sie vergrault habe? Ich habe ihr gesagt, dass ich sie liebe und mein Leben mit ihr teilen möchte. Das kann man wohl kaum vergraulen nennen.«

»Oh. Wow.«

Er schob die Hände in die Hosentaschen und begann im Wohnzimmer auf und ab zu gehen. »Ich dachte immer, du und ich hätten es schwer gehabt. Meinen Vater kenne ich gar nicht, und Mom hat sich irgendwann auch aus dem Staub gemacht. Wir hatten nur uns zwei, und trotzdem ist etwas aus uns geworden. Aber wir hatten beide immer den Wunsch nach einer richtigen Familie, und ich habe verdammt noch mal keine Lust mehr, anderen dabei zuzusehen, wie sie das Leben führen, das ich führen will.«

Hatte er den Gedanken an Verhütung bewusst verdrängt? Nein. Das könnte er Olivia niemals antun. So egoistisch war er nicht, zumal er wusste, mit welchen seelischen Qualen das Thema Kinder für sie behaftet war. Aber falls sie tatsächlich schwanger war, würde er es kein bisschen bereuen. Nein. Er nicht. Aber sie womöglich. Und das jagte ihm eine Heidenangst ein.

Seine Schwester erhob sich und ging zu ihm, um ihn zu umarmen, genau wie früher, als sie noch Kinder gewesen waren. »Wenn Olivia das nicht will, ist sie ziemlich dumm.«

Dylan liebte seine Schwester dafür, dass sie ihm den Rücken stärkte. »Ich glaube schon, dass sie es will. Sie hat nur panische Angst davor, alles wieder zu verlieren.« Er erläuterte, dass Olivia im Grunde nur von ihrer Mutter großgezogen worden war und erwähnte auch die Zweitfamilie ihres Vaters, Jeff und ihre Fehlgeburt.

»Ach herrje. Armes Mädchen.«

»Ja, schon. Aber es ist Jahre her, dass sie dieses Mädchen war. Inzwischen ist sie ein ganz anderer Mensch, und genau das muss ich ihr vor Augen führen.«

Callie löste sich von ihm. »Wenn sie so clever ist, wie ich glaube, dann wird sie ihre Meinung ändern. Ich weiß, das ist nicht viel …« Er stieß ein hohles Lachen hervor. »Aber es ist alles, was ich habe. Glaub mir, das ist mir klar.« »Seht ihr euch heute noch?« Dylan schüttelte den Kopf. »Nein. Ich wollte dich besuchen, und sie hat ihrer Schwester versprochen, mit ihr ins Kino zu gehen.

Aber ich schätze, eine kleine Pause tut uns ganz gut.« Es konnte nicht schaden, sich schon mal daran zu gewöhnen – nur für den Fall, dass Olivia nicht gewillt war, für ihre Beziehung zu kämpfen.

* * *

Olivia warf noch einmal einen Blick auf den Zettel mit der Adresse, die ihr Madison aufgeschrieben hatte. Sie war auf dem Weg zu einer Klinik in einem der nobleren Viertel der Stadt. Dort wollte sie eine Therapeutin aufsuchen, die ihr Madison empfohlen hatte; eine, die auf die Art von psychischen Problemen spezialisiert war, mit denen Olivia zu kämpfen hatte, und wusste, was sie brauchte. Der Gedanke entlockte ihr ein müdes Lachen – sie wusste ja selbst nicht genau, was sie brauchte. Sie wusste nur, was sie auf gar keinen Fall verlieren durfte: Dylan.

Sie hatte ihm gesagt, sie wolle mit Avery ins Kino gehen, weil sie den dumpfen Verdacht gehabt hatte, dass sie nach dem Termin ein bisschen Zeit für sich benötigen würde. Wann immer ihr im Leben etwas Gutes passierte, fürchtete sie, sie könnte es wieder verlieren. Und wenn sie diese Angst loswerden wollte, wenn sie in der Lage sein wollte, das Leben zu führen, das sich Dylan wünschte, dann musste sie professionelle Hilfe in Anspruch nehmen. Die Art von Hilfe, vor der sie vor Jahren geflüchtet war.

Als sie das Gebäude eine gute Stunde später mit geröteten Augen wieder verließ, war sie vollkommen erschöpft. Die schon etwas ältere Ärztin war warmherzig, aber direkt gewesen und hatte von ihr verlangt, jede einzelne Frage ehrlich zu beantworten. Sie hatte Olivia gewarnt, dass die Therapie eine Weile dauern könne, dass Veränderungen nicht über Nacht geschahen und dass sie bereit sein musste, an sich zu arbeiten, wenn sie die emotionalen Barrieren abtragen wollte, die sie im Laufe der Jahre errichtet hatte, um das Glück nur ja nicht zu nahe an sich heranzulassen.

Und als Olivia eingewendet hatte, es könne sein, dass ihr nicht viel Zeit bleibe, weil sie womöglich bereits schwanger sei, hatte die Ärztin gekontert, für so etwas sei immer Zeit. Und damit hatte sie wohl recht.

Als Olivia in ihren Wagen stieg, war ihr, ihrer Ermattung zum Trotz, eines sehr deutlich bewusst: Sie hatte den schwierigen ersten Schritt geschafft. Wie auch immer sich die Sache mit Dylan entwickeln mochte, sie wusste jetzt, dass sie es in erster Linie sich selbst schuldig war.

Ehe sie den Motor startete, sah sie nach, ob jemand angerufen hatte. In der Tat hatte ihr Avery eine Nachricht hinterlassen. Wie es aussah, gab Grey Kingston, ihre erste große Liebe und mittlerweile der Leadgitarrist der berühmten Rockband Tangled Royal, ein Konzert in der Stadt. Er hatte Avery zu Beginn seiner Karriere vor ein paar Jahren gebeten, ihn auf seinen Tourneen zu begleiten, doch seit Avery als junges Mädchen für Sienna Knochenmark gespendet hatte, zog sie es vor, sich in der Nähe ihrer Familie aufzuhalten. Es hatte ihr zwar das Herz gebrochen, aber sie hatte ihn ziehen lassen, was

Olivia bis heute sehr leidtat für ihre lebhafte, unternehmungslustige Schwester.

Soweit Olivia wusste, hatte sich Grey nie wieder bei Avery gemeldet, aber da er berühmt und attraktiv war und überdies ständig in der Boulevardpresse über ihn berichtet wurde, war es praktisch unmöglich, nicht zu wissen, wo er sich gerade aufhielt.

Und nun hatte Avery Tickets für sich selbst, Olivia und Dylan – wohl, weil sie nicht allein zu dem Konzert gehen wollte. Das kam Olivia gerade recht, denn auf diese Weise wäre sie von ihren tristen Gedanken abgelenkt und von Menschen umgeben. Nach dem Gespräch mit ihrer neuen Therapeutin fühlte sie sich schon von der bloßen Vorstellung, mit Dylan allein zu sein, überfordert.

* * *

Am nächsten Morgen bat sie Dylans Sekretärin, ihr Bescheid zu geben, sobald er eingetroffen war.

Als es so weit war, ging sie gleich zu ihm rüber und klopfte an seine offene Bürotür.

Dylan riss die Augen auf, als er sie erblickte, und erhob sich sogleich. Er wirkte sichtlich erfreut.

»Guten Morgen«, sagte er mit rauer Stimme.

»Morgen.« Ihr Puls beschleunigte sich schon bei seinem bloßen Anblick.

»Komm rein und mach die Tür zu«, befahl er.

Sie tat automatisch, was er sagte.

»Und jetzt schließ ab.«

»Was?« Sie blinzelte verdattert.

»Ich habe dich seit gestern nicht gesehen, und jetzt bist du hier bei mir im Büro … Also, schließ die Tür ab.«

Ihr Herz setzte in Anbetracht seines Befehlstons einen Takt aus.

»Dylan …«

»Nun mach schon, Olivia.«

»Okay, meinetwegen.« Sie tat, was er von ihr verlangte, dann ging sie rasch auf ihn zu. Schließlich war sie aus einem bestimmten Grund gekommen. »Ich wollte dich fragen, ob du heute Abend mit Avery und mir auf ein Konzert gehen willst.«

Er legte den Kopf schief und betrachtete sie nachdenklich. »Gern, ich hab heute Abend noch nichts vor. Und jetzt komm her.« Er unterstrich seine Worte mit einer entsprechenden Geste.

Sie verdrehte die Augen. »Warum kommandierst du mich denn heute in einer Tour rum?«

Er wartete ab, bis sie nur noch auf Armeslänge von ihm entfernt war, dann packte er sie um die Taille und zog sie an sich. »Ich habe dich wie gesagt seit gestern nicht gesehen, und ich will ein paar Minuten die traute Zweisamkeit mit dir genießen. Dagegen wirst du doch wohl nichts einzuwenden haben, oder?«

Sie schüttelte den Kopf. »Nein, aber …«

»Wenn ich dich höflich gebeten hätte, dann würden wir immer noch darüber diskutieren, was ich will und warum.«

Da musste sie ihm recht geben. Bestimmt hätte sie ihn wieder einmal bewusst auf Abstand gehalten.

Er legte ihr die Hände auf die Oberarme und schob

sie in Richtung Schreibtisch, bis sie an der Kante lehnte. »Wie geht es dir?«

Sie zuckte die Achseln. »Ganz gut.«

»Das ist gelogen, aber ich werde schon noch dafür sorgen, dass deine Worte den Tatsachen entsprechen«, versprach er ihr mit weit mehr Zuversicht, als sie empfand. »Sei in meiner Gegenwart einfach du selbst. Alles andere ergibt sich schon irgendwie.«

Sie atmete hörbar aus. »Ich hoffe, du hast recht.« Sie zögerte, dann platzte sie heraus: »Ich versuche, an mir zu arbeiten und meine Probleme zu lösen, aber ich will nicht jedes Mal, wenn ich mit dir allein bin, fürchten müssen, dass du mich in eine lange, schmerzhafte Diskussion verwickelst.« Mit Ehrlichkeit fuhr man doch meist am besten.

»Das will ich auch nicht.« Er küsste sie erst auf den einen Mundwinkel, dann auf den anderen. »Gehen wir deshalb auf ein Konzert? Damit wir uns nicht unterhalten können?«

Mist, er hatte sie durchschaut. Sie errötete. »Das ist ein angenehmer Nebeneffekt«, gab sie zu. »Aber der Hauptgrund ist die Tatsache, dass Avery mal mit dem Leadgitarristen zusammen war und ihn heute das erste Mal seit damals wiedersehen wird. Sie will nicht allein hin.« Sie zuckte die Achseln. »Und ich will nicht ohne dich hin.«

Er hob sie hoch und setzte sie mitten auf die Unterlagen, die auf seinem Schreibtisch lagen. »Das ist Musik in meinen Ohren … im wahrsten Sinne des Wortes.« Er grinste. »Sehr passend, der Spruch, nicht?«

Sie verdrehte die Augen. »Du scheinst ja ziemlich gut gelaunt zu sein, du Möchtegernkomiker.«

»Natürlich bin ich gut gelaunt, wenn du da bist.«

Sie seufzte. Es war schier unmöglich, dem Charme dieses hartnäckigen, unwiderstehlichen Mannes nicht zu erliegen. »Okay. Das Konzert fängt um acht an, und für hinterher hat Avery Backstage-Pässe für uns alle.«

Er schlang ihr die Arme um die Taillle und drückte ihr einen herzhaften Kuss auf die Lippen. »Vertrau mir«, flüsterte er, dann hob er sie von seinem Schreibtisch, drehte sie herum, gab ihr einen Klaps auf den Hintern und schob sie zur Tür. »So, und jetzt ab in dein Büro mit dir.«

Danach grinste sie den ganzen Vormittag vor sich hin, obwohl sie wusste, dass er vermutlich genau das damit bezweckt hatte.

***

Avery war während des ganzen Konzerts das reinste Nervenbündel, dabei konnte sie sonst nichts so schnell aus der Ruhe bringen. Wer auch immer dieser Mann war, er schien ihr wichtig zu sein, dachte Dylan. Das Konzert selbst war spitze, genau wie ihre Plätze. Solche Karten bekam man nicht übers Internet. Avery musste sie privat erhalten haben, wollte ihrer Schwester zufolge aber nicht darüber reden. Sie wünschte sich nur ein bisschen moralische Unterstützung. Und die gewährte Olivia ihr nur zu gern. Und Dylan schätzte sich glücklich, als Nutznießer mit von der Partie sein zu dürfen.

Je näher das Ende des Konzerts rückte, desto blasser und fahriger wurde Avery. Mehr als einmal machte sich Olivia von Dylan los und lehnte sich zu ihrer Schwester hinüber, um ihr etwas Aufmunterndes ins Ohr zu flüstern oder ihr einen Arm um die Schulter zu legen und sie an sich zu drücken.

Er fand es toll, wie Olivia und ihre Geschwister miteinander umgingen, denn es erinnerte ihn an das Verhältnis zwischen Callie und ihm, angefangen von den Frotzeleien bis hin zum Beschützerinstinkt und der gegenseitigen Unterstützung. Olivia war ein unheimlich liebevoller und fürsorglicher Mensch, das war mehr als offensichtlich, wenn er sie im Umgang mit Avery beobachtete.

Schließlich verließ die Band unter tosendem Applaus die Bühne, und das Publikum verlangte lautstark nach mehr. Nach zwei Zugaben war dann offensichtlich, dass es vorbei war. Die Lichter gingen an, und die Zuhörer sammelten ihre Siebensachen ein und machten sich auf den Weg nach draußen.

Just in diesem Moment vibrierte Dylans Handy. Er zog es aus der Hosentasche und warf einen Blick auf das Display. Es war Meg.

Verstohlen sah er zu Olivia, doch die unterhielt sich mit Avery, also ging er ran.

»Hallo?«

Was auch immer sie ihm sagen wollte, ging im Lärm unter, zumal er nur einen sehr schlechten Empfang hatte. Mit gerunzelter Stirn steckte er das Telefon in die hintere Hosentasche.

»Wer war denn dran?«, erkundigte sich Olivia.

»Meg.« Er musterte sie prüfend.

»Ist alles okay?«, fragte sie.

Er zuckte die Achseln. »Ich habe sie kaum verstanden. Ich rufe sie zurück, wenn wir draußen sind.« Hm. Ein Blick auf die Uhr verriet ihm, dass es schon nach elf war. Nach dem Besuch im Backstagebereich war es vermutlich zu spät.

»Willst du dir eine Ecke suchen, in der der Empfang besser ist?« Sie wirkte weder misstrauisch noch verärgert über Megs Anruf. Wie es aussah, machte sie wirklich Fortschritte.

»Nein, schon gut.«

Es dauerte ewig, bis sie endlich am Ende des langen Mittelgangs angekommen waren und die Konzerthalle durch eine der großen Türen verließen. Einige der T-Shirt-Verkäufer packten bereits ihre Stände zusammen, andere bedienten noch die letzten kaufwilligen Fans.

Dylan hatte ein ungutes Gefühl wegen Meg, verdrängte es aber.

Olivia ergriff die Hand ihrer Schwester und folgte ihr zum nächstbesten Ordner.

Avery zeigte dem Sicherheitsbediensteten ihren Backstage-Pass und fragte ihn nach dem Weg.

»Da lang«, sagte sie dann und zeigte in die entgegengesetzte Richtung.

»Und du bist dir auch ganz sicher, dass du das willst?«, fragte Olivia.

Avery nickte. »Ja. Allerdings werde ich, glaube ich, doch allein gehen.«

»Was?« Olivia schüttelte den Kopf. »Nein. Was ist, wenn du mich brauchst? Wenn es peinlich wird oder wenn er von massenhaft Groupies umschwärmt ist?«

Avery bedachte ihre Schwester mit einem verkrampften Lächeln. »Ich bin dir sehr dankbar, dass du mir den ganzen Abend über beigestanden und dafür gesorgt hast, dass ich nicht die Nerven verliere, aber da muss ich jetzt allein durch. Ach ja, und danke für den Reality Check mit den Groupies, auch wenn ich gut und gern darauf hätte verzichten können.« Sie zwinkerte Olivia zu.

»Herrje, entschuldige, Avery …«

Dylan trat näher. »Sollen wir dich nicht noch ein Stück begleiten?«, schlug er Avery vor.

Sie atmete tief durch und schüttelte den Kopf. »Nein. Ich schaffe das auch allein, ehrlich. Aber danke.«

»Und wie willst du hinterher nach Hause kommen?«, fragte Olivia.

»Ich nehm mir ein Taxi, keine Sorge.«

»Okay. Aber schick mir eine SMS, wenn du zu Hause angekommen bist, sonst rufe ich die Polizei an, kapiert?«

Avery stöhnte. »Okay, Mom.«

Dann umarmte sie Olivia und gab Dylan einen Kuss auf die Wange. »Geht ruhig, ihr zwei. Ich werde euch morgen berichten, wie es war.«

Ihre Entscheidung stand fest, doch Olivia hatte offenbar noch immer Einwände. »Nun komm.« Dylan nahm ihre Hand und zog sie in Richtung Ausgang. »Sie wird schon wissen, was sie tut.«

Olivia stieß einen Seufzer hervor und nickte, während sich Avery auf den Weg machte. »Ich wette, der Typ ist inzwischen ein total verwöhnter Rockstar«, brummelte sie.

»Und Avery ist eine erwachsene Frau, die durchaus in der Lage ist, sich darüber selbst ein Urteil zu bilden.«

»Okay, okay. »

Hand in Hand folgten sie den Korridoren zum Ausgang der Arena. Kaum waren sie draußen angekommen, umgab sie sogleich die warme, feuchte Nachtluft von Florida. Dylan zückte sein Handy, Olivia tat es ihm nach.

»Hm. Bei mir hat Meg auch angerufen, aber ich hatte mein Telefon ausgeschaltet.«

»Wie kommt es, dass sie deine Nummer hat?«, wollte er wissen.

»Ich habe sie ihr gegeben, als sie neulich bei mir im Büro war.«

Dylan drückte auf »Automatische Wiederwahl«. Wenn Meg es auch bei Olivia versucht hatte, musste etwas passiert sein. Doch sein Anruf wurde gleich auf die Sprachbox umgeleitet. Er schüttelte den Kopf und sah Olivia in die weit aufgerissenen Augen.

»Hast du in letzter Zeit mal mit ihr gesprochen?«, fragte sie leise.

»Nein. Ich fürchte, mein kleiner Ausbruch auf Avas Geburtstagsparty hat sie abgeschreckt. Seither habe ich nichts von ihr gehört.« Er hatte sie anrufen wollen, war aber erst aus Sorge um Olivia nicht dazu gekommen, und dann hatte er es vergessen. Beschämt verzog er das Gesicht.

»Als sie damals zu mir ins Büro kam, hat sie erzählt, dass sie auf einen Rückruf von ihrem Ex wartet. Sie wollte ihm sagen, dass sie schwanger ist, und hatte ein ungutes Gefühl deswegen. Meinst du, ihr ist etwas passiert?«

»Keine Ahnung«, knurrte Dylan. »Dieser Mike ist ein faules Aas, aber ich hätte eigentlich nicht gedacht, dass er ihr etwas antun könnte. Scheiße.« Er versuchte es noch einmal, während er den Weg zu seinem Wagen einschlug. Vergeblich.

Sie waren schon fast bei Dylans Wohnung angelangt, da klingelte plötzlich sein Handy. Eine ihm unbekannte Nummer. Er ging ran und schaltete via Bluetooth auf Lautsprecher. »Hallo?«

»Kann ich bitte mit Dylan Rhodes sprechen?«

»Am Apparat.«

»Ähm, hier ist Lana Santos. Ich bin Meg Thompsons Nachbarin.«

Olivia schnappte nach Luft und beugte sich sichtlich besorgt nach vorn, und auch Dylan wirkte gleich noch etwas angespannter.

»Was ist los?«

»Ich habe Ihre Nummer aus Megs Handy. Meg hatte Sie als ihren ICE-Kontakt abgespeichert.«

»ICE-Kontakt?«, wiederholte Dylan verständnislos.

»In case of emergency«, erklärte die Anruferin. »Als der Krankenwagen weg war, ist mir aufgefallen, dass ihre Tür noch offen stand und ihr Handy im Flur auf dem Fußboden lag.«

»Der Krankenwagen?«, echote Dylan mit erhobener Stimme und wechselte einen beunruhigten Blick mit Olivia. Sie wirkte genauso besorgt wie er. Wenn diese Lana doch nur endlich zur Sache käme!

»Ich weiß nicht genau, was passiert ist, aber sie hat sich mit dem Typen gestritten, der bis vor Kurzem bei ihr gewohnt hat. Ich habe nur gehört, wie sich die beiden angeschrien haben, und dann ein Krachen und Klirren …«

Dylan umklammerte das Lenkrad so fest, dass seine Hände wehtaten. »In welches Krankenhaus hat man sie gebracht?«

»In die Uniklinik von Miami, glaube ich.«

»Danke für den Anruf«, sagte er und legte auf. Verflucht. Er hätte wissen müssen, dass dieser Mistkerl austicken würde, wenn er hörte, dass Meg schwanger war.

Olivia legte ihm sanft eine Hand auf den Oberschenkel. »Vergiss das Atmen nicht«, sagte sie leise und riss ihn damit aus seinen düsteren Gedanken. »Du musst jetzt einen kühlen Kopf bewahren.«

»Ja.« Er wusste, sie hatte recht.

Bei der nächsten Ausfahrt fuhr er von der Autobahn ab und schlug schweigend den Weg zur Klinik ein.

Olivia konzentrierte sich ganz darauf, Dylan zu beruhigen, doch bis er schließlich auf dem Parkplatz anhielt, hatte er sie mit seiner Angst um Meg angesteckt.

Olivia hasste Krankenhäuser. Die Gründe dafür waren mannigfaltig. Die weißen Wände, das kühle Personal und der Geruch nach Desinfektionsmittel ließen zahlreiche unangenehme Erinnerungen wiederauferstehen. Teils musste sie an die Stunden denken, die sie mit Sienna verbracht hatte, als diese nach der Knochenmarkspende Besuch empfangen durfte, teils an ihren eigenen Krankenhausaufenthalt nach der Not-OP wegen ihrer Fehlgeburt.

Sie traten zum Empfangstresen. »Ich suche eine Frau, die mit dem Krankenwagen eingeliefert wurde. Sie heißt Meg Thompson.«

Die Angestellte hinter dem Schalter tippte gemächlich etwas in ihren Computer, dann hob sie den Kopf. »Wie sagten Sie war der Name?«

»Thompson«, wiederholte Dylan gepresst. »Meg. Sie wurde wie gesagt mit einem Krankenwagen eingeliefert.«

»Ah, ja. Sind Sie ein Angehöriger?«

»Ich bin ihr Bruder«, flunkerte er und umklammerte Olivias Hand.

»Gehen Sie durch die Tür da drüben. Dort hilft man Ihnen weiter.«

Dylan zog Olivia den Korridor entlang und durch eine Doppeltür in die Notaufnahme. Drinnen behauptete er erneut, er sei Megs Bruder, und wurde zu einer von mehreren durch geschlossene Vorhänge abgetrennten Kabine geführt.

»Vielleicht sollte ich lieber hier warten«, sagte Olivia leise. »Meg kennt mich gar nicht richtig, und …«

Doch er ließ sie nicht ausreden, sondern schob sich durch einen Spalt im Vorhang und zog sie hinter sich her.

13

Meg lag auf einem schmalen Krankenhausbett mit halb aufgerichtetem Kopfende. Sie hatte die Augen geschlossen und war ziemlich blass im Gesicht.

»Meg?«, sagte Dylan vorsichtig.

Ihre Augenlider öffneten sich flatternd, und sobald sie Dylan erblickte, brach sie in Tränen aus. Er trat näher und ließ sich auf dem Stuhl, der neben dem Bett stand, nieder.

»Woher wusstet ihr, wo ich bin?«, schniefte sie.

»Deine Nachbarin hat dein Handy gefunden und mich informiert, weil du mich als deinen ICE-Kontakt abgespeichert hattest.« Er sah sie an.

»Das Wichtigste zuerst: Ist mit dir und dem Baby alles in Ordnung?«

»Ja, mir geht es so weit gut, und dem Baby bisher auch. Aber ich habe Blutungen, deshalb werde ich überwacht und soll noch eine Weile das Bett hüten.«

Olivia spürte, wie sich ihr Magen zusammenkrampfte. Sie wich einen Schritt zurück in Richtung Ausgang.

»Danke, dass ihr gekommen seid«, sagte Meg, zu Dylan gewandt, dann nickte sie auch Olivia zu.

Es schien sie nicht zu stören, dass er sie mitgebracht hatte, doch Olivia fühlte sich in Anbetracht der Umstände nur allzu deutlich an ihre Fehlgeburt erinnert.

»Was ist passiert?«, fragte Dylan.

Meg holte zitternd Luft. »Neulich hat mich Mike endlich zurückgerufen, und ich habe ihn gebeten vorbeizukommen. Ich musste ihm doch erzählen, dass ich schwanger bin …«

Dylan nickte. »Und?«

»Ich bin nicht ganz sicher, aber ich glaube, er war betrunken. Jedenfalls war er von Anfang an sehr aggressiv, schon gleich bei seiner Ankunft. Ich wollte es nur möglichst rasch hinter mich bringen, und als ich es ihm dann gesagt hatte, ist er explodiert. Er hat mir vorgeworfen, ich hätte es darauf angelegt, mich von ihm schwängern zu lassen und ihm das Kind anzuhängen. Was total lächerlich ist. Ich meine, ich wollte ohnehin nicht mit ihm zusammenbleiben, und …«

»Hat er dir wehgetan?«, knurrte Dylan dazwischen. Sein Tonfall ließ auf die Empörung schließen, die er empfand.

»Er hat mein Handgelenk gepackt und gebrüllt, dass er keinen Cent bezahlen wird. Ich habe ihm gesagt, dass mir das egal ist und dass ich ohnehin nichts von ihm will. Dass er mir einfach das Sorgerecht für sein Kind übertragen soll und damit basta.« Meg blinzelte. Sie hatte Tränen in den Augen. »Daraufhin hat er gesagt, ich solle ihm erst mal beweisen, dass es von ihm ist.«

Dieses Schwein, dachte Olivia. Jeff hatte zumindest die Vaterschaft nicht angezweifelt. Dafür hatte er auf einer Abtreibung bestanden. Die Erinnerung daran versetzte ihr einen heftigen, schmerzhaften Stich. »Ist doch nicht mein Problem, wenn du so blöd bist und dich schwängern lässt«, hatte er gesagt.

»Ich habe ihm gesagt, er kann mich mal kreuzweise«, berichtete Meg.

»Sehr gut, Meggie«, sagte Dylan und nickte anerkennend.

Olivia war ganz seiner Meinung. Im Stillen beglückwünschte sie Meg zu ihrem Rückgrat und ihrer Courage. Sie selbst hatte mit neunzehn nicht das Selbstvertrauen oder die Kraft besessen, Jeff zu sagen, was für ein Wichser er war. Stattdessen hatte sie sich in ihr Schneckenhaus zurückgezogen. Sie schluckte, weil sie plötzlich einen Kloß im Hals hatte.

»Und dann ... dann hat er meine Hand losgelassen und mir einen kräftigen Schubs verpasst. Ich bin nach hinten getaumelt, gestolpert und gegen die Vitrine mit den hübschen Nippesfiguren meiner Großmutter gefallen.« Ihr versagte die Stimme, und eine einzelne Träne lief ihr über die Wange. »Es hat fürchterlich geklirrt, und dann waren da auch schon überall Glas- und Porzellansplitter. Und er ist einfach auf und davon.« Sie wischte sich mit dem Handrücken über die Augen. »Die Blutungen fingen erst später an. Der Arzt meinte, es kann gut sein, dass sie gar nichts mit meinem Sturz zu tun haben. Und dass es für genaue Prognosen noch zu früh ist.«

So etwas in der Art hatte man damals auch Olivia gesagt. *Niemand weiß, warum so etwas passiert, Miss Dare. Manche Dinge regelt die Natur eben selbst* … Sie verdrängte die grauenhaften Erinnerungen. Jetzt ging es um Meg. Und Olivia bedauerte Meg zutiefst.

»Aber es hieß, es kann sein, dass alles okay ist. Ich soll abwarten und mich schonen.«

Olivia hatte nicht so viel Glück gehabt. Bei ihr war es bereits zu spät gewesen, bis man sie endlich ins Krankenhaus gebracht hatte. Sie verzog das Gesicht bei der Erinnerung daran, was danach gekommen war.

»Na dann ist ja gut«, murmelte Dylan, der natürlich nicht ahnte, was in Olivia vorging.

»Ich will unbedingt irgendwann Mutter sein«, sagte Meg. »Bis jetzt war mir das nicht so klar, aber jetzt, wo es sich ergeben hat, will ich es auf jeden Fall. Ganz egal, was passiert«, verkündete sie entschlossen. »Und das lasse ich mir nicht nehmen, nur weil ich noch nicht den richtigen Mann dafür gefunden habe.«

»Jetzt gönnst du dir erst einmal eine Weile Ruhe, und der Rest ergibt sich dann schon von allein«, versicherte ihr Dylan.

Meg nickte. »Ja, bestimmt.«

Olivia schüttelte den Kopf. Es erstaunte sie zutiefst, dass Meg nach allem, was sie gerade durchgemacht hatte, an die Zukunft denken konnte. Dass sie trotzdem wild entschlossen war, ein Kind haben zu wollen, wie auch immer die Angelegenheit ausgehen mochte.

In dem Bewusstsein, dass weder Meg noch Dylan sie vermissen würden, verließ sie verstohlen die durch den Vorhang abgetrennte Kabine und begab sich in den nächstgelegenen Warteraum. Er war leer, und das war ihr auch ganz recht so. Erschöpft ließ sie sich auf einem der Plastikstühle nieder, die Arme um die angezogenen Knie geschlungen, und hing ihren Gedanken nach. Sie dachte an das, was sie selbst durchgemacht hatte, und konnte sich nicht genug darüber wundern, dass Meg trotz dieses beängstigenden Erlebnisses so viel Optimismus an den Tag legte.

Schließlich atmete sie einmal tief durch. Plötzlich verspürte sie das Bedürfnis, mit jemandem zu reden. Meg hatte Dylan, und seltsamerweise missgönnte sie ihr das auch kein bisschen. Aber wen konnte sie um diese Uhrzeit noch anrufen?

Normalerweise war Avery in solchen Fällen ihre erste Ansprechpartnerin, aber die hatte im Moment bestimmt ganz andere Sorgen.

Ian und Riley wollte sie jetzt nicht stören, also wählte sie die Nummer ihres Bruders Scott, der als Polizist recht ungewöhnliche Arbeitszeiten und oft Spätschicht hatte; die Wahrscheinlichkeit, ihn zu erreichen, war also hoch.

Er ging nach dem zweiten Klingeln ran. »Hey, Liv.«

»Hi. Bist du gerade sehr beschäftigt?«, fragte sie.

»Ich hab eben Dienstschluss. Was gibt's?«

Sie atmete hörbar aus. »Ach, ich wollte einfach eine vertraute Stimme hören.«

»Oh-oh, das klingt nicht gut. Ist alles okay?« Schon hatte er auf Großer-Bruder-Modus umgeschaltet. *Falls dir jemand etwas getan hat, dann komme ich und mache das Schwein fertig*, verhieß dieser Tonfall, den auch Ian ganz hervorragend draufhatte.

»Na ja …« Scott war im Gegensatz zu Avery und Ian nicht so genau über den aktuellen Stand ihres Liebeslebens informiert, kannte Dylan aber von ihrer Geburtstagsparty und war nicht sonderlich überrascht, als er hörte, dass zwischen ihnen etwas lief. Olivia fasste die Ereignisse des Abends so gut wie möglich zusammen und schilderte kurz die Umstände der Freundschaft zwischen Dylan und Meg sowie den Grund für Megs Krankenhausaufenthalt. »Irgendwann bin ich dann einfach gegangen, und jetzt sitze ich hier im Wartezimmer und …«

Scott räusperte sich. »Ach herrje, Liv … Das Ganze hat bei dir bestimmt alte Wunden aufgerissen, oder?«

»Ja«, flüsterte sie mit rauer Stimme und schauderte.

»Hör zu, die Uniklinik ist nicht allzu weit von meiner Dienststelle entfernt. Was hältst du davon, wenn ich kurz vorbeikomme? Ich habe wie gesagt gerade Feierabend und könnte in zehn Minuten da sein.«

»Nein, nicht nötig. Ich wollte nur deine Stimme hören.«

»Unsinn. Bis gleich, Livvy«, sagte er und legte auf, ehe sie weitere Einwände erheben konnte. Livvy hatte er sie früher immer genannt, als sie noch ein kleines Mädchen gewesen war.

Olivia klopfte sich mit dem Handy ein paarmal an die Schläfe. Dass aber auch alle Dare-Männer so verdammt stur und herrisch sein mussten!

Keine Viertelstunde später kam Scott wie versprochen

zur Tür herein. Er hatte schwarzes Haar wie Ian und indigoblaue Augen wie Olivia und war altersmäßig genau zwischen ihnen angesiedelt. Und er war ein durch und durch integerer Bursche, auf den sie sich ausnahmslos immer verlassen konnte.

Da er direkt von der Arbeit kam, hatte sie erwartet, ihn in Uniform zu sehen, doch er trug Jeans und ein schwarzes T-Shirt. Kaum hatte er sie erblickt, breitete er die Arme aus, und sie trat zu ihm und ließ sich umarmen. »Danke.«

»Dafür, dass ich mich über deinen Willen hinweggesetzt habe und trotzdem hergekommen bin? Gern geschehen.« Er drückte ihr einen Kuss auf den Scheitel. »Muss ziemlich unschön für dich sein, so brutal an dieses tragische Ereignis erinnert zu werden …«

»Ja, schon, aber … Diesmal bin ich nicht selbst betroffen, und als Außenstehende und mit etwas Abstand werden mir nun Dinge klar, vor denen ich lange die Augen verschlossen habe.«

»Zum Beispiel?« Er ergriff ihre Hand und führte sie zu einem der Stühle.

»Ich habe mein Leben, meine Zukunft immer aus der Perspektive einer Neunzehnjährigen gesehen. Dylan hat mir das auch auf den Kopf zugesagt, aber bis jetzt wusste ich nicht, was er meinte. Ich habe ihn nicht verstanden.«

Ich weiß, dass du keine Kinder willst oder dass du das zumindest glaubst. Aber das ist die Angst, die da aus dir spricht. Das Kind, dessen Vater nie da war. Die kleine Olivia, die nie wieder verlassen oder verletzt werden will. … Es ist die junge Frau, die fast zeitgleich ihr ungeborenes Baby und ihren Freund verloren hat, obwohl er für sie da hätte sein müssen. Aber es ist nicht die Olivia, die du heute bist.

»Und das hat sich geändert?«, wollte Scott wissen.

»Ja. Seine Freundin Meg hat mir die Augen geöffnet. Es besteht die Gefahr, dass sie ihr Baby verliert, weil ihr Ex sie gestoßen hat, aber selbst wenn es tatsächlich so kommen sollte, will sie unbedingt irgendwann Kinder haben.« Olivia wischte sich die feuchten Handflächen an der Hose ab und stand auf.

Scott erhob sich ebenfalls, rückte ihr aber nicht zu nah auf die Pelle, um sie nicht beim Nachdenken zu stören.

»Ihre Einstellung erscheint mir so reif und erwachsen«, murmelte sie. Sie drehte sich zu ihrem Bruder um. »Ich hätte so etwas nie gesagt – das hätte die zutiefst verletzte Neunzehnjährige in mir, die mich noch fest im Griff hat, niemals zugelassen. Weil sie nie all die Gefühle losgelassen hat, die sich in ihr aufgestaut haben. Genau deshalb habe ich bis jetzt immer in der Vergangenheit gelebt.«

»Hör zu, Liv, ich hoffe, du weißt, was du da sagst, denn ich habe ehrlich gesagt nicht die geringste Ahnung, worauf du hinauswillst.«

Sie grinste. Typisch Mann. »Kein Problem, dafür sehe ich jetzt endlich klar und weiß, was ich will.« Sie schlang ihm lachend die Arme um den Nacken. »Danke fürs Zuhören.«

Er umarmte sie. »Freut mich, wenn ich dir weiterhelfen konnte. Du wirkst schon viel fröhlicher, und das ist alles, was ich wollte; dass es dir besser geht.«

Olivia atmete aus. »Ja, das will ich auch.«

***

Dylan war natürlich nicht entgangen, dass sich Olivia zurückgezogen hatte, aber er konnte nicht einfach aufspringen und ihr nachlaufen, so gern er es auch getan hätte. Frustriert schüttelte er den Kopf.

»Hast du die Polizei über den Vorfall mit Mike informiert?«, fragte er Meg.

Sie schüttelte den Kopf. »Er hat mich ja nicht richtig angegriffen. Er war wütend, und … Sieh mich nicht so an, als würde ich Ausreden für ihn erfinden! Ich will diesen Mistkerl einfach nie wiedersehen. Es ist ohnehin alles dokumentiert, denn als die Sanitäter kamen, die ich wegen der Blutungen gerufen hatte, ist ihnen meine kaputte Vitrine natürlich gleich ins Auge gesprungen, und ich musste ihnen genau erzählen, was passiert war, für den Fall, dass die Blutungen damit in Zusammenhang stehen.«

Dylan runzelte die Stirn. Sollte ihm dieser Mike je auf der Straße über den Weg laufen, würde er ihn grün und blau prügeln, so viel stand fest.

»Das genügt nicht.«

»Sie können ihn nicht einsperren, nur weil er mich geschubst hat. Aber in Anbetracht seiner Reaktion wage ich ohnehin zu bezweifeln, dass er sich je wieder bei mir blicken lässt. Er will nichts mehr mit mir zu tun haben, und mit dem Baby erst recht nicht.« Sie legte sich die Hände auf den Bauch. »Ich habe erst begriffen, wie sehr ich dieses Kind haben will, als ich das ganze Blut gesehen habe und mir klar wurde, dass ich es womöglich verlieren werde. Jetzt geht es für mich nur noch um eines – dieses kleine Wesen am Leben zu erhalten.«

Dylan tätschelte ihr die Hand. Bei dieser Gelegenheit fiel ihm wieder ein, dass Olivia in etwa das Gleiche gesagt hatte, als sie ihm von ihrer Fehlgeburt erzählt hatte. Erst jetzt ging ihm auf, dass die ganze Angelegenheit für sie seelisch sehr belastend sein musste. Bestimmt hatte Megs Schilderung bei ihr allerlei schreckliche Erinnerungen geweckt – und das, wo sie doch eigentlich versuchte, diese endlich hinter sich zu lassen, damit sie gemeinsam in die Zukunft blicken konnten. Er unterdrückte einen Fluch. Blieb nur zu hoffen, dass Olivia nicht sauer auf ihn war, weil er daran erst jetzt dachte.

Als er sah, wie Meg sichtlich erschöpft die Augen schloss, erhob er sich. »Ich lasse dir dann mal besser deine Ruhe.«

Sie nickte. »Ist gut. Ich bin müde.«

Dylan beugte sich über sie und drückte ihr einen Kuss auf die Stirn. »Ich komme bald wieder, um nach dir zu sehen, okay?«

»Danke, Dylan. Und bitte grüß Olivia von mir. Es tut mir leid, dass euer Date wegen mir so abrupt beendet war.«

»Schon gut, kein Problem«, versicherte er ihr. »Du solltest jetzt wirklich nur an dich und das Baby denken.«

Er ging hinaus und erkundigte sich bei einer Krankenpflegerin nach dem nächsten Warteraum in der Hoffnung, Olivia dort anzutreffen. Was, wenn sie schon nicht mehr im Haus war?

Als er sich der Tür zum Warteraum näherte, hörte er Stimmen und blieb wie angewurzelt an der Schwelle stehen, als er sah, wie Olivia einen anderen Mann umarmte. Sobald sich die beiden voneinander lösten, erkannte er, dass es sich um ihren Bruder Scott handelte. Was machte der denn hier? Noch mehr Überraschungen oder Hiobsbotschaften konnten sie heute wirklich nicht brauchen!

»Ist alles in Ordnung?«, fragte er und trat in den kärglich eingerichteten Warteraum, in dem sich lediglich ein paar Plastikstühle und ein Tisch mit ein paar veraltet aussehenden Zeitschriften befanden.

Olivia drehte sich zu ihm um. »Ja, alles bestens. Ich habe vorhin mit Scott telefoniert, und weil er gerade in der Nähe war, ist er netterweise auf einen Sprung vorbeigekommen.«

Dylan hob eine Augenbraue. Warum hatte sie kurz vor Mitternacht noch ihren Bruder angerufen? Doch wohl nicht bloß, um zu plaudern, sondern eher, weil die Ereignisse des heutigen Abends sie aus der Fassung gebracht hatten. Wobei sie inzwischen wieder bedeutend ruhiger wirkte als vorhin.

»Hallo, Scott.« Dylan streckte ihrem Bruder die Hand hin.

Dieser schüttelte sie. »Abend, Rhodes.«

»Wie geht es Meg?«, wollte Olivia wissen.

Dylan zuckte die Achseln. »Sie ist erschöpft und besorgt, aber einigermaßen ruhig, zum Glück.«

Scott räusperte sich. »Olivia hat mir erzählt, was passiert ist. Hat deine Freundin ihren Ex angezeigt?«, fragte er.

Dylan schüttelte den Kopf. »Sie ist der Ansicht, dass ein Schubs noch kein tätlicher Angriff ist.« Er fuhr sich sichtlich frustriert mit den Fingern durchs Haar.

Scott musterte ihn mitfühlend. »Soll ich mit ihr reden? Vielleicht kann ich sie ja dazu bewegen, zumindest eine einstweilige Verfügung zu beantragen.«

Dylan ließ sich seine Worte durch den Kopf gehen. »Eigentlich wäre es mir lieber, wenn sie die Sache vorerst *ad acta* legt – ich will nicht, dass sie sich noch weiter aufregt. Andererseits kann es nicht schaden, wenn sie gleich etwas unternimmt, um sicherzustellen, dass dieser Scheißkerl nicht mehr in ihre Nähe darf.«

Scott zuckte die Achseln. »Du kannst uns ja einfach miteinander bekannt machen. Mal sehen, wie sie reagiert.«

»Meinetwegen.« Dylan sah zu Olivia. »Du kommst mit.« Er würde sie nicht mehr aus den Augen lassen, nur für den Fall, dass sie sich doch noch aus dem Staub zu machen gedachte.

»Okay.«

Mit Olivia und Scott im Schlepptau kehrte er an Megs Krankenlager zurück. Als er den Vorhang beiseiteschob, schlug Meg die Augen auf.

»Hi noch mal. Ich habe jemanden mitgebracht und hätte gern, dass du kurz mit ihm redest, wenn es dir nicht zu anstrengend ist.«

Meg hob eine Augenbraue. »Wer ist es denn?«

»Olivias Bruder Scott. Er ist Polizist und möchte dir einen Vorschlag machen«, sagte er und zog schon mal den Kopf ein.

»Dylan!«

»Hör dir einfach an, was er zu sagen hat, ja? Mehr verlange ich gar nicht. Was du dann tatsächlich unternimmst, ist allein dir überlassen.«

»Also gut, meinetwegen.« Sie ließ den Kopf wieder auf die Krankenhausliege sinken.

Dylan drehte sich um und winkte Scott zu sich.

Dieser schob den Vorhang beiseite und trat an die Liege, und Dylan entging nicht, wie seine Augen aufleuchteten, sobald er Meg erblickte. Das Interesse schien auf Gegenseitigkeit zu beruhen, denn Meg machte beim Anblick ihres attraktiven Besuchers gleich einen etwas muntereren Eindruck.

»Wir gehen dann mal nach Hause«, sagte Dylan. »Meg, versuch möglichst viel zu schlafen. Ich komme morgen früh wieder vorbei. Gib Bescheid, wenn du weißt, wann du entlassen wirst, ich hole dich dann ab und bringe dich heim. Bye.«

Damit nahm er Olivias Hand und zog sie mit sich nach draußen.

***

Zu Dylans Überraschung erhob Olivia keine Einwände, als er verkündete, er wolle sie zu sich nach Hause mitnehmen. Sie wirkte deutlich gelassener, als er erwartet hatte. Trotzdem würde er abwarten, bis sie zu Hause waren, ehe er auf die Parallelen zwischen ihrem und Megs Schicksal zu sprechen kam. Wobei sie die daraus resultierende Unterhaltung vermutlich ohnehin wieder nicht viel weiter bringen würde.

»Ist dir aufgefallen, wie Meg meinen Bruder angeschmachtet hat? Als wäre sie total hin und weg von ihm«, bemerkte sie plötzlich.

»Bei Scott hatte ich genau den gleichen Eindruck. Wenn das wirklich der Fall ist, wird er mit ihr alle Hände voll zu tun haben.«

Olivia lachte. »Wer weiß ... Meg ist schwanger und hat Probleme mit ihrem Ex. Gut möglich, dass sie gerade gar nicht auf der Suche nach einem Mann ist.«

»Außerdem steht sie auf Männer vom Typ Bad Boy. Ich fürchte, Scott passt da nicht so recht in ihr Beuteschema.«

Olivia setzte sich etwas anders hin. »Sie bräuchte dringend einen netten, anständigen Burschen. Und Scott ist nett und anständig. Mal angenommen, er steht tatsächlich auf sie.«

»Warum reden wir eigentlich über die potenzielle Beziehung von zwei Menschen, die sich eben erst kennengelernt haben?«, brummte Dylan. Mal abgesehen von der offensichtlichen Tatsache, dass das einfacher war, als über die unerwartete Wendung zu reden, die ihr Abend genommen hatte, und die Erinnerungen, die sie zweifellos bei Olivia geweckt hatte.

Er hielt auf dem Parkplatz vor seinem Haus und stieg aus, um ihr die Tür aufzuhalten. »Wie wär's mit einem Spaziergang am Strand?«

Sie sah ihn überrascht an. »Gern, gute Idee.«

Also überquerten sie den Parkplatz und gingen auf dem Bürgersteig hinter dem langen Gebäude vorbei in Richtung Meer. Dylan wohnte schon sein Leben lang in Florida, deshalb war ihm die feuchtwarme Meeresbrise, die sie am Durchgang zum Strand empfing, sehr vertraut.

Dass Olivia jedoch geradezu verdächtig ruhig und gelassen war, beunruhigte ihn irgendwie.

»Sollen wir unsere Schuhe hier stehen lassen?«, schlug sie vor, ehe sie den asphaltierten Weg verließen und den weichen Sand betraten.

»Meinetwegen.«

Sie schlüpfte aus den Sandalen, die sie zum Konzert getragen hatte, und krempelte ihre Jeans bis zur Mitte der Unterschenkel hoch. Dylan tat es ihr nach.

Er wäre zu gern etwas lockerer gewesen, aber das war er nun einmal nicht. Kein Wunder – eine seiner engsten Freundinnen lag im Krankenhaus, weil ihr Ex – der Mann, von dem sie schwanger war – sie in eine Vitrine gestoßen hatte, sodass sie nun womöglich ihr ungeborenes Kind verlieren würde. Und dieses Schwein lief noch immer frei herum.

Genau wie damals, als Olivia von Wendell bedroht worden war, hatte auch dieser Abend Dylan vor Augen geführt, was ihm wirklich wichtig war: eine Familie zu haben und jemanden, auf den man zählen konnte. Darauf kam es im Leben an. Und er wollte dieses Leben mit Olivia teilen. Doch sie hatte andere Zukunftspläne als er. Und obwohl er sich fest vorgenommen hatte, geduldig abzuwarten, bis sie so weit war, wurde sein Frust immer größer. Er hatte es allmählich satt.

Als Olivia seine Hand nahm, erfüllte ihn das nicht wie sonst mit Glücksgefühlen, im Gegenteil: Seine Verärgerung wuchs. Was musste er noch alles tun, um ihr zu beweisen, was er für sie empfand? Was wollte sie denn noch von ihm?

»Ist alles okay?«, fragte sie nach einer Weile.

»Ja, warum?«

»Na ja, weil du so still bist und so angespannt wirkst. Das kenne ich gar nicht von dir.«

Er blieb stehen und starrte ein paar Sekunden lang auf das aufgewühlte Meer hinaus. »Ich bin müde«, sagte er. Warum sollte er mit seinen Gefühlen noch länger hinter dem Berg halten? Er hatte keine Lust mehr, sie noch länger mit Samthandschuhen anzufassen. »Mir ist heute Abend bewusst geworden, dass ich es leid bin, immer derjenige zu sein, der für uns kämpft.«

Olivia sah ihn an. Ihre Haut wirkte blass im Mondlicht, ihre Miene war ernst. »Ich habe nie behauptet, ein einfacher Mensch zu sein, aber ich an deiner Stelle hätte auch die Nase voll von mir und meinen Problemen.« Sie schob die Hände in die vorderen Hosentaschen und wippte auf den Füßen vor und zurück. »Und du hattest so viel Geduld mit mir. Alles hast du klaglos hingenommen, und zwar viel länger, als ich das von dir hätte erwarten dürfen.«

Sie berührte seine Wange, da er jedoch nicht reagierte, ließ sie die Hand wieder sinken.

Er presste die Lippen zusammen. Die Gefühle, die sich

so lange in ihm aufgestaut hatten, wollten endlich heraus, ohne Rücksicht auf Verluste. Er hatte keine Kraft mehr. »Ich will den Kampf nicht einfach aufgeben, aber …«

Olivia sah ihm in die Augen. »Ich war bei einer Therapeutin, die mir Madison empfohlen hat«, platzte sie heraus.

»Was?« Damit hatte er nun überhaupt nicht gerechnet. »Wann?«

»An dem Abend, als ich behauptet habe, ich würde mit Avery ins Kino gehen.«

Dylan wusste nicht, ob er sich darüber freuen oder gekränkt sein sollte. »Aber … warum hast du mir das verheimlicht?«, fragte er.

Sie schluckte schwer. »Weil ich dich nicht enttäuschen wollte. Ich hatte Angst, ich könnte es mir im letzten Moment doch noch anders überlegen«, gestand sie. »Damals, nach der Fehlgeburt, hatte ich eine Therapie angefangen, sie nach dem ersten Termin aber wieder abgebrochen, weil es einfach zu schmerzhaft war.«

Frustriert fuhr er sich mit den Fingern durch die Haare. »Herrgott noch mal, Liv, es hätte mir schon sehr geholfen zu wissen, dass du zumindest bereit bist, einen solchen Schritt zu unternehmen.«

»Okay, vielleicht hätte ich es dir sagen sollen. Ich dachte, ich will hinterher bestimmt alleine sein, und ich hatte Angst, das könnte dich verletzen.«

»Meinst du nicht, ich hätte dafür Verständnis gehabt? Und es wäre wirklich schön gewesen zu wissen, dass du versuchst, deine Probleme zu bewältigen.« Er biss die

Zähne zusammen, so fest, dass sein Kiefer schmerzte. »Da habe ich also verzweifelt versucht, unsere Beziehung zu retten, und du hast in der Zwischenzeit dein eigenes Ding gemacht.«

Sie blinzelte. »Was?«, fragte sie mit weit aufgerissenen Augen. »Nein, so war es nicht. Ich bin unseretwegen zu dieser Therapeutin gegangen, weil ich wollte, dass wir gemeinsam eine Zukunft haben! Erst hinterher ist mir klar geworden, dass ich mich in erster Linie um meiner selbst willen mit meinen Problemen auseinandersetzen muss. Dass ich das, was passiert ist, endlich hinter mir lassen muss.«

Dagegen war nichts einzuwenden. Trotzdem war er mit ihrer Vorgehensweise nicht einverstanden.

»Klingt, als wärst du bereits einen Schritt weiter gekommen.«

Ohne seine Hilfe und ohne ihn zumindest in ihre Pläne einzuweihen.

»Es war die erste Sitzung. Ich muss noch eine ganze Reihe weiterer hinter mich bringen und noch viel an mir arbeiten. Aber zumindest habe ich der Therapeutin alles erzählt. Das ist immerhin ein Anfang.«

Sie klang stolz auf sich. Und er sollte ebenfalls stolz auf sie sein. Wäre er vielleicht auch gewesen, wenn er nicht so gekränkt gewesen wäre.

Was ging jetzt wohl in ihrem Kopf vor? Er hatte keinen blassen Schimmer, was noch nicht allzu oft vorgekommen war. Wer hätte das gedacht – nun, da sie endlich bereit war, etwas zu ändern, tat sie es im Alleingang. Ohne ihn. Vorhin beim Konzert war noch alles in bester

Ordnung gewesen, doch der Vorfall mit Meg hatte seine Empfindungen nachhaltig beeinflusst. Vielleicht verhielt es sich bei Olivia ja ähnlich.

War es das, woran sie gerade dachte? Dass plötzlich alles anders war? Bei der Vorstellung zog sich das Herz in seiner Brust schmerzhaft zusammen.

»Meg hat ja vorhin gesagt, sie will unbedingt irgendwann Kinder und dass ihr das erst in dem Moment klar wurde, als sie Gefahr lief, ihr Baby zu verlieren ... Und das hat mir die Augen geöffnet – ihr Wunsch, irgendwann Mutter zu sein, selbst wenn sie jetzt womöglich eine Fehlgeburt haben wird. Da habe ich plötzlich verstanden, was du mir schon die ganze Zeit zu sagen versucht hast.«

War das etwa Hoffnung, die da in ihren Augen leuchtete?

Dylan wusste nicht, wie lange er es noch aushalten würde, ihr zuzuhören, ohne auch nur zu ahnen, in welche Richtung sich dieses Gespräch entwickeln würde. Er versuchte, seine eigenen Schlüsse zu ziehen, aber die waren nicht sonderlich vielversprechend. »Ach, verdammt, Olivia, was genau willst du mir mit alldem sagen?«

»Dass du recht hattest. Ich habe alles aus der Perspektive der verletzten, verängstigten Neunzehnjährigen gesehen, die ich damals war. Und als sich Meg vorhin so mutig und voller Zuversicht geäußert hat, was die Zukunft anbelangt, da ging mir ein Licht auf. Ich will immer noch dasselbe wie damals, mit neunzehn. All das, wovon ich immer geträumt habe.« Sie nahm seine Hand und zitierte wortwörtlich, was er zu ihr gesagt hatte: »Ein Haus mit Garten, einen Hund, Kinder, alles. Mit dir.«

Dann sah sie zu ihm hoch, und es lag mindestens genauso viel Liebe und Hoffnung in ihrem Blick und in ihrer Miene, wie er für sie empfand. »Wow«, stieß er hervor, von einer Welle der Erleichterung erfasst.

Sie zuckte die Achseln. »Na ja, was soll ich sagen? Ich weiß, du hast es nicht einfach mit mir. Ich bin eben ein reichlich komplizierter Mensch.« Ein Lächeln huschte über ihre vollen Lippen. »Aber vielleicht kommst du ja irgendwann zu dem Schluss, dass ich die Mühe trotzdem wert bin.«

»Die Mühe wert? Das bist du allemal, Sonnenschein. Du bist alles für mich. Das warst du schon immer, und das wirst du auch immer bleiben.«

Er umarmte sie und hob sie hoch, und sie schlang ihm die Beine um die Hüften. So. Jetzt war sie genau dort, wo sie hingehörte. Dylan war plötzlich ganz leicht ums Herz. Er war heilfroh über diese unerwartete Wendung, die ihnen beiden völlig neue Möglichkeiten eröffnete. Natürlich waren damit noch nicht alle Probleme gelöst. Es würde dauern, bis ihre Wunden verheilten, diesbezüglich machte er sich keine Illusionen, aber immerhin war sie jetzt bereit, etwas zu ändern, und gewillt, die Hilfe einer Therapeutin in Anspruch zu nehmen.

»Eines ist sicher: Mit dir wird das Leben nie langweilig.«

»Das will ich hoffen.«

Er drückte die Nase an ihre Wange. »Was auch immer

passiert, von jetzt an meistern wir alle Herausforderungen gemeinsam, verstanden?«

Sie nickte und drückte ihn so fest an sich, dass es fast schon verzweifelt wirkte. Und es tat ihm unendlich gut, nachdem er schon befürchtet hatte, er könnte sie für immer verlieren.

»Das gilt auch für den Fall, dass du tatsächlich schwanger bist, okay?«

Wieder nickte sie und schmiegte sich an ihn, wortlos und ohne sich von ihm zu lösen.

»Was hältst du davon, wenn wir jetzt nach Hause gehen?«

»Nach Hause?«, wiederholte sie und legte den Kopf in den Nacken, um ihn anzusehen.

»Ja, nach Hause, in meine Wohnung dort oben. Damit wirst du vorliebnehmen müssen, bis ich uns ein Haus gekauft habe, samt Garten, Hund und allem Drum und Dran.« Denn wenn es nach ihm ging, würde er sie von nun an keine Sekunde mehr allein lassen. Nie wieder.

Olivia hob eine Augenbraue. »Ist das deine wenig elegante Art und Weise, mich zu fragen, ob ich bei dir einziehen will?«

»Nein, Baby. Ich frage nicht, ich bestehe darauf. Und sobald ich den Ring besorgt habe, was ich bei nächster Gelegenheit tun werde, dann werde ich dich fragen, ob du mich heiraten willst.«

»Vielleicht solltest du darauf auch bestehen. Du weißt doch, wie sehr ich es liebe, von dir herumkommandiert zu werden.«

Sie presste den Unterleib an ihn und rieb sich an seiner erwachenden Erektion, was ihm ein Stöhnen entlockte.

Dylan überlegte kurz, dann kam er zu dem Schluss, gleich Nägel mit Köpfen zu machen. Wozu noch länger warten? »Olivia Dare, du wirst nicht nur bei mir einziehen, du wirst mich auch heiraten. Irgendwelche Einwände?«

»Nein.« Sie grinste, sichtlich genauso glücklich und erpicht auf eine gemeinsame Zukunft wie er.

Wurde aber auch Zeit.

Epilog

»Erinnere mich doch noch mal daran, warum ich das unbedingt wollte.« Olivia legte sich stöhnend wieder ins Bett, nachdem sie zum x-ten Mal an diesem Tag im Bad gewesen war, um ihren Magen zu entleeren, sich die Zähne geputzt und sich gesagt hatte, dass das jetzt aber ganz bestimmt das letzte Mal für eine ganze Weile gewesen war. Diese morgendliche Übelkeit machte ihr schwer zu schaffen.

Dylan strich ihr die Haare aus dem Gesicht und küsste sie auf die Stirn. »Bist du sicher, dass du Ian und Riley nicht anrufen willst, um abzusagen?«

»Ganz sicher. Du kennst meine New Yorker Verwandten noch nicht, und ich möchte sie dir doch so gern vorstellen.«

»Aber nur, wenn du fit genug bist.«

Sie lächelte matt. »Das bin ich. Es geht mir schon viel besser.«

»Lügnerin.«

»Hey, wie redest du denn mit der künftigen Mutter deines Kindes?«

Tja. Da hatte sie zum zweiten Mal in ihrem Leben nicht an die Verhütung gedacht, und schon war sie wieder schwanger.

»Du bist nicht nur die künftige Mutter meines Kindes, sondern auch meine Frau«, erinnerte er sie.

»Allerdings.« Wie zum Beweis schwang sie lächelnd die linke Hand, an der ihr Verlobungsring mit dem Diamanten und der dazu passende Ehering funkelten.

Dylan hatte keine Zeit verloren, nachdem er endlich grünes Licht erhalten hatte. Innerhalb einer Woche nach jenem schicksalshaften Abend waren sie verlobt gewesen. Und nachdem sich herausgestellt hatte, dass sie tatsächlich ein Kind erwarteten, hatten sie kurz darauf geheiratet. In Las Vegas, genau wie Alex und Madison. Allerdings hatten sie im Gegensatz zu den beiden Olivias Mutter sowie sämtliche Geschwister eingeladen, die glücklicherweise spontan genug waren, um einen Trip nach Vegas zu unternehmen; weshalb es auch bei ihnen hinterher weit weniger Klagen von beleidigten Familienmitgliedern gegeben hatte.

Dylan rollte sich auf die Seite und sah sie an. »Ich liebe dich.«

»Ich weiß.« Er hatte es ihr immer wieder bewiesen, hatte ihr auch in Momenten beigestanden, in denen ein anderer Mann längst das Handtuch geworfen hätte. »Ich liebe dich auch.«

»Hast du eigentlich eine Vorstellung davon, wie sexy du aussiehst?«, fragte er.

»Na klar. Blass und noch etwas grün um die Nase, das verleiht einer Frau das besondere Etwas.« Aber zumindest nahte allmählich die zwölfte Schwangerschaftswoche; die morgendliche Übelkeit sollte also – hoffentlich – bald vorbei sein.

Er runzelte die Stirn. »Dein Busen ist größer geworden, deine Augen strahlen, und da drin«, er legte eine Hand auf ihren Bauch, wie so oft, »wächst mein Baby heran. Ich finde das sexy.«

»Ich bin froh, dass du so denkst. Es ist ja schon ziemlich unfair, wie wenig Männer für so ein Kind tun müssen.«

»Hey, immerhin hab ich mich um elf Uhr nachts auf die Suche nach einem offenen Laden gemacht, der Pfefferminzeis mit Schokosplittern verkauft! Das war auch ganz schön anstrengend.«

»Stimmt. Und ich habe mich auf die denkbar angenehmste Art und Weise dafür erkenntlich gezeigt, oder?«, fragte sie mit vor Erregung belegter Stimme und dachte daran, wie sie das Eis von seinem harten Schaft geleckt hatte. Zum Glück beschränkte sich ihre Übelkeit dem Namen entsprechend wirklich nur auf die Morgenstunden.

Dylan knurrte bei der Erinnerung daran und streckte die Arme nach ihr aus, aber sie rutschte ein Stück nach hinten. »Wenn wir pünktlich bei Ian sein wollen, dann muss ich jetzt unter die Dusche.«

Er stöhnte und legte sich den Arm über die Augen. »Also gut«, brummte er.

Olivia begab sich lachend ins Bad. Es ging ihr wirklich schon etwas besser.

Kurz darauf betraten sie Ians Haus, wo sich bereits

ihre gesamte Verwandtschaft versammelt hatte. »Alles okay?«, fragte sie Dylan, weil sie wusste, dass er die chaotischen Zustände, die bei Zusammenkünften ihrer Großfamilie meist herrschten, nicht gewohnt war.

»Mehr als okay.« Er drückte ihre Hand.

Im selben Augenblick ertönte ein lautes Juchzen, und ein kleines Mädchen rannte auf wackeligen Beinen auf Olivia zu.

»Tante Liv!«

»Hi, Rainey Noelle!« Olivia ging in die Knie und breitete die Arme aus – gerade noch rechtzeitig, denn die Kleine stolperte und wäre beinahe hingefallen. »Wie geht's denn meiner Lieblingsnichte?« Sie hob sie hoch und gab ihr einen Kuss auf die Wange.

Das Kind schlang Olivia die speckigen Ärmchen um den Hals und verpasste ihr seinerseits einen dicken Schmatz auf die Wange. Das gehörte zu ihrem Begrüßungszeremoniell, seit Olivia vor einiger Zeit angefangen hatte, das Töchterchen ihres Bruders Ian einmal wöchentlich zu besuchen. Anfangs war es ihr nicht leichtgefallen, doch mit der Hilfe ihrer Therapeutin und ihres Mannes wurde es allmählich besser, und sie fasste mehr Vertrauen – sowohl zu sich selbst als auch zu den Menschen, die sie liebte.

Und Dylan war immer für sie da, um ihr Halt zu geben, so wie jetzt, da er ihr eine Hand auf den Rücken legte.

»Da seid ihr ja endlich!« Riley trat aus der Küche und kam auf sie zu. »Hi, ihr zwei.«

Sie gab ihnen je ein Küsschen auf die Wange. »Und du

warst gerade beim Essen, kleines Fräulein«, erinnerte sie ihre Tochter. »Am besten kommst du gleich wieder zurück zu Mommy. Mit Tante Liv kannst du auch später noch spielen.« Sie streckte die Arme aus, worauf sich das zappelnde Bündel prompt von Olivia abstieß und sich in die Arme seiner Mutter plumpsen ließ.

Für Rainey war Angst ein Fremdwort. Und sie hielt Ian ganz schön auf Trab. Olivia fand es höchst belustigend mitzuerleben, dass ihr sonst so abgeklärter großer Bruder Wachs in den Händen dieses kleinen Mädchens war.

»Bis auf die Jungs sind alle in der Küche. Tyler, Scott und Jason werfen gerade draußen im Garten ein paar Körbe«, sagte Riley und machte sich mit dem Kind auf dem Arm auf den Rückweg in die Küche.

Olivia führte Dylan ins Getümmel. Ihre in Miami lebenden Geschwister kannte er bereits alle; ihr Vater glänzte wieder einmal durch Abwesenheit. Sie hätte ja gern geglaubt, dass er sich nur aus Respekt vor seiner ersten Frau Emma fernhielt, doch die bittere Wahrheit lautete, dass Robert Dare nur an sich selbst dachte – und vielleicht noch an seine geliebte zweite Ehefrau Savannah. Andererseits hatte Emma längst mit der Vergangenheit abgeschlossen und war in Begleitung ihres »besonderen Freundes« Michael Brooks gekommen, mit dem sie nun schon seit geraumer Zeit zusammen war. Die beiden unterhielten sich gerade mit Avery, während sich Ian und Riley in der Ecke damit abmühten, Rainey wieder in ihren Hochstuhl zu setzen.

»Avery wirkt so bedrückt. Das gefällt mir gar nicht«, raunte Olivia Dylan zu. »Seit diesem Konzert vor ein paar Monaten ist sie wie ausgewechselt, aber sie will mir partout nicht sagen, was los ist.«

»Gerade du solltest wissen, dass man manche Probleme eben mit sich selbst ausmachen muss«, erinnerte er sie, was sie natürlich nicht so gern hörte.

Sie verdrehte die Augen. »Ja, okay, aber ich werde trotzdem ein Auge auf sie haben.«

Er schüttelte grinsend den Kopf. »Etwas anderes habe ich von dir auch gar nicht erwartet.«

»Sienna kennst du auch schon, oder?«, fragte sie, als ihnen ihre Halbschwester von der gegenüberliegenden Ecke der Küche aus zuwinkte.

»Ja, von deiner Geburtstagsparty.«

Sie winkte zurück und bedeutete ihr, dass sie nachher zu ihr rüberkommen würden. Aber erst wollte sie Dylan mit ihren Cousins aus New York bekannt machen.

Sie nahm seine Hand und führte ihn aus der Küche. Kaum hatten sie den angrenzenden Raum betreten, stürzte sich auch schon Isabelle, die Angetraute ihres Cousins Gabriel, auf sie und umarmte sie ungestüm. »Olivia! Wie geht's? Ich hab gehört, du hast geheiratet! Herzlichen Glückwunsch! Ist das Dylan?«

Olivia grinste. »Hi, Izzy. Ja, das ist Dylan. Dylan, darf ich vorstellen: Isabelle, und der Mann mit dem Baby auf dem Arm dort drüben auf der Couch ist mein Cousin Gabriel.« Besagter Cousin hob den Arm und winkte ihnen zur Begrüßung.

»Und der Bursche, der neben ihm sitzt und ihm zum Verwechseln ähnlich sieht, ist sein Bruder Decklan«, fuhr Olivia etwas lauter fort, um auch Decklans Aufmerksamkeit zu erregen. »Er arbeitet als Cop in New York. Scott und er verbringen viel Zeit miteinander, um sich auszutauschen.«

Decklan drehte sich zu ihnen um. Offenbar war ihm nicht entgangen, dass über ihn geredet wurde. Er erhob sich und kam zu ihnen und Isabelle herüber. Zeitgleich gesellte sich eine junge Frau mit zwei Gläsern in der Hand zu ihnen. »Hier, Schatz«, sagte sie und reichte ihm eines davon.

»Hi, Amanda«, sagte Olivia und stellte ihr Dylan vor. »Meine Cousine Lucy konnte leider nicht kommen.«.

»Na ja, dann lerne ich sie eben bei der nächsten Familienfeier kennen«, sagte Dylan.

»Genau. Du wirst sie bestimmt sehr sympathisch finden.«

Dylan schüttelte Decklan die Hand, wechselte ein paar Worte mit Amanda und Isabelle und drehte sich dann zu Gabriel um. »Ich setze mich mal ein bisschen zu Gabriel.«

Er küsste Olivia auf die Lippen, wobei sein sexy Ziegenbärtchen ihre Haut kitzelte, sodass sie nur mit Mühe und Not ein Stöhnen unterdrücken konnte.

»Nur zu«, murmelte sie. Sie war froh, dass er mit ihrer großen Familie so gut zurechtkam. Schade nur, dass seine Schwester nicht hatte kommen können. Matthew und sie waren leider bereits anderweitig verplant gewesen.

Decklan folgte Dylan zur Couch, während Olivia ein wenig mit den besseren Hälften ihrer Cousins plauderte.

»Na, Amanda, wie gefällt es dir in New York?«, erkundigte sie sich, weil sie wusste, dass die junge Frau aus Maryland/Washington D.C. kürzlich mit Decklan zusammengezogen war.

»Ich find's klasse. Übrigens …« Sie hob die Hand. »Decklan und ich haben uns verlobt!«

»Herzlichen Glückwunsch!« Olivia umarmte sie. »Ich freue mich riesig für euch beide. Wisst ihr schon, wann und wo ihr euch das Jawort geben werdet?«

»Nein, das steht noch nicht fest.«

»Aber es wird schon ziemlich bald sein. Lange will ich nämlich nicht mehr warten«, rief Decklan, und Amanda errötete.

Ehe Olivia etwas darauf erwidern konnte, kamen ihre Brüder aus dem Garten herein. Es gab ein ordentliches Gerangel und Geschubse, weil jeder von ihnen als Erster an der Getränkebar in der Küche sein wollte. Sie lachten und feixten, doch Olivia entging nicht, dass Scott nicht ganz so fröhlich wirkte wie sonst. »Entschuldigt mich kurz«, sagte sie zu Isabelle und Amanda und ging ihm nach.

»Hey, Scott.«

»Hi, Schwesterherz. Na, alles paletti?«, erkundigte er sich.

Olivia zuckte die Achseln. »Jep. Ich genieße die Zeit mit meiner Familie. Und bei dir?«

»Auch. Ich hab meinen Brüdern gerade gezeigt, wie man Basketball spielt«, erwiderte er großspurig.

Sie verdrehte die Augen. Immer dasselbe. Sie schob ihn in eine etwas ruhigere Ecke, um ungestört mit ihm reden zu können, doch ehe sie den Mund aufmachen konnte, verkündete er: »Was ich dich fragen wollte …«

»Ja?«

»Wie geht es Meg?«

Olivia hob eine Augenbraue, obwohl es sie nicht sonderlich wunderte, dass ihr Bruder das Thema ganz von allein angeschnitten hatte. »Habt ihr denn keinen Kontakt mehr?«

Er schüttelte den Kopf. »Ich habe ihr nach der Entlassung aus dem Krankenhaus mit der einstweiligen Verfügung geholfen …« Die Ärzte hatten Meg eine Weile Bettruhe verordnet, doch seit sich mit ihrer Schwangerschaft alles normalisiert hatte, unterrichtete sie wieder. »Aber wenn ich sie danach angerufen habe, hat sie mich jedes Mal ziemlich schnell abgewimmelt. Sie hat gesagt, es geht ihr gut, aber zu einem Date wollte sie sich partout nicht überreden lassen.«

»Du hast sie echt gefragt, ob sie mit dir ausgehen will?«, staunte Olivia.

Scott nickte. »Ja. Sie hat behauptet, sie sei nicht an mir interessiert«, berichtete er mit gerunzelter Stirn. Seiner Miene nach zu urteilen glaubte er ihr kein Wort.

Olivia ging es ebenso, zumal sich Meg bei ihr nach Scott erkundigt hatte. Aber wenn sie auf das Thema Beziehung zu sprechen kamen, winkte Meg jedes Mal ab mit dem Argument, sie habe sich viel zu lange auf das starke Geschlecht verlassen – auch auf Männer, mit denen sie nur befreundet sei, womit zweifelsfrei Dylan gemeint war. »Ich habe es satt, mich mit irgendwelchen Idioten einzulassen, nur damit ich nicht allein bin«, hatte sie erst neulich wieder einmal gesagt.

Olivia fand Megs Wunsch, künftig etwas anders zu machen, durchaus nachvollziehbar. Aber unabhängiger und selbstständiger zu sein bedeutete noch lange nicht, dass man deswegen einen großen Bogen um Romanzen oder Beziehungen machen musste!

Sie musterte ihren Bruder prüfend. »Ehe ich dir einen Rat gebe, musst du mir eine Frage beantworten.«

Scott lehnte sich an die Anrichte. »Nämlich?«

»Dir ist schon klar, dass Meg schwanger ist, oder?«

Ihr Bruder prustete los. »Das hast du mich jetzt nicht im Ernst gefragt, oder?«

Sie verdrehte die Augen. »So war es nicht gemeint, du Döskopp. Worauf ich hinauswill, ist, dass sie demnächst ein Kind auf die Welt bringen wird. Du kannst sie also nicht einfach nur anmachen, weil du sie heiß findest. Wenn man sich mit einer Frau wie Meg einlässt, dann ist das etwas Ernstes und ...« Scotts finstere Miene verriet ihr, was sie hatte wissen wollen. »Okay, wie es aussieht, ist dir bewusst, was Sache ist.« Und er war trotzdem interessiert. »Dann lautet mein Rat: Lass dich nicht entmutigen.« Sie biss sich auf die Innenseite der Wange. »Denk nur mal an Dylan und mich. Wenn er auf das gehört hätte, was ich ihm anfangs gesagt habe, dann wären wir heute nicht verheiratet.« Zum Glück hatte er sich nicht beirren lassen. »Dylans Interesse an mir war nicht bloß oberflächlicher Natur. Als er mich kennengelernt hat, war ihm ziemlich bald klar, dass ich mich vor mir selbst verkrochen hatte. Und er war wild entschlossen, mich aus meinem Schneckenhaus zu locken.«

»Hm.« Scott überlegte. »Ich soll mich also einfach

über ihren Wunsch hinwegsetzen und mich in ihr Leben drängen?«

Olivia verpasste ihm einen Klaps. »Aua!«

»Selber Schuld, wenn du hier so blöde Kommentare vom Stapel lässt! Also, hör zu: Sei für Meg da, mach dich nützlich und versuch herauszufinden, was sich hinter den emotionalen Mauern verbirgt, hinter denen sie sich abgeschottet hat. Falls sie deine Gefühle erwidert, wirst du wissen, was zu tun ist.«

Scott grinste sie an, dann schloss er sie in die Arme und hob sie hoch.

»Hey, lass mich sofort runter!«, protestierte sie.

Hastig setzte er sie wieder ab. »Danke.«

Sie nickte. »Meg kann von Glück sagen, wenn sie einen Mann wie dich bekommt. Aber ich liebe dich, und ich will nicht, dass du verletzt wirst.«

Scott zuckte die Achseln. »Ich weiß doch bereits, dass sie mich mag«, winkte er ab. »Irgendwie werde ich sie schon rumkriegen.« Da war sie wieder, diese typisch männliche Arroganz.

Er wandte sich zum Gehen, und Olivia kehrte zurück zu ihrem Mann und der New Yorker Fraktion. Als sie zwischen Dylan und Gariel Platz nahm und ihr Dylan einen Arm um die Taille legte, kuschelte sie sich genüsslich an ihn.

»Na, Gabe, darf man deinen kleinen Prinzen mal halten?«, fragte sie ihren Cousin, der noch immer sein Söhnchen auf dem Schoß hielt.

»Gabriel, gib deiner Cousine das Baby«, befahl Isabelle, die schräg hinter ihnen stand. Olivia hätte beinahe laut losgelacht. Grinsend streckte sie die Arme aus und nahm das schlafende Kind vorsichtig in Empfang.

»Hey, Noah«, murmelte sie und betrachtete den Kleinen, der schon jetzt ein ausnehmend hübsches Gesichtchen hatte. »Du wirst genau der gleiche Herzensbrecher wie alle Dare-Männer«, stellte sie fest.

Dann beugte sie den Kopf und schnupperte, und zum allerersten Mal versetzte ihr der typische Babygeruch keinen schmerzhaften Stich in der Brust. Zum allerersten Mal dachte sie nicht daran, was hätte sein können. Stattdessen rief sie sich bewusst in Erinnerung, was sie alles hatte: eine große, liebevolle und stetig wachsende Familie. Einen frischgebackenen Ehemann, der sie vergötterte und der alles in seiner Macht Stehende tat, um für sie da zu sein. Und außerdem war ein Baby unterwegs. Ihr Baby.

Apropos … Rätselhafterweise hatte sie es doch tatsächlich geschafft, die Neuigkeit bis jetzt vor allen außer ihrer Mutter und Avery geheim zu halten. Sie hatte bewusst abwarten wollen, bis die ersten drei kritischen Monate vorbei waren. Aber nach ihrer heftigen allmorgendlichen Übelkeit zu urteilen war diesmal ohnehin alles anders, dachte sie sarkastisch.

Und jetzt, da all ihre Lieben um sie versammelt waren, wollte sie es ihnen sagen.

Dylan, dem nichts entging, betrachtete sie prüfend. »Alles in Ordnung?«, flüsterte er ihr ins Ohr.

»Alles bestens. Ich dachte gerade, eigentlich ist das ein guter Zeitpunkt, um es öffentlich zu machen.«

Dylan drückte sie an sich.

»Hey, Leute …«, setzte sie an. »Ich muss euch etwas sagen.«

Es dauerte eine Weile, bis endlich Ruhe eingekehrt war.

»Ich bin schwanger«, verkündete sie.

Der Tumult, der sogleich über sie hereinbrach – Johlen, Klatschen, Glückwünsche –, verriet ihr, was sie bereits wusste: dass sie sich glücklich schätzen konnte, so ein tolles Leben zu führen. Blieb nur zu hoffen, dass ihr Glück auch weiterhin anhielt. Und dass allen Menschen, die sie liebte – jedem Einzelnen der hier anwesenden Familienmitglieder –, genauso viel Glück beschieden war wie ihr.

Vielen Dank, dass Sie *Lieben und lieben lassen* gelesen haben. Ich würde mich freuen, wenn Sie anderen Leserinnen dieses Buch empfehlen oder eine Rezension dazu verfassen würden.

Und lesen Sie weiter, denn es gibt noch jede Menge weiterer Abenteuer rund um die Familie Dare.

Besuchen Sie Carly Phillips auf ihrer Website:
www.carlyphillips.com

Wenn Sie mögen, melden Sie sich für Carlys Newsletter an:
www.carlyphillips.com/newsletter-sign-up/

Besuchen Sie Carly auf Facebook:
www.facebook.com/CarlyPhillipsFanPage

Und folgen Sie Carly via Twitter:
www.twitter.com/carlyphillips

Werkverzeichnis der im Heyne Verlag von Carly Phillips erschienenen Titel

Über die Autorin

Werkverzeichnis

Bonusmaterial

HEYNE

Die Autorin

Carly Phillips hat sich mit ihren romantischen und leidenschaftlichen Romanen in die Herzen ihrer Leserinnen geschrieben.
Nach ihrem Abschluss an der Brandeis University praktizierte sie als Anwältin. Als sie nach der Geburt ihrer ersten Tochter ihre Leidenschaft für Liebesgeschichten entdeckte, begann sie selbst zu schreiben. In den 90er Jahren gab sie ihre Karriere als Juristin auf und blieb bei ihren Töchtern zu Hause.
1998 erschien ihr erstes Buch in Amerika. Sie hat bereits über zwanzig Romane veröffentlicht und ist inzwischen eine der bekanntesten amerikanischen Schriftstellerinnen. Mit zahlreichen Preisnominierungen und Auszeichnungen ist sie aus den Bestsellerlisten nicht mehr wegzudenken.
Carly Phillips lebt mit ihrem Mann und ihren zwei Töchtern in Purchase im Staat New York. Ihre Leidenschaft gilt, neben der Familie, ihren beiden Terriern Bailey und Buddy sowie dem Baseball. Im wahren Leben ist ihr Ehemann ihr Held.
Vorbilder für ihr literarisches Schreiben sind LaVyrle Spencer, Catherine Coulter und Susan Elizabeth Phillips. Carly Phillips' richtiger Name lautet Karen Drogin, unter dem sie ebenfalls veröffentlicht. Ohne zu schreiben, sagt sie selbst, würde sie verrückt werden. Die Atmosphäre, in der Carly Phillips ihre Bücher verfasst, ist allerdings nicht weniger verrückt: Sie schreibt im Chaos zwischen laufendem Fernseher, bellenden Hunden und ihren beiden Töchtern. Dies alles wirke sich jedoch positiv auf ihre Kreativität aus, so Carly.

Wenn Sie mehr über Carly Phillips erfahren wollen, besuchen Sie sie auf ihrer Homepage: www.carlyphillips.com

1. Die Chandler-Trilogie

Der letzte Kuss
(The Bachelor)
Wer von ihnen als Erster den Herzenswunsch ihrer Mutter nach Hochzeit und Enkelkindern erfüllen soll, entscheiden die drei Brüder Rick, Chase und Roman durch das Werfen einer Münze. Ausgerechnet Auslandskorrespondent Roman muss sich der Herausforderung stellen.
Seine Traumfrau macht es ihm jedoch nicht leicht.

Der Tag der Träume
(The Playboy)
Die Frauen von Yorkshire Falls werfen sich Rick Chandler reihenweise an den Hals. Doch der attraktive Polizist will nach einer missglückten Ehe nie wieder heiraten. Als ihm eines Tages Kendall, eine waschechte »runaway bride«, über den Weg läuft, knistert es heftig auf beiden Seiten. Doch auch Kendall liebt ihre Freiheit über alles.

Für eine Nacht

(The Heartbreaker)

Nachdem Roman und Rick unter der Haube sind, ist nun Chase als letzter der drei Chandler-Brüder an der Reihe, endlich die Frau seiner Träume zu finden. Dies stellt sich als äußerst schwierig heraus, denn seine Auserwählte ist nach der ersten gemeinsamen Nacht spurlos verschwunden. Chase kennt nicht einmal ihren richtigen Namen.

2. Die Hot-Zone-Serie

Mach mich nicht an!

(Hot Stuff)

Annabelle, attraktive und erfolgreiche PR-Beraterin in der Hot-Zone-Agentur, verliebt sich konsequent immer wieder in die falschen Männer. Nach der letzten verheerenden Beziehung hat sie sich deshalb strikte Enthaltsamkeit geschworen. Als sie ihrem neuesten Klienten, dem Ex-Football-Star Brandon Vaughn, gegenübersteht, hält sie ihn zunächst für den typischen, oberflächlichen Sportler. Doch schon bald entdeckt Annabelle, dass sich unter Brandons harter Schale ein weicher Kern verbirgt, und ihr guter Vorsatz schmilzt wie ein Eiswürfel in der Sommersonne.

Her mit den Jungs!

(Hot Number)

Micki, Annabelles burschikose Schwester, ist bis über beide Ohren in den lebenslustigen und charmanten Baseball-Profi Damian verschossen. Doch der stadtbekannte Herzensbrecher scheint sie bisher noch nicht einmal wahrgenommen zu haben. Ihr Onkel Yank, der Gründer und Chef der Hot-Zone-Agentur, sorgt dafür, dass Damian und Micki gemeinsam auf einer romantischen Insel landen. Und wirklich: Die beiden verleben leidenschaftliche Tage voller Glück und Harmonie. Doch kaum wieder in New York, zieht Damian sich zurück. Micki ist verzweifelt: Wie konnte sie nur glauben, ihn dauerhaft an sich zu binden?

Komm schon!

(Hot Item)

Sophie, die kontrollsüchtige der drei Jordan-Schwestern, verliert genau das, was ihr am wichtigsten ist: den Überblick. Denn Spencer, der PR-Berater der Hot-Zone-Agentur, ist plötzlich untergetaucht. Damit ihre Klienten nicht verrücktspielen, muss Sophie ihn um jeden Preis in die Agentur zurückbringen. Als der sexy Football-Spieler Riley Nash sich in Sophies Leben drängt, gibt es noch mehr Unordnung: Auf der gemeinsamen Suche nach dem Vermissten findet Sophie nicht nur heraus, dass Riley ein Geheimnis hat, sondern auch, dass sie seinem erotischen Charme nicht widerstehen kann.

Geht's noch?

(Hot Property)

Die quirlige Eventmanagerin Amy Stone ist frisch nach New York gezogen, um für die Hot-Zone-Agentur zu arbeiten. Dank der Vermittlung ihrer Freundin – und Geschäftspartnerin – Micki zieht Amy schon bald einen lukrativen Auftrag an Land: Sie soll John Roper, einem bisher sehr erfolgreichen Baseball-Profi, aus seiner Lebenskrise helfen. Er hat nicht nur berufliche und gesundheitliche Probleme, sondern auch familiären Dauerstress. Amy stürzt sich voller Tatendrang in diesen Auftrag – und versucht ihre eigenen Gefühle zu ignorieren.

3. Die Corwin-Trilogie

Trau dich endlich!

(Lucky Charm)

Schon als junges Mädchen weiß Gabrielle, dass sie ihren Mr. Right, den attraktiven Derek Corwin, bereits gefunden hat. Doch dann lässt der sie sitzen und heiratet eine andere. Die Begründung: Ein Fluch lastet auf seiner Familie, der es ihm unmöglich macht, mit seiner wahren Liebe glücklich zu werden. Gabrielle bleibt nichts anderes übrig, als sich damit abzufinden. Als sie ihren Ex – inzwischen geschieden und sexy wie nie – nach Jahren wieder trifft, lässt sie sich erneut auf eine heiße Affäre mit ihm ein.

Spiel mit mir!

(Lucky Streak)

Las Vegas macht's möglich: In einer heißen Nacht heiratet der sexy Cop Mike Corwin nicht nur die umwerfende Trickbetrügerin Amber, sondern gewinnt darüber hinaus 150 000 Dollar. Als er am nächsten Morgen aufwacht, ist Amber verschwunden – und das Geld auch. Hat sie ihn reingelegt? Oder entfaltet der Fluch, der auf den Corwin-Männern lastet, tatsächlich seine Wirkung? Prompt sieht Mike seine schlimmsten Befürchtungen bestätigt. Für ihn ist der Fall klar: Er will die Scheidung. Doch Amber glaubt an ihre Liebe zu Mike und lässt sich von nichts aufhalten.

Mach doch!

(Lucky Break)

Der Corwin-Fluch besagt, dass kein männliches Familienmitglied jemals mit seiner großen Liebe glücklich werden kann. Derek und Mike Corwin sind zwar inzwischen mit ihren Traumfrauen verheiratet, doch nun scheint das Übel auf ihrem Cousin zu lasten: Der smarte Jason fühlt sich unwiderstehlich zu der verführerischen Lauren Perkins hingezogen. Doch es war ausgerechnet Laurens Urahnin, die einst den Fluch über die Corwin-Familie brachte. Ist ihre Liebe stark genug, den unheilvollen Bann endgültig zu brechen?

Küss mich doch!

(Kiss me if you can)

Coop gilt als der begehrteste Single in ganz New York, seit er einen Juwelenraub verhindert hat. Plötzlich kann er sich vor Verehrerinnen nicht mehr retten, doch wirklich fasziniert ist er nur von der unkonventionellen Lexie. Die hat allerdings nur eines im Sinn: an den antiken Ring zu kommen, den er vom Juwelier als Belohnung erhalten hat. Denn er birgt ein dunkles Familiengeheimnis. Kann Coop ihr vertrauen?

Verlieb dich!

(Love me if you dare)

Der Polizist Rafe rettet seiner Kollegin Sara das Leben – ein gefundenes Fressen für die Medien, die die Geschichte aufbauschen und ihn zum begehrtesten Junggesellen New Yorks machen. Er flieht vor der Klatschpresse, nachdem er zugegeben hat, dass die attraktive Sara weit mehr als eine Kollegin für ihn ist. Die macht sich auf die Suche nach Rafe und verliebt sich in ihn und seine ungestüme, aber liebenswerte Großfamilie. Wenn nur alles so einfach wäre …

Ich will doch nur küssen

(Serendipity)

Von Männern hat Faith genug! Frisch geschieden kehrt sie in ihre Heimatstadt zurück. Dort begegnet sie ausgerechnet dem Mann, den sie seit zehn Jahren nicht vergessen kann: Ethan. Er stellt ihre Gefühlswelt gehörig auf den Kopf und lässt sie wieder auf die große Liebe hoffen. Doch Ethan hat ein dunkles Geheimnis, und als seine Halbschwester auftaucht, geht das Chaos erst richtig los.

Ich will nur dein Glück

(Serendipity 2)

Als Nash Barron die attraktive Kelly auf der Hochzeit seines Bruders kennenlernt, funkt es gewaltig zwischen ihnen. Nash ist fasziniert von Kellys Schönheit und Warmherzigkeit, doch für ihn steht fest, dass sie ihrer Leidenschaft nicht nachgeben dürfen. Dadurch würde er das Vertrauensverhältnis zu seiner Halbschwester Tess gefährden, die die Barron-Familie erst kürzlich aufgenommen hat. Sie braucht nun seine ganze Unterstützung. Doch Tess ist nicht das einzige Hindernis zwischen den beiden. Auch Kelly hat ihre Gründe, auf Distanz zu gehen: Sie verheimlicht Nash etwas, das er ihr nie verzeihen würde ...

Ich will ja nur dich!

(Serendipity 3)

Mehr als ein paar knappe Worte hat der Polizist Dare Barron noch nie mit der unnahbaren Liza McKnight gewechselt. Dabei begehrt er sie seit seiner frühen Jugend. Als Liza jedoch in Schwierigkeiten gerät, beschließt Dare kurzerhand, für ihren Schutz zu sorgen – und die beiden kommen sich plötzlich näher, als sie es je für möglich gehalten hätten. Doch Dare ahnt: Wenn er Liza nicht verlieren will, muss er ihr sein dunkelstes Geheimnis anvertrauen und sich seiner eigenen Vergangenheit stellen …

6. Die Marsden-Serie

Küss mich später

Als sein Vater an Krebs erkrankt, kehrt Mike zurück nach Serendipity und vertritt ihn als Polizeipräsident der kleinen Stadt. Bisher hat Mike als verdeckter Ermittler in Manhattan ein rastloses Leben ohne feste Bindungen geführt. Auch die Begegnung mit seiner neuen Kollegin Cara bildet zunächst keine Ausnahme, und die beiden beginnen eine leidenschaftliche Affäre ohne große Erwartungen. Doch allmählich erkennen sie, dass sie sich perfekt ergänzen und tiefere Gefühle füreinander entwickeln …

Liebe auf den ersten Kuss

Als Erin Marsden, Tochter des ehemaligen Polizeichefs von Serendipity, feststellt, dass sie schwanger ist, steht ihre heile Welt Kopf. Denn Vater ihres ungeborenen Babys ist der mysteriöse Ex-Cop Cole Sanders, den ein dunkles Geheimnis umgibt. Aber während Erin tiefere Gefühle entwickelt, geht Cole auf Distanz. Erst, als Erin von einer Unbekannten wiederholt attackiert wird und Schutz braucht, erkennt Cole in ihr die Frau, die ihn glücklich machen kann - und stellt sich seiner Vergangenheit …

Ein Kuss zuviel

Nachdem er ausgerechnet am Tag seiner Hochzeit sitzengelassen wurde, hat Sam Marsden aus Serendipity eigentlich der Liebe abgeschworen. Doch schon bald lernt er die geheimnisvolle Nicole kennen und erlebt mit ihr ein Wechselbad der Gefühle. Mal ist sie voller Leidenschaft, dann wieder abweisend und verschlossen. Erst als Nicole in Gefahr gerät, offenbart sie sich Sam. Doch sucht sie nur seinen Schutz oder will sie ihn als Mann fürs Leben?

Wer nicht wagt, der liebt nicht.

Riley Taylor behält gerne die Kontrolle über alles und würde ihre Unabhängigkeit niemals aufgeben wollen – bis sie auf einer Party dem charismatischen Ian Dare begegnet, der sie auf der Stelle umhaut. Ian hat seine eigenen Dämonen und seit er herausgefunden hat, dass sein Vater jahrzehntelang ein Doppelleben geführt, und eine zweite Familie mit einer anderen Frau hatte, hat er sich geschworen, sein Herz für niemanden mehr zu öffnen. Doch die sinnliche Riley erweckt seine dominante und beschützerische Seite, er möchte diese Frau unbedingt haben, allerdings kämpft Riley mit ihrer Vergangenheit – diese und die Gefühle, die Ian in ihr schürt könnten sie alles kosten ...

Einmal berührt ist fast gar nicht verführt

Quarterback Alex Dare hat alles: nicht nur, dass die Frauen im reihenweise zu Füßen liegen, er ist auch noch ein gefeierter Footballstar bei den Tampa Breakers – bis ihn eine Verletzung in den Vorruhestand zwingt. Als ihm ein Job bei der konkurrierenden Mannschaft angeboten wird, ist er geschmeichelt, aber die Sache hat einen Haken – er müsste mit Madison Evans zusammenarbeiten, der Frau, die ihm seit vielen Jahren nicht mehr aus dem Kopf gegangen ist ...

Gelegenheit macht Sehnsucht

Nachdem sie die Beziehung zu einem herrschsüchtigen Fremdgänger beendet und sich in ihrem geleasten Mercedes davongemacht hat, wird Isabelle Masters kurzerhand wegen schweren Diebstahls verhaftet und auf die Wache geschleift. Zu ihrer Überraschung rettet sie genau der, mit dem sie am wenigsten gerechnet hätte – Gabriel Dare, von dem sie sich schon viel zu lange angezogen fühlt. Gabe ermöglicht Isabelle die Freiheit und lädt sie in das exklusive Inselresort Eden ein, einen Ort der unbegrenzten Möglichkeiten ...

Keine Verpflichtungen, nur Liebe

Decklan Dare weiß wie es ist, mit einem Schlag einen geliebten Menschen zu verlieren. Deswegen ist es ihm wichtig, in allen Lebensbereichen die Kontrolle zu behalten. Amanda Collins genießt die Freiheit, die ihr zwanglose Treffen bieten. Decklan fasst zuerst Vertrauen, doch kann er Amanda vergeben, als er hinter ihr Geheimnis kommt? Oder wird er wieder Mauern um sich errichten, bevor sie ihm alles erklären kann?

Lieben und lieben lassen

Olivia Dare und Dylan Rhodes teilen nicht nur die Leidenschaft fürs Football – zwischen ihnen knistert es gewaltig und sie haben tiefe Gefühle füreinander. Dennoch hat Olivia die Beziehung zu ihrem Traummann Dylan beendet, bevor diese überhaupt richtig loslegen konnte. Doch Dylan ist kein Mann, den man so einfach los wird. Bei einem Businesstrip nach Arizona versucht er mit allen Mitteln Olivia für sich zu gewinnen. Doch wird seine Liebe zu ihr auch anhalten, wenn er ihre dunkelsten Geheimnisse und Ängste erfährt?

Küss mich, Kleiner!

(Under the Boardwalk)

Ariana Costas nutzte vor fünf Jahren die erste Gelegenheit, um ihrer schrulligen griechischen Familie zu entfliehen. Doch nun verlässt die junge Psychologieprofessorin ihr geregeltes Leben in Vermont, denn ihre Zwillingsschwester Zoe ist verschwunden. Dass allerdings gleich am ersten Tag auf sie geschossen wird, hätte Ariana nicht erwartet. Genauso wenig wie die Rettung durch den gut aussehenden Detective Quinn Donovan. Nun steckt Ari wirklich in der Klemme. Genauso wie Quinn: Denn wie soll er dieser sinnlichen Frau widerstehen und gleichzeitig seine gefährliche Mission erfüllen, die sie beide das Leben kosten könnte?

Auf ein Neues!

(Perfect Partners)

Nach dem tragischen Unfalltod ihrer Schwester kämpft die erfolgreiche Anwältin Chelsie Russel um das Sorgerecht für ihre geliebte Nichte Alix. Doch Griffin Stuart, Alix' Onkel und ebenfalls Anwalt, gewinnt den Fall und beschließt, von nun an ganz für die Kleine da zu sein. Chelsie wiederum will sich nicht einfach aus dem Leben ihrer Nichte drängen lassen. Schon bald merken die beiden, dass sie ihren Zwist begraben und gemeinsam für das Mädchen da sein müssen. Während sie versuchen, dem Kind eine

Ersatzfamilie zu bieten und mit ihrer Trauer fertig zu werden, kommen sie sich näher ...

Noch ein Kuss

(The Right Choice)

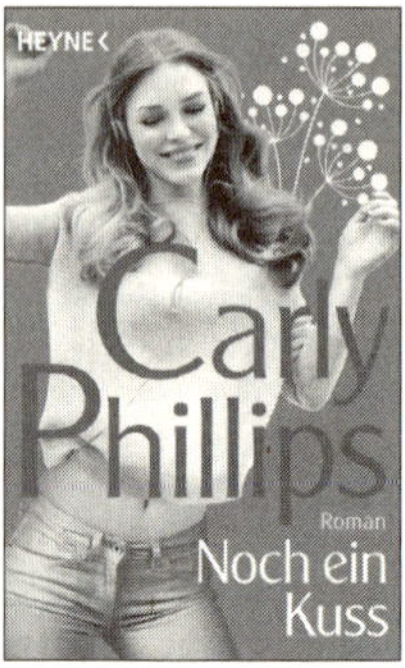

Die Kolumnistin Carly Wexler ist überzeugt: Liebe und Leidenschaft bringen nichts als Enttäuschung, und so führt sie eine eher leidenschaftslose Beziehung mit dem ehrgeizigen Peter. Die Vernunftheirat der beiden steht kurz bevor, als sie Peters attraktiven Bruder Mike kennenlernt. Er ist das genaue Gegenteil von Peter: rau, männlich, selbstbewusst, und Carly fühlt sich stark zu ihm hingezogen. Die Begegnungen mit ihm verwirren sie und bringen ihre Prinzipien ins Wanken. Will sie weiter auf Nummer sicher gehen oder die Liebe – mit all ihren Risiken – in ihr Leben lassen?